COLLECTION FICTIONS

L'Étrangère ou *Un printemps condamné*
de Gilbert Choquette
est le dix-neuvième titre de cette collection.

DU MÊME AUTEUR

Au loin l'Espoir, poèmes. Chez l'auteur, 1958.

L'Interrogation, roman. Éditions Beauchemin, 1962.

L'Honneur de vivre, poèmes. Éditions Beauchemin, 1964.

L'Apprentissage, roman. Éditions Beauchemin, 1966.

La Défaillance, roman. Éditions Beauchemin, 1969.

La Mort au verger, roman. Éditions Leméac, 1975; Éditions de l'Hexagone, coll. «Typo», préface de P. Vadeboncœur, 1988.

Un Tourment extrême, roman. Éditions La Presse, 1979.

La Flamme et la Forge, roman. Éditions Pierre Tisseyre, 1984.

Le Secret d'Axel, roman. Éditions Pierre Tisseyre, 1986.

GILBERT CHOQUETTE

L'Étrangère
ou
Un printemps condamné

roman

l'HEXAGONE

Éditions de l'HEXAGONE
900, rue Ontario est
Montréal, Québec H2L 1P4
Téléphone : (514) 525-2811

Maquette de couverture : Jean Villemaire
Illustration de couverture :
Henri Matisse, *La Branche de prunier, fond vert*, 1948
© 1988, VIS-ART Copyright Inc.
Photo de l'auteur : Marianne Choquette

Photocomposition : Imprimerie Gagné Ltée

Distribution : Québec Livres
4435, boulevard des Grandes-Prairies
Saint-Léonard, Québec H1R 3N4
Téléphone : (514) 327-6900, Zénith 1-800-361-3946

Réplique Diffusion
66, rue René-Boulanger, 75010 Paris, France
Téléphone : 42.06.71.35

Dépôt légal : troisième trimestre 1988
Bibliothèque nationale du Québec
Bibliothèque nationale du Canada

*Puisqu'il ne nous est pas donné de vivre
longtemps, transmettons à la postérité le
souvenir qu'au moins l'on a vécu.*

PLINE LE JEUNE

Un secret instinct nous avertit qu'il y a toujours quelque impureté dans la réussite… et qu'il ne peut y avoir de véritable, de totale pureté que dans l'infortune.

PÉGUY

PREMIÈRE PARTIE

Montréal

Les parents Duchesneau n'avaient rien de remarquable vraiment — mise à part leur fille Marie. Abstraction faite de Marie, ces bourgeois, ces gens *bien,* étaient tout à fait banals en effet dans leur maison d'Outremont sur le flanc du mont Royal, parmi la verdure d'une rue peu passante parce qu'en pente raide, une maison de pierre certes mais point excessivement tape-à-l'œil — non que Dorothée Duchesneau eût dédaigné le tape-à-l'œil mais son mari, médecin à l'Hôtel-Dieu, n'était pas, après tout, un financier du calibre de Raymond Debloy, son beau-frère. Ce dernier se débrouillait si prodigieusement bien qu'il venait d'offrir à Alice, sa femme, une fastueuse villa à Hampstead qui faisait crever de jalousie l'encore belle Dorothée, toujours frustrée dans ses velléités de grandeur depuis qu'elle avait épousé à trente ans passés l'honnête Dr Duchesneau faute d'avoir su se tailler une place à sa mesure sur la scène artistique — entendons : télévisuelle — montréalaise. Mais Marie, sa fille assurément *unique,* saurait bien la venger avec ses dons aussi multiples qu'extraordinaires.

13

Cet après-midi-là qui était jour de semaine, Dorothée pénétra dans la chambre de l'enfant trop secrète pour procéder à une rapide inspection des lieux comme elle croyait de son devoir de le faire chaque fois que la femme de ménage était passée par là le matin. En réalité c'était une excuse qu'elle se donnait pour venir fouiner dans les affaires de Marie, vérifier son travail et ses progrès dans les différentes sphères de ses passions, car le fait est que Marie n'était que passion. Ouvrant le premier tiroir du grand bureau où s'étalait une fraîche aquarelle, son regard de mère fut aussitôt accroché par une série de feuilles soigneusement calligraphiées à l'encre rouge, présentation d'autant plus intrigante et prometteuse que les brouillons de Marie, poèmes ou autres, étaient le plus souvent illisibles et décourageaient la curiosité maternelle. Comme elle put le constater d'emblée, il s'agissait des premières pages d'un journal intime. De quoi mieux connaître ma fille pour mieux l'orienter, trouva-t-elle en guise de prétexte pour son indiscrétion. Et elle s'assit, feuillets en main, dans le petit fauteuil bariolé où l'enfant avait l'habitude de lire des heures durant, le dos tourné à la clarté de la fenêtre.

MON JOURNAL

1ᵉʳ juin 1974. *Je viens tout juste d'avoir quatorze ans. Mes parents m'ont offert un* keepsake *pour mon anniversaire comme aux jeunes filles modèles d'il y a cent années et davantage. Que ferais-je de cela, moi dont on commence à peine à reconnaître la personnalité de grande artiste-peintre et d'écrivain riche de promesses, selon le cliché? Avant que le monde ne me découvre, il était temps que mes parents me rendent justice, bien qu'ils n'y connaissent rien, comme tous les parents. J'ai*

14

organisé une petite exposition au salon où j'ai décroché les mièvreries qui plaisent à leur goût sucré, pour les remplacer par une acrylique (ma première!), deux gouaches, deux dessins à la mine et trois aquarelles de ma composition. Les visiteurs ne manquent pas de s'extasier devant comme il se doit, au grand plaisir de maman qui n'a de cesse que je ne fasse ma marque dans les beaux-arts, sans négliger pour autant la littérature laquelle ajoute «une corde à ma lyre», va-t-elle répétant. C'est pourquoi j'ai entrepris de rédiger ce journal de longue haleine, pour me faire la main sans doute, mais surtout pour exprimer le fond de mon âme en toute liberté; autant dire qu'en vrai journal intime il n'est pas fait pour être lu par quiconque, sinon par la postérité lorsque j'aurai donné toute ma mesure. Ma pièce de théâtre en revanche a connu un juste succès (je faisais tous les rôles) surtout auprès de papa qui en était tout attendri. Si jeune, répétait-il, si jeune!… Maman, elle, tout en se pâmant comme il convient, croit que je peux faire encore beaucoup mieux et je suis, pour une fois, de son opinion. L'École de la vie n'est qu'un avant-goût que je leur ai offert de ce dont je suis capable et dont ils ne se doutent pas. C'est maman qui serait étonnée du génie qui point dans mes poèmes et plus encore dans les toutes premières pages du grand roman que je médite d'écrire. Je la connais : elle se mettrait tout de suite en quête d'un éditeur. Une enfant prodige — quelle horreur! — voilà ce que je suis pour elle, alors que le seul authentique génie, je le sais bien, est celui de l'adolescence, génie qui, en ce qui me concerne, éclatera très bientôt à la face du monde entier et me tirera de mon obscurité, car je n'ai rien de commun avec mes camarades de classe, les filles surtout, qui n'ont aucune ambition démesurée, aucune impatience d'étonner l'univers, nageant plutôt dans la puérilité et louchant du côté de garçons sans plus de cervelle qu'ellesmêmes. Pour être sensible à mes efforts, papa a moins d'ambition pour moi que maman, il me veut intelligente, brillante

15

même, mais «normale». Il insiste sur ce terme, sans doute parce qu'il est médecin et que les médecins ont pour mission de «normaliser» les gens qui ne sont pas conformes à la norme dictée par la médiocrité de rigueur. Toujours est-il que l'idée exagérée lui est venue de me distraire de la peinture et de la littérature en me faisant suivre des cours… de musique (chant et piano!) où je ne progresse pas plus vite qu'une autre, y manifestant des dons très ordinaires ce qui, dans mon cas, est assez extraordinaire et fait davantage plaisir à papa qu'à maman qui ne cesse de m'imaginer en petite chienne savante faisant la belle pour un morceau de sucre — ou plutôt de gloriole. La musique ne suffisant donc pas à diversifier mes intérêts profonds, papa m'a acheté une bicyclette de garçon (je l'ai acceptée à cette condition) pour que je fasse du sport, chose qui m'ennuie par-dessus tout. Tout de même je la prends chaque matin pour me rendre à mon école secondaire Pierre-Laporte pas très loin, et parfois aussi le samedi ou le dimanche, quand la tête va m'éclater d'inspiration, je m'en sers pour gravir longuement le mont Royal par la piste cyclable. J'emporte mon grand cahier de feuilles à dessin et j'esquisse d'après nature d'insolites coins de verdure ou bien des vues plongeantes du cœur de la ville tout hérissé de gratte-ciel, quand ce ne sont pas des silhouettes de promeneurs solitaires que je croque ou des amateurs de soleil à demi-nus allongés dans le gazon, ébauches que je travaille ensuite à la maison à loisir. Quand je doute de moi, ce qui arrive presque tous les jours, hélas, j'adresse au Tout-Puissant (mes parents s'obstinent à parler du «bon Dieu» comme si j'avais huit ans) une prière fervente pour qu'Il m'aide à résoudre les perplexités que j'éprouve devant la vie et à m'épanouir tous azimuts (voilà une expression bizarre et nouvelle pour moi, et qui signifie, je crois, «dans toutes les directions») en sorte de brûler les étapes d'une carrière artistique qui fera de moi une figure de premier plan, c'est-à-dire une femme supérieure à deux hommes *et demi, car nous autres, femmes, partons défavorisées dans la course en dépit de tout le bruit que font les féministes. Prier Dieu n'empêche pas qu'on soit l'unique artisan de sa destinée, comme j'entends l'être, puisque Dieu agit sur nous de l'intérieur en nous découvrant les horizons infinis de la vision qu'il a pour chacune de ses créatures.*

C'est heureux que je n'aie ni frère ni sœur, seulement une cousine moyennement douée, mais que j'adore, Agnès Debloy, et qui m'adore. Ainsi je recueille toute l'attention, tout l'intérêt dont un artiste a besoin pour se réaliser. À ce sujet papa a dit plusieurs fois craindre pour mon équilibre d'enfant trop entourée, trop choyée. Mais je ne veux pas être une enfant «équilibrée» et d'ailleurs je ne suis pas une enfant, je ne me souviens pas de l'avoir jamais été. C'est à la fois terrible et exaltant. Seule maman se réjouit de cette précocité de mon esprit sans la comprendre en profondeur car elle me pousse presque malgré moi sur le devant de la scène alors que le fruit n'est pas mûr. Papa lui a dit, toujours en ma présence, qu'elle en faisait trop, qu'elle projetait sur sa fille ses propres frustrations de n'être pas devenue une grande actrice de théâtre. Maman s'est fâchée tout rouge. Avec beaucoup de véhémence et de conviction, elle a répliqué à papa qu'il n'entendait rien aux choses capitales de la vie, qu'il n'était qu'un médecin terre à terre et sans ouverture sur les choses de l'esprit comme la plupart de ses confrères. Ce à quoi papa, blessé, a rétorqué que le corps était le support des facultés supérieures et qu'à mon âge le bien-être physique était indispensable à mon épanouissement intellectuel, affectif, artistique, etc. Ce ne sont plus que discussions de ce style à la maison au point que j'en viens à m'interroger moi-même sur le sens et la valeur de mes efforts. Ah! qu'il n'est pas facile d'avoir du génie! Tout ce que je désire c'est travailler, produire les chefs-d'œuvre que le destin attend de moi car je suis marquée au front d'un signe d'élection. Pour le reste, qu'on me laisse tranquille! Du reste à la différence de maman, ce qui m'importe avant tout, c'est la valeur de ce que je fais, beaucoup plus que la vanité de réussir aux yeux des ignorants. Quand on a comme moi grand orgueil, il est difficile d'être vaniteux si peu que ce soit! (Mais n'est-ce pas déjà vanité que d'écrire cela?) Il n'y a que devant le Très-Haut que je me sente toute petite. Ma secrète ambition est de réaliser avant ma mort — et l'on dit que les inspirés meurent jeunes — le tableau absolu, et pour y arriver j'ai besoin qu'Il m'insuffle sa grâce, ce Dieu dont je dois faire en tout la volonté sainte. À cette condition seulement je créerai mon chef-d'œuvre, qui pourrait bien être un portrait de moi-même que j'intitulerais l'Étrangère, un autoportrait comme je tente à tâtons d'y parvenir dans ce journal. Je suis un être à part, un être de contradiction — à la fois tout et rien. Comment cela est-il possible? Rien de plus absurde que ce qui me passe par la tête tous les jours. Il m'arrive d'éprouver comme une angoisse de perdre la raison si je reste en vie trop longtemps. L'abbé Hurteau, à qui je m'en ouvrais en confession, m'a dit craindre que je n'aie déjà succombé inconsciemment à la fascination de la Beauté et à la séduction de la Mort qui lui fait cortège... Qu'est-ce que cela veut dire? J'ai dû mal m'exprimer pour lui donner des idées pareilles, moi qui suis si gaie toujours, si enthousiaste, voire si «mégalomane» comme a dit de moi mon prof de français l'autre jour (ce terme est-il péjoratif? À vérifier au dictionnaire). Non, les honneurs qui plairaient à maman ne me suffisent pas, je les méprise même, ce que je veux c'est une gloire immortelle!

Ici s'achevait cette première «entrée» au journal de Marie. Vexée par ce qu'elle venait de lire et dont elle retenait principalement ce qui la concernait, Dorothée Duchesneau se promit de veiller sur sa fille de plus près encore, mais surtout plus adroitement, sans attenter à ses idées de grandeur. Elle replaça les feuillets là où elle les avait trouvés, rassurée du moins sur les grandioses projets d'avenir qu'elle caressait pour une enfant aussi manifestement douée que lucide.

Or des événements graves devaient survenir sur ces entrefaites et ce n'est que deux semaines plus tard qu'il fut donné à Dorothée de poursuivre la lecture clandestine de l'étonnant document qui lui entrouvrait une conscience de quatorze ans, singulière à n'en pas douter.

5 juin. *Hier soir on a appris que ma chère cousine Agnès venait de perdre ses deux parents dans un carambolage routier sur la route de Québec. C'est horrible! Que va-t-elle devenir? Qui va la recueillir? C'était ma seule cousine du côté de maman, fille de son frère Raymond. C'est drôle, j'imagine mal maman en mère adoptive, maman que console un peu vite la pensée que la pauvre Agnès n'a pas à s'inquiéter au plan matériel attendu que les Debloy, son frère et sa belle-sœur, était des gens très en moyens. Oncle Raymond était courtier en valeurs mobilières et prospérait de jour en jour. Il était attaché à la maison de courtage la plus respectée de Montréal, Smith, Smith, Smith & Smith. Comme oncle Raymond venait seulement de se joindre à l'équipe, son nom n'avait pas encore rompu l'harmonie de la raison sociale. Mon oncle était très gentil, très simple, très doux, c'est-à-dire qu'il devait avoir la dent très dure en affaires, disait maman. Un jour, je me souviens, il m'avait pris sur ses genoux et m'avait expliqué tout le fonctionnement de la Bourse, en me contant qu'il y avait là place pour des femmes «combatives», lui qui l'était si peu... en apparence. Il me connaissait mal pour penser que ces histoires d'argent présentent le moindre intérêt pour moi. N'empêche, c'était excitant au possible, surtout la façon dont les ventes et les achats de titres se font et se défont sur le «parquet» dans un remue-ménage incessant. Et c'était encore plus excitant*

quand mon oncle avait débuté dans la profession et que tout n'était pas informatisé. Cela faisait un beau chahut ces offres lancées à la volée toute la journée sans discontinuer, même pour le repas de midi. Il y avait alors des petits «pages» — oncle Raymond avait été page — qui portaient sans cesse les transactions conclues à un bureau établi à cet effet à l'une des extrémités de la salle. Ce va-et-vient devait être très épuisant pour les pages, car il leur fallait rester debout et courir à l'intérieur des limites du parquet sans pouvoir s'asseoir de toute la journée, du moins entre dix heures et trois heures. Tout autour de la salle, sous les grands tableaux où on inscrivait les cotes au fur et à mesure, des cabines de téléphone étaient branchées directement aux maisons de courtage accréditées d'où arrivaient sans répit les commandes d'achats ou de ventes. Détenir un siège à la Bourse coûtait et coûte toujours très cher. Les préposés au téléphone inscrivaient fébrilement sur des feuillets les ordres des clients à l'intention des agents seuls autorisés à transiger. À bien y songer, je ne détesterais pas d'être riche moi aussi, ne serait-ce qu'à cause de la totale liberté de créer que j'y gagnerais, mais je n'aimerais pas ce travail, surtout celui des petits pages d'autrefois qui n'avaient pas une minute de répit et même pas la permission de s'asseoir. Ce qui n'a pas changé, c'est la frénésie des opérations et le «parquet» qui est toujours jonché de petits feuillets de toutes couleurs s'accumulant toute la journée pour former une mer de papier de rebut qui suffit à montrer combien vaine est cette effervescence, puisque chaque transaction ne cesse d'en effacer une autre à mesure que les cours montent ou baissent. Mon oncle Raymond, s'il avait survécu, serait sûrement tombé malade de tant d'agitation et de fièvre. Je suis quand même atterrée par sa disparition, tandis que je n'éprouve aucune compassion, aucun regret, pour celle de tante Alice qui restait toujours froide et distante avec moi. Sans doute voyait-elle d'un œil jaloux mes dons aussi précoces qu'exceptionnels...

Elle-même, comme par désir de revanche, ne cessait de nous rebattre les oreilles des talents de sa fille, la gentille et timide Agnès, ne pouvant supporter — ce qui se comprend — que maman lui fasse à tout bout de champ de la réclame à mon sujet. Quand tante Alice a vu mes tableaux suspendus aux murs du salon, elle a jauni, verdi, manqué de faire une syncope. Oncle Raymond, qui m'aimait bien, lui, aurait mieux fait ce jour-là de venir seul à la maison, comme il faisait souvent. Ni l'un ni l'autre ne viendront plus maintenant.

Dorothée soupira, sa main laissa tomber la page et ses yeux flottèrent un instant dans le vague avant de poursuivre une lecture susceptible de lui faire pénétrer la conscience même de Marie. Pourtant elle ne s'intéressait pas vraiment au fond d'un texte qui aurait pu l'éclairer sur la conduite à suivre dans ses rapports avec sa fille. Elle voyait plutôt dans la spontanéité de ces réflexions écrites la confirmation de ses dons d'écrivain et se demandait si Marie ne devrait pas renoncer à la peinture pour cultiver exclusivement l'art littéraire où il serait peut-être plus facile à une jeune fille de se faire un nom, une place. Ne disait-on pas couramment que les trois quarts des bons écrivains du Québec étaient des femmes?

8 juin. Ce matin ont eu lieu les obsèques («obsèques» est beaucoup plus noble et distingué qu'enterrement et même que funérailles — et d'ailleurs ne saurait désigner la même chose puisque j'ai lu que la langue exclut les synonymes parfaits). À cause des liens d'étroite parenté, je me trouvais placée tout à l'avant de la nef, comme à l'honneur, toute proche du double catafalque — ça m'a fait plaisir d'être là, jusqu'à gâcher ma si juste douleur. La bière des défunts (il faut que j'introduise «bière» dans mon vocabulaire d'écrivain et de poète à la place du banal «cercueil») — leurs bières donc étaient placées dans l'allée centrale, séparées du chœur par un grand cierge et recouvertes — l'ai-je dit? — d'un seul et unique catafalque de velours noir que soulignaient des lettres dorées et entre-lacées du plus magnifique effet, mais je n'ai pu déchiffrer ce monogramme, en latin sans doute. Si la personne de papa ne s'était interposée, j'aurais pu toucher le catafalque (je ne me lasse pas de ce mot) et cela m'aurait donné un frisson. Déjà que je frissonnais à l'écoute du beau chant funèbre du ténor qui nous tombait du jubé sur les épaules. Et j'ai presque regretté de n'avoir pas écouté maman lorsqu'elle insistait pour que je chante l'Ave Maria de Gounod que j'ai travaillé à mon cours de musique, au moment de la communion. C'est une grosse dame blonde dont j'ignore le nom qui l'a donné. Tout le monde se retournait tour à tour vers le jubé pour apercevoir la plan-tureuse poitrine qui émettait ces trémolos poussifs qui ressem-blaient davantage à des coassements de ouaouarons qu'à des notes de musique. C'était parfaitement grotesque, ridicule, mais personne n'avait l'air de s'en rendre compte. Ce doit être cela devenir adulte : faire semblant. En tout cas, je n'au-rais pas fait pire car j'y aurais mis du moins plus de recueil-lement et de décence. Ce moment pénible a tout gâté de l'émo-tion sublime qu'avaient fait naître en moi jusque-là la beauté du cérémonial, le ballet des paroles et des gestes sacrés. La pauvre Agnès était toute seule devant nous, au premier rang, minuscule dans son grand banc vide. Elle sanglotait silen-cieusement à fendre l'âme, avec des soubresauts qui lui secouaient les épaules comme sous l'effet d'une stimulation électrique intermittente. Elle est mon aînée, mais de quelques mois seulement et je me sens une grande affection pour elle, surtout depuis qu'elle a perdu ses parents. Que deviendra-t-elle à présent, abandonnée à elle-même? Mon Dieu, ayez pitié de ma cousine Agnès! Son malheur est trop lourd à porter pour les frêles épaules que vous lui avez données. Elle aura quinze ans cet été et, bien que plus jeune qu'elle, j'ai toujours éprouvé un sentiment de protection à son égard, comme si elle était moins bien armée que moi face à la vie. Si modeste et sensible, comment surmontera-t-elle une épreuve qui fait d'elle ma petite sœur? Elle est très douée pour le dessin elle aussi, et tante Alice ne manquait jamais de le rappeler dès que maman entamait mon panégyrique («commençait à me vanter», en termes banals). La dernière fois que nous avons rendu visite en famille aux Debloy — c'était au Jour de l'an — Agnès m'a fait voir, toute gênée, presque en cachette, deux pastels de sa main que j'ai trouvés remarquables, une tête de femme aux yeux clos et puis un vase de fleurs rouges avec de longues et pointues feuilles vert émeraude qui faisaient ressortir le vermillon des pétales avec le même éclat que si ç'avait été peint à l'acrylique. Agnès est une véritable artiste ou bien je n'y connais rien. Le sang de la famille court dans ses veines. Sceptique, maman a voulu voir les pastels dont je lui ai aussitôt parlé. Agnès s'est fait prier comme de raison mais finalement elle a cédé. Maman a fait mine de s'extasier, mais en fait elle n'a pas du tout apprécié, trouvant qu'Agnès me copiait — ce qui est archifaux — ainsi qu'elle m'en a fait la confidence une fois quittée la belle demeure de mon oncle à Hampstead — demeure qui sera bientôt mise en vente, à peine acquise... Mais reprenons le fil de ma narration.

Après les derniers coups d'encensoir et les ultimes bénédictions, la foule s'est écoulée en ordre plus ou moins dispersé derrière les croque-morts en jaquette noire entraînant les deux bières suivies d'Agnès éplorée. Au milieu de la parentèle (jolie trouvaille que ce vocable que je suis heureuse de placer ici) les Smith au grand complet semblaient un peu perdus même s'ils n'avaient l'air que médiocrement affectés par le décès de leur collègue et s'efforçaient surtout d'afficher une expression de circonstance. Sur le parvis de l'église Saint-Antonin, il y a eu un moment de confusion. J'étais avec papa, nous avons perdu maman de vue. Alors papa s'est approché d'Agnès, l'a embrassée et lui a murmuré devant moi qu'elle serait la bienvenue à la maison pour le temps qui lui conviendrait, si elle ne trouvait pas meilleure retraite. J'ai reconnu là mon papa sous son plus beau jour, toujours prêt à secourir les infortunés. Agnès l'a remercié en pleurant et l'a embrassé à son tour. Oui, oncle Yves, a-t-elle dit, il n'y a rien que j'aimerais mieux que d'habiter chez vous, avec vous; vous êtes mes parents les plus proches par le cœur et j'ai tant d'affection pour Marie que j'ai toujours considérée comme ma seule véritable amie, une vraie petite sœur. Agnès parlait de moi comme de sa petite sœur non tant parce qu'elle est mon aînée de quelques mois que parce qu'elle a ses règles depuis plus d'un an déjà — tante Alice y avait fait allusion devant moi avec un air de supériorité comme pour m'humilier, mais je crois que ce retard chez moi est sur le point d'être réparé.

9 juin. *Réflexions sur la journée d'hier. À présent que j'y ai assisté, je peux bien avouer que je raffole des funérailles, celles des autres en tout cas. C'est noble, c'est grave, plein d'orgue, de pompe et de dignité. Les prêtres — ils étaient trois — ont des gestes et des paroles précises comme au théâtre, pas des bafouillages discontinus comme dans la vie. C'était la première fois que j'assistais à des obsèques et j'espère bien que ce ne sera pas la dernière. Après, nous sommes montés dans la deuxième limousine derrière le corbillard. Devant nous, il n'y avait que la pauvre Agnès qui avait demandé de rester toute seule avec sa douleur. Comme je la comprends! Il n'y avait qu'elle pour éprouver une vraie peine. Tous les autres, moi-même y comprise, n'étions que des figurants qui pensent à autre chose ou s'intéressent aux détails du cérémonial. Mais la solitude d'une orpheline de quatorze ans perdue dans cette longue limousine noire avait quelque chose de grandiose et*

24

*de pathétique, et pourtant d'intime aussi, d'*artistique *en somme, qui m'a touchée au point le plus sensible. Pareille impression devra entrer un jour dans un livre que j'écrirai ou dans une toile que je peindrai, comme elle entre déjà dans ce cahier d'exercices, tenu uniquement parce que ma vie actuelle est trop insipide pour servir à autre chose qu'à faire mes gammes. Dans tout ce que j'écrirai ou peindrai, il y aura des perspectives abyssales (ce mot mystérieux me ravit!) sur l'existence humaine; toujours et partout j'y mettrai de l'universel, de l'éternel même, d'où l'humour ne sera pas exclu pour autant : l'humour, c'est la distance entre soi et ce qu'on sent, une manière de ne pas se prendre tout à fait au sérieux — le grand danger qui menace les soi-disant grandes personnes. C'est pourquoi je n'hésiterai jamais à parler ironiquement d'une scène macabre comme celle du cimetière où l'on a vu les deux cercueils descendre successivement dans la même fosse qu'on avait pratiquée à dessein très profonde. Les cordes se déroulaient presque sans grincer comme il convient à une cérémonie bien huilée. J'ai eu de l'émotion en voyant descendre d'abord la dépouille d'oncle Raymond mais je suis restée de glace et même j'ai souri cyniquement lorsqu'est descendu avec des accrochages intermittents le corps de tante Alice, laquelle ne m'aimait pas et que je n'aimais pas. Elle avait de la jalousie, j'en suis sûre, à cause d'Agnès qu'elle trouvait sans doute moins douée que moi (ce qui est l'évidence!) et à cause de maman qui ne cessait de faire de l'esbroufe autour du moindre de mes succès. Maman a de grandes qualités — dont celle de ne pas douter que j'irai loin — mais je trouve que sur ce chapitre elle n'a pas la main heureuse et qu'elle exagère de maladresse. J'ai passé l'âge de jouer les enfants prodiges et je n'ai encore rien produit de vraiment définitif, rien créé de vraiment achevé, d'immortel en somme. Non, je ne suis plus le petit prodige qu'on a voulu faire de moi, mais un temps viendra où mon vrai génie sera reconnu par les plus exigeants.*

25

*Je me sens des virtualités qui écloseront (ou : écloreront —
à vérifier) un jour plus prochain qu'on ne pense. Sera-ce littérature, peinture ou même architecture si la fantaisie m'en
prend?* Quien sabe? Who knows? Chi lo sa? *Les langues étrangères sont aussi une passion chez moi. Je ne vois aucune limite
à mon ambition de savoir, de sentir, de créer! Je serai comblée
et je comblerai ceux qui ne me rejetteront pas.*

10 juin. *Toujours les obsèques. Lorsque maman a appris que
papa avait offert l'hospitalité à Agnès, qui se trouve être pourtant la fille de son frère à elle, je l'ai sentie extrêmement
mécontente. Mais elle n'a rien dit que... ou plutôt elle a déroulé
tout ceci : —C'est bien, Yves, c'est un devoir pour nous, nous
ne pouvons pas faire moins. Mais la petite avait-elle le droit
de sauter sur l'occasion, elle? Je dis bien le droit car enfin
elle a des parents fortunés du côté de sa mère, tandis que nous
ne sommes pas millionnaires, nous autres. Fille d'un père
courtier chez Smith, Smith, Smith & Smith, la plus grosse
agence en valeurs mobilières de Montréal, elle-même s'ap-
prête à hériter d'un joli magot, sans compter le château de
Hampstead. Nous n'allons tout de même pas lui réclamer une
pension ! Pauvre Raymond qui s'est donné tant de mal pour
sa famille, le voilà bien récompensé!» Tel quel. On aurait juré
une réplique de théâtre comme j'en ai lu dans* la Petite Illustration *d'avant la guerre, dont maman a des piles dans sa
chambre, d'autant qu'elle a ajouté en me regardant avec une
insistance sévère en secouant l'index : «Voilà ce qui arrive,
ma fille, quand on mise tout sur les biens périssables!» Comme
si c'était mon cas, à moi qui n'ai d'autre ambition qu'intellectuelle, artistique et même, plus encore, spirituelle...*
    *Avec la brusque disparition de l'oncle Raymond (je ne
parle pas de tante Alice qui m'était étrangère) la mort, la vraie
mort, pas celle des livres, a fait irruption dans ma vie si morne,*

si dénuée d'événements intéressants. J'ignorais cette expérience, j'ignorais comme elle peut être à la fois inoffensive et cruelle — cruelle quand on la vit à travers un être aimé comme Agnès. Pourtant je ne suis pas près d'oublier oncle Raymond. Il m'en a trop appris sur la Bourse et maintenant sur le Tragique qui vient soudain marquer notre tranquille existence bourgeoise. Oh! que me voilà contente qu'Agnès ait consenti à venir habiter chez nous. Nous partageons tant d'intérêts même si nous sommes profondément différentes. Elle est calme, modeste, mesurée, toute tournée vers l'intérieur où l'enferme un manque quasi maladif de confiance en soi, tandis que je suis impétueuse, excessive, orgueilleuse, ouverte sur le monde extérieur, ouverte à sa folie, à sa comédie où je voudrais bien jouer un rôle à ma mesure, ne serait-ce que pour en rire. Il est vrai qu'une autre part de moi-même est ouverte sur ce qu'on appelle, faute de mieux peut-être, l'âme, où s'enferme le rêve impérieux d'une autre réalité, d'une autre vie, d'une vraie vie. «La vraie vie est absente», a noté un poète de dix-sept ans, A. Rimbaud. Comme il était dans la vérité! Peut-être parce qu'il n'avait que dix-sept ans justement. Mais ce n'est pas une raison parce qu'une telle vie digne de ce nom est nécessairement ailleurs, dans quelque paradis mystique, qu'il me faudrait croupir dans la médiocrité où se complaisent mes camarades de classe. Peut-être Agnès m'aidera-t-elle à me trouver? Plus que maman, en tout cas, je le sens, car pour maman il n'y a, au fond, que l'extérieur qui compte, la réussite, les honneurs, les succès mondains. C'est important, bien sûr, comme l'argent est important pour la liberté qu'il donne, mais n'y a-t-il pas autre chose : la réussite devant soi-même, pour soi-même. On peut, me semble-t-il, plaire à tout le monde et se déplaire à soi. Il faut les deux, même si ces deux projets peuvent être totalement inconciliables, même si les exigences de l'un et de l'autre sont par nature, j'en ai peur, diamétralement opposées. L'idéal, c'est pourtant les deux. Autrement *dit, il s'agit d'être reconnu par la société pour ce qu'on vaut exactement. L'année prochaine, j'écrirai un vrai livre, un chef-d'œuvre «incontournable» (drôle d'expression que j'ai rencontrée plusieurs fois récemment), un coup d'essai qui sera un coup de maître, comme Corneille fait dire au Cid. À moins que j'abandonne tout pour la peinture et les arts plastiques, ma première vocation?*

La lecture de ces textes n'éclaira nullement Dorothée Duchesneau sur la richesse et la complexité du caractère de sa fille, tant il est vrai que, malgré les témoignages les plus explicites, on demeure aveugle à tout ce qui déborde notre horizon naturel, qu'on ne retient d'une confession que ce qui entre dans le cadre préétabli par notre sensibilité et notre imagination. À quelques privilégiés seulement — écrivains, psychiatres dignes de ce nom, mystiques — est-il donné d'accueillir une lumière aux teintes étrangères à celles de leur constitution affective propre, et de s'en trouver enrichi. Cette faculté d'entrer dans l'univers d'une conscience étrangère est un don certes mais aussi peut-être un malheur qui marque une fragilité, une difficulté à suivre en aveugle cette ligne de vie inscrite au fond de soi comme dans la paume de sa main et qui mène infailliblement au bonheur.

Ainsi fonctionnent et tiennent bon tant de mariages qu'on aurait pu croire voués à l'échec, non par un accord de tout l'être mais plutôt par un heureux malentendu, une cécité bénéfique. C'était le cas des Duchesneau, fermés l'un à l'autre, et dont l'entente reposait essentiellement sur des détails, des habitudes de vie quotidienne qui n'engageaient en rien leurs intimes aspirations. Voilà qui explique sans doute comment et pourquoi tant d'unions fondées au contraire sur un sentiment profond et partagé, sur une mise en commun du primordial, sont précaires et s'effriteront dès que la passion montrera des signes d'usure, tandis que les mariages dits de convenance ou de raison, tels qu'on les pratiquait naguère, ont des chances de durer et de survivre à toutes les illusions puisque celles-ci ne fondèrent jamais l'essentiel du *conjungo*.

Autant Dorothée Duchesneau était dévoreuse impénitente de l'existence de son entourage, au sens où, à travers ses proches, elle entendait, elle, réaliser l'ambition qui la dévorait, autant le Dr Duchesneau, lui, était un homme détaché de toute prétention arriviste. Un sentiment de ce qu'il devait aux autres en tant que médecin le rendait d'un dévouement et d'une abnégation à toute épreuve. Il parlait peu et toujours à bon escient, n'agissait qu'après réflexion et sa conscience professionnelle n'était jamais prise en défaut. Bon comme il n'est plus permis — on le disait «bonasse» pour se justifier de ne l'être pas autant que lui —, c'était un homme d'un autre âge. Il s'attardait à l'hôpital aussi longtemps qu'il croyait sa présence nécessaire, ou seulement utile. Il n'était certes pas de ces médecins qui passent leurs après-midi sur les terrains de golf entre deux interventions chirurgicales plus ou moins expédiées. Comme il ne se mêlait que de ce qui le regardait, ses relations avec ses collègues et ses collaborateurs étaient sans problème. Avec sa femme seule éprouvait-il quelques difficultés de communication mais cela, au bout du compte, tournait à l'avantage de leur ménage, des communications trop faciles ne pouvant que mettre à nu tout ce qui risque d'attenter à l'harmonie du couple...

De cette union d'autant plus robuste qu'elle se révélait piètrement assortie, n'était donc sortie que Marie, personnage assurément peu banal, oscillant entre l'aristocrate et la sauvageonne, mais à tous égards fille de ses parents. De son père elle tenait la gravité, le scrupule, la persévérance, l'application, le côté rêveur et sublime; de sa mère l'exubérance, le culot, le panache, le sens du spectacle, la flamme, l'ambition, l'entêtement. À quatorze ans tout cela lui composait une personnalité déjà touffue, tout en contrastes, mais nettement affirmée, et lui permettant d'exercer sur sa cousine Agnès, à compter du jour où elles vécurent sous le même toit, un ascendant moral qui faisait d'elles deux un couple d'amies parfaitement dissemblables mais d'autant plus compatibles, comme il se doit. Cette amitié était encore renforcée par la passion partagée, mais bien différente dans son expression, qu'elles avaient pour les arts, encore qu'Agnès eût renoncé provisoirement à exercer ses talents de pastelliste et de dessinatrice, n'osant plus s'aventurer dans un domaine où Marie, qu'elle admirait profondément, semblait prédestinée aux plus hauts accomplissements.

Une année passa, puis une autre, durant lesquelles Marie négligea à peu près complètement son journal personnel, et même toute création littéraire, hors de travaux scolaires qui ne lui coûtaient rien, trop absorbée qu'elle était par sa peinture — années rapides et lentes où la présence d'Agnès auprès d'elle lui fut un constant encouragement à se surpasser. Les deux cousines étaient plus proches que jamais l'une de l'autre, mettant en commun leurs joies et leurs tourments d'adolescentes. Le soir, elles s'asseyaient sur le lit de l'une ou de l'autre dans leur grande chambre commune, et c'étaient des conversations à n'en plus finir sur leurs études, leurs lectures, leurs découvertes en art, les garçons qu'elles croisaient au cégep où elles étaient maintenant inscrites. Néanmoins leurs différences allaient en s'accentuant. À mesure que s'exacerbait chez Marie la passion de vivre jusqu'au bout toutes les expériences de son âme et qu'elle s'abandonnait à tous les courants affectifs qui la traversaient au hasard de ses lectures et de ses rencontres, à mesure qu'elle devenait ce qu'elle était de toute éternité, soit altière, arrogante, dédaigneuse, insolente, volontaire, ardente, fiévreuse, exaltée, indomptable, excessive, bref à mesure que tout son être se ramenait à une affirmation de soi au cœur d'une lutte morale et spirituelle sans trêve ni merci, en revanche l'humeur délicate d'Agnès, sa discrétion, sa modestie, s'affirmaient elles aussi, si l'on ose dire, la réserve et la mesure se révélant de plus en plus comme sa véritable et profonde nature. Sa tendance à s'effacer systématiquement devant sa cousine ne lui coûtait rien puisque cela correspondait à une disposition de son caractère, accusée encore par le sentiment qu'elle avait de son état d'orpheline recueillie par magnanimité chez son oncle et sa tante. Tout comme l'orgueil de Marie, la modestie d'Agnès avait quelque chose de caricatural, traits de caractère qui loin de les opposer les faisaient se compléter à la perfection.

Non, jamais les deux cousines ne furent si unies que durant ces temps-là, et leurs dispositions affectueuses devaient même entraîner un petit incident qui vaut d'être rapporté. Si opposé était leur naturel en effet, si contraire leur humeur habituelle qu'elles ne pouvaient se heurter mais seulement harmoniser leurs différences jusqu'à faire jaillir de ce contact une musique presque romantique où leurs cœurs semblaient se fusionner. Or Dorothée Duchesneau fut à même de constater cette amitié lyrique un jour qu'entrant à l'improviste dans la grande chambre qu'elles partageaient, elle trouva les deux filles à demi enlacées sur le lit d'Agnès, fredonnant des airs classiques et riant aux éclats de leurs fausses notes, rires qui auraient dû suffire à retirer tout caractère suspect à ce rapprochement spontané des corps — d'autant qu'elles venaient justement de parler garçons, comparant entre eux les mérites physiques et intellectuels de ceux qu'elles connaissaient toutes les deux pour mieux s'en moquer joyeusement. Dorothée entra dans une grande colère. Elle était trop à l'affût des moindres peccadilles dont sa malheureuse nièce pouvait se rendre coupable à l'égard de sa cadette pour ne pas s'offusquer de familiarités aussi suggestives et ne pas faire une scène violente dont les deux cousines saisirent à peine la signification tant, à la vérité, malgré leurs seize ans, elles étaient l'une et l'autre parfaitement ingénues, ce qui eût suffi à les distinguer de leurs contemporaines de la génération permissive. Car cette Marie qui, par pure bravade, savait à l'occasion se montrer naïvement provocante avec ses camarades du cégep n'était en réalité qu'aspiration à quelque chose d'éthéré, d'infini, objet inaccessible qu'elle sentait seul à sa mesure. Quant à Agnès, qui n'était qu'intériorité craintive et désespérait de jamais rencontrer son frère d'âme dans ces contrées solitaires où errent les timides, elle reportait toute sa tendresse et son admiration sur sa cousine dont la désinvolture brillante et enflammée exerçait sur elle une fascination où n'entrait aucune envie, seulement de l'émerveillement. Leur surprise non feinte devant les airs courroucés de Mme Duchesneau ne fit que confirmer cette dernière dans ses soupçons car elle était de ces personnes méfiantes qui croient systématiquement qu'on veut se jouer d'elles et que l'attitude apparente dissimule un sentiment exactement contraire dans un effort pour donner le change à toute force. Aussi bien dès le lendemain son parti fut pris : Agnès aurait sa chambre à elle à l'autre bout de l'étage, une sorte de cabinet d'études dont le Dr Duchesneau ne se servait plus guère depuis qu'il était attaché à l'Hôtel-Dieu en qualité de chef du service d'endocrinologie. On vida l'étroite pièce de tout son contenu, essentiellement des livres, et un matin, tandis que les filles se trouvaient à leurs cours respectifs, l'une de sciences, l'autre de lettres, Dorothée fit venir un taxi qui la conduisit en ville où elle choisit dans un grand magasin un ameublement simple mais convenable, sans songer une seconde à consulter l'intéressée car elle estimait que si elle défrayait la dépense, le droit lui revenait de meubler la chambre à son goût à elle, bien qu'elle entendît fermement n'y jamais mettre les pieds. Et elle ne manqua pas de faire sentir à Agnès le prix du «cadeau» dont elle était la bénéficiaire en même temps que la leçon de conduite morale qui le lui valait. Avec la séparation des deux amies, Dorothée espérait retrouver quelque empire sur une fille qui lui échappait de plus en plus afin de mieux pousser celle-ci dans le sens de son rêve ambitieux de mère : faire de Marie Duchesneau le premier peintre de la jeune génération en l'orientant vers un style issu de Borduas et de Riopelle, *«automatistes»* dont on disait alors autour d'elle que c'étaient là les précurseurs qui indiquaient la voie de l'avenir. Pareil objectif trahissait chez Dorothée une grossière méconnaissance non seulement des inclinations artistiques de sa fille, que tout éloignait de «l'art brut» en vogue, mais surtout des exigences démesurées d'un caractère qui faisait regarder l'adolescente bien au-delà de la «jeune génération», québécoise par-dessus le marché! Quel misérable horizon que celui-là! s'exclamait-elle, la tête encore toute farcie des grands classiques de la modernité, Picasso, Matisse, Derain, Braque, Rouault, Chagall, et tous les autres, après lesquels il n'y avait rien. Quant à Agnès, sitôt transportée dans sa nouvelle chambre, elle se remit à ses fusains et à ses pastels, ne craignant plus d'éveiller des comparaisons qui n'auraient pu que lui être défavorables tant elle plaçait haut sa cousine et se sentait dénuée auprès d'elle, tant surtout elle appréhendait de marcher dans des plates-bandes qui n'étaient pas les siennes — alors que, bien au contraire, le dessin et la couleur lui étaient des moyens d'expression parfaitement naturels qu'elle avait cultivés spontanément dès son tout jeune âge, sans avoir jamais suivi d'autres leçons que l'exemple des Maîtres du passé dont elle aimait à feuilleter les chefs-d'œuvre dans les somptueux albums de reproductions que ses parents accumulaient sans les ouvrir jamais. Curieusement, sa préférence allait aux esquisses, aux ébauches, aux croquis, aux crayons, tous ces travaux préparatoires qui lui paraissaient souvent plus riches d'enseignements que les œuvres «finies». Elle avait pour les études de Delacroix en particulier une admiration illimitée. Mais parmi les peintres plus «modernes», il en était un qui lui était cher entre tous : c'était Odilon Redon, cet artiste un peu méconnu, un peu effacé comme elle, qui avait travaillé en marge des grands courants impressionniste et post-impressionniste, et dont l'originalité marquée par un sens profond du mystère était certaine, même cent ans plus tard. Si ses vases de fleurs ne la comblaient guère, ses têtes féminines aux paupières closes où régnait toujours quelque chose d'étrange, de rêveur, d'*irréel*, obtenu avec la palette la plus réduite, l'abîmaient dans de longues extases. Et elle cherchait, à sa manière, à renouveler la magie de ces portraits qui n'en étaient pas, qui ne ressemblaient à rien ni à personne, si ce n'est à quelque beau visage d'ange inconsolable, tant l'imagination à la fois lyrique, intimiste et mystérieuse du poète l'emportait sur une volonté de réalisme quelconque. De même en allait-il de ses grandes compositions oniriques où Redon tentait de donner l'illusion de la vie à ses créations les plus fantasmagoriques : monstres à un œil, figures empruntées à la mythologie, Vénus émergeant d'un coquillage, véritable obsession par quoi l'artiste cherchait à représenter le passage de la matière à l'esprit et leur fusion dans cette unité qui s'appelle la Vie. Il s'agissait d'une peinture énigmatique dont le symbolisme et la spiritualité contestaient les figures par trop «en chair» d'un Renoir dont l'exubérance s'adressait à des sensibilités grossières à l'excès : «J'ai refusé, disait Redon, de m'embarquer dans le bateau impressionniste parce que je le trouvais trop bas de plafond.»

À l'écart de Marie pour qui Odilon Redon fut tout de suite une bouleversante révélation même si elle ne devait s'en inspirer que plus tard, Agnès toute seule dans la petite chambre, pouvait donc maintenant, sans craindre la comparaison, se livrer à son secret enthousiasme créateur dont la sincérité excluait le moindre désir d'exhiber, sinon pour sa cousine à l'occasion, le fruit intense de moments volés au cours quotidien de journées bien remplies. Car tout cet effort, au rebours de Marie qui y trouvait sa raison de vivre, n'était pour Agnès qu'une absorbante diversion qui ne devait pas empiéter sur le temps des études et des travaux auxquels l'astreignait la préparation de son diplôme d'études collégiales, option sciences. À cet objectif elle se donnait avec ardeur et patience, pour des résultats à l'avenant. Or, inscrite en sciences, elle suivait néanmoins les mêmes cours de base de français que sa littéraire de cousine dont elle était, à son corps défendant, la rivale heureuse car Marie, avec tout son génie, était brouillonne et, outre qu'elle ne vivait alors que pour la peinture, était de toute façon trop intensément *originale* pour réussir dans un cadre scolaire. D'où la jalousie qu'inspiraient certaines comparaisons à tante Dorothée, laquelle digérait mal les réussites d'une nièce à qui elle ne pardonnait rien, surtout pas ses vertus et ses mérites. Pareil sentiment d'envie n'effleurait même pas Marie, trop parfaitement sûre d'elle-même et de son exceptionnelle destinée pour ne pas se réjouir de tous les succès qui pouvaient advenir à sa cousine et lui rendre un peu d'assurance. De même, longuement mûris, les plus modestes pastels d'Agnès que la tante apercevait sur la table à dessiner de la nièce — car Dorothée n'avait pas renoncé aux inspections clandestines — n'étaient pas sans jeter dans son esprit comme une ombre sur la luminosité des natures mortes à l'acrylique que Marie brossait en un rien de temps — «torchait en cinq sec», disait celle-ci, gavroche — et accumulait sans les compter comme de simples exercices. Tant de virtuosité féconde en vint du reste à convaincre le Dr Duchesneau d'acquiescer au vœu maintes fois exprimé par sa fille de quitter le cégep avant de l'avoir terminé pour s'inscrire à l'École des Beaux-Arts où l'appelait sa vocation profonde. Et c'est ainsi que, à défaut d'un diplôme d'études collégiales en Art, elle s'y fit aisément admettre sur la foi d'un échantillonnage de sa virtuosité qui fit l'étonnement du jury d'admission réuni spécialement en cours d'année.

Exception faite de l'incident ridicule qui leur avait valu de faire chambre à part lorsque Dorothée avait cru discerner quelque sensualité dans les très chastes rapports des deux adolescentes, aucun nuage n'avait jamais traversé le ciel limpide de leur amitié. Elles partageaient tout et vivaient au même rythme studieux. Une dissemblance toutefois s'accentua à compter du jour où Marie quitta le collège pour les Beaux-Arts. Son nouveau statut d'élève de l'École où naguère avait germé le fameux *Refus global* de Borduas et ses amis, lui valut en effet de jouir d'une liberté de mouvement et de comportement bien plus grande qu'auparavant. Hors les accès de vaste inquiétude spirituelle qui l'enfermaient périodiquement dans sa chambre, Marie aimait à sortir, à courir les cinémas et les cafés estudiantins de la rue Saint-Denis, non loin de l'École, flirtant avec les garçons, mais exerçant plutôt son esprit sarcastique sur des galants souvent pitoyables qu'elle dominait de toute la hauteur de son génie et de sa «superbe». Ainsi se trouva-t-elle soudain plus libre de s'abandonner à ce tempérament frénétique qui fascinait et captivait tous ceux qui l'approchaient. Solitaire et réservée, Agnès de son côté se contentait d'admirer de loin cette *furia* qui, mis à part les repliements mystiques intermittents, ne s'estompait que rarement pour laisser Marie à ce que Dorothée appelait ses «humeurs» ou ses «bouderies» qui n'étaient que le sombre envers d'un tempérament excessif. C'est dans ces moments que, délaissant ses pinceaux, la jeune fille ouvrait un roman fiévreux ou, mieux encore, saisissait sa plume pour noircir quelques pages d'impressions encore toutes fraîches, de notations jaillies de sa conscience en perpétuel mouvement, impressions et notations qu'elle ne jugeait pas indignes d'intéresser la postérité... Voici comment s'y trouve signalée l'entrée dans sa vie d'étudiante, et dans sa vie tout court, d'un jeune homme qui devait par la suite y occuper une place privilégiée.

Hier, jeudi 24 novembre : *rien. Beaux-Arts tout l'après-midi dans la grande salle. Mal travaillé. Distraite par tous ces*

minables qui n'iront nulle part et gaspillent le temps des autres.
Le soir chez Claire Pageau. Ennui mortel. Pas un ami, si tant
est que j'en ai jamais eus. Il a fallu que je me batte les flancs,
que je me force à faire le pitre pour secouer la torpeur de
cette compagnie de buveurs de bière débiles et sans manières.

Aujourd'hui je m'étais arrêtée à la cafétéria pour boire
du thé au citron, mais il n'y avait ni thé ni citron naturellement.
J'étais donc allée m'asseoir avec un grand verre d'eau lorsque
je me suis sentie observée avec insistance. En levant les yeux,
mon regard s'est croisé avec celui d'un inconnu — ils sont
encore nombreux — assis à deux tables de la mienne et qui
me scrutait gravement. Aussitôt il s'est détourné d'un air
insouciant en fredonnant le thème de l'Ode à la Joie comme
si de rien n'était. Cette insistance suivie de cette volonté d'in-
différence m'a plu. «Jeune homme, lui ai-je dit en me trans-
portant à sa table avec mon verre d'eau, je consens à ce que
tu me regardes mais je souhaiterais que, chaque fois, tu m'en
demandes la permission. Je ne suis pas un objet de libre
consommation, un article de la société de plaisir, je suis un
sujet de droits et à ce titre je réserve mon intimité. Ceci dit,
tu me plais. Je n'ai encore rien vu de ce que tu fais mais je
suis certaine que ça n'est pas du toc et que ta peinture a la
profondeur de tes yeux clairs. J'aimerais bien sortir avec toi,
aller chez toi. Est-ce possible? ou bien si tu es déjà acoquiné
avec quelque belle insignifiante? Ça m'étonnerait de ta part.
Ou alors viens chez moi quand tu voudras. Je te présenterai
ma cousine, une fille exceptionnelle qui est sur le point de finir
son cégep et dont tu apprécieras, j'en suis certaine, les petits
pastels languissants et délicats à la Odilon Redon.»

Il m'a souri, et a dit : «Toi aussi tu me plais, tu es drôle,
je veux dire pas comme tout le monde. Tu n'as pas remarqué
mais je t'ai regardée peindre hier tout l'après-midi. Je t'ai
même apporté plein de cafés que tu as ingurgités comme un
dû, sans même te fendre d'un remerciement. Mais ça m'était

37

égal : je n'en revenais pas de tant et tant d'idées originales fusant sur ta toile. Quel âge as-tu?» J'ai répondu : «Dix-sept ans», anticipant de quelques mois sur la vérité. «Moi, j'aurai dix-neuf ans le mois prochain et je ne suis pas accoté comme la plupart de mes copains. Je vis chez mes parents. J'aimerais bien discuter, échanger avec toi.» J'ai répliqué : «Moi aussi, mais d'abord, pour nous donner un sujet d'échange, sinon de discussion, si nous allions au cinéma? As-tu vu le dernier Woody Allen?» — «Deux fois.» — «Moi trois. Si on y retournait?» — «Avec toi, oui!» — «Alors c'est entendu. Mettons ce soir. Non demain soir.» — «OK, je suis libre. Donne-moi tes coordonnées que je passe te cueillir à domicile…»

On en est restés là, après nous être nommés — il s'appelle Marc Marceau — mais j'avais le cœur tourneboulé comme jamais depuis que je suis inscrite aux Beaux-Arts parmi tous ces malappris dénués de goût, de culture et de sensibilité, à l'exception de Claire, d'Alain et de Carole. Mais avec ce Marc, c'est bien autre chose encore…

Aussitôt écrit, aussitôt oublié. À qui vivait l'instant présent aussi intensément que Marie Duchesneau, le lendemain soir paraissait aussi lointain que l'année prochaine et ses emballements retombaient d'habitude avec la même vitesse que les fragments incandescents d'une fusée pyrotechnique dans un firmament tourmenté. Seule sa passion pour son art ne variait pas, passion avivée par un rêve de gloire qu'elle poursuivait non seulement en imagination mais au prix d'un travail énergique et point toujours récompensé. À cet égard, la fréquentation de l'École des Beaux-Arts — aujourd'hui disparue — lui fut une chance inespérée.

Là, dans ce «haut lieu de la création picturale» ainsi qu'elle aimait à se moquer, et grâce à un climat d'indolence bohème qui, nonobstant sa réprobation, convenait à sa fantaisie et à son indépendance d'esprit mieux que les bons conseils de ses professeurs, lesquels obtinrent néanmoins qu'elle renonçât à l'acrylique en faveur de l'huile, infiniment plus subtile, Marie Duchesneau n'avait pas tardé à se signaler comme l'une des élèves les plus remarquables de l'établissement; certains la qualifiaient même de «phénix»! Ce n'étaient plus de sages et vives natures mortes prestement enlevées, c'étaient des paysages urbains où la misère suintait, dégoulinait de grands murs décrépits aux graffiti obscènes, c'étaient de vastes compositions néo-réalistes où se donnait libre cours l'imagination autant survoltée que révoltée de la jeune apprentie. Pour le reste, si l'on excepte les séances de pose, c'est-à-dire l'opportunité nouvelle pour Marie de modeler des nus d'après nature, pour le reste, de l'École elle eût pu dire et même elle ne se gênait pas pour répéter à la ronde le jugement que Richard Wagner portait sur les conservatoires de musique, à savoir que «ce que quelqu'un n'est pas capable d'apprendre tout seul, il ne l'apprendra sûrement pas, et surtout pas! dans ces endroits-là». Étant à l'âge des découvertes, des éblouissements et des reniements — soit à l'âge où l'on fait plus de chemin en une semaine qu'en une année quinze ans plus tard — et l'art dit «abstrait», après trente ou quarante ans de tyrannie, révélant son impasse chaque jour, faute pour l'artiste de pouvoir y affirmer une vision du monde réel qui lui soit propre, Marie, passé une série de pièces étonnantes qui restent comme les témoignages d'une époque de fiévreuse rébellion sociale, ne tarda pas, dès le printemps, à délaisser à leur tour les scènes misérabilistes en faveur de scènes d'intérieur inspirées de Bonnard, *nabi* post-impressionniste dont elle se réclama quelque temps avec la même ferveur, la même passion qu'elle mettait en toutes choses. Cette évolution fut justement précipitée par la chance à elle offerte de peindre des modèles dans la manière académique, qui fit faire de grands progrès techniques à son modelé du nu féminin, progrès qu'elle incorporait tout naturellement à ses compositions de femme à la baignoire, femme à sa toilette, etc. Chez Bonnard dont elle ne se lassait pas d'étudier les œuvres, elle crut trouver tout ce qu'elle aimait profondément : une vision concrète de la réalité perçue à travers le voile d'une intense poésie intérieure. Impérieuse autant que versatile, elle jugeait cette peinture encore plus intense et surtout plus riche que celle de Matisse dont on lui proposait l'exemple et qu'elle ne manquait pas d'admirer pour la franchise d'une palette rutilante mais qui, trop souvent, n'offrait à son gré qu'une surface sans profondeur se ramenant à des contours simplifiés entourant des zones trop uniment coloriées pour un tempérament comme le sien qui brûlait de crever les apparences et de faire exploser la toile à force de couleurs et d'irisations. Chez Marie Duchesneau, le rouge dominait, ou plutôt des rouges exaltant toutes les nuances du spectre depuis l'orangé jusqu'au pourpre. Le rouge, le rouge, obsession mentale… Elle ne concevait point de peinture sans rouge, elle en mettait sur le costume de ses personnages d'enfants comme sur un ciel entr'aperçu à travers la vitre d'une fenêtre givrée, comme sur la chair de ses personnages, surtout masculins, car la jeune fille trouvait maintenant pour exprimer le nu masculin une inspiration que lui enviaient des camarades plus conventionnellement cantonnés dans le nu féminin. Et même, bien qu'elle se montrât, malgré toutes ses provocations verbales, fort réservée au plan de ses relations avec l'autre sexe pour ne pas dire farouche au gré des don Juan au petit pied qui allaient jusqu'à la traiter de «niaiseuse», Marie se plaisait à contrefaire certains Bonnard qu'elle aimait particulièrement en remplaçant les nus féminins par des jeunes gens. On avait ainsi : homme se lavant les pieds, jeune homme se rasant, homme enveloppé d'une serviette méditant à l'ombre d'un vase de tulipes, etc. Rien de mièvre chez Marie Duchesneau qui, à seize ans et demi, et malgré les influences inévitables, avait déjà une personnalité affirmée de peintre qui laissait présager pour elle toutes les réussites. Mais son ambition était si démesurée qu'elle ne concevait tout ce travail que comme des études préliminaires à ce qu'elle ne doutait pas de réaliser bientôt. Altérée de gloire, elle rêvait de grandeur et d'immortalité; elle imaginait qu'il lui appartenait à elle, Marie Duchesneau, de faire entrer la femme artiste dans le panthéon des maîtres où les Berthe Morisot, les Mary Cassatt et les Marie Laurencin n'avaient été que de trop chétives prétendantes. Et quand on lui demandait son sentiment sur Picasso : «C'est de la peinture d'homme, uniquement d'homme avec un tout petit *h*», répondait-elle avec une moue, indiquant par là sans doute qu'elle trouvait cette peinture cérébrale à l'excès et que, son apprentissage terminé, elle saurait, elle, montrer au public ce que l'art peut être quand il se veut le reflet de l'Homme total — et il est vrai que par une tendance inconsciente de son esprit, elle opposait souvent sur une même toile le principe féminin et le principe masculin comme l'envers et l'endroit de la même essence dissociée. En attendant le coup d'éclat imminent ou plus lointain qui la révélerait au monde sidéré, à travers les démarches tâtonnantes qui jalonnaient son effort pour trouver rien moins que «l'aboutissement de l'Histoire de l'Art» — quête prométhéenne qu'elle poursuivait expressément! —, elle travaillait non pas en dilettante douée mais sans relâche et d'arrache-pied, soutenue par une confiance inébranlable en son étoile, en son génie. Réservant la maison à la lecture des poètes, à son Journal, à la méditation spirituelle, aux longues conversations avec Agnès surtout, elle travaillait dans la grande salle des Beaux-Arts où la conscience qu'elle avait des regards jetés par-dessus son épaule, loin de la gêner, à condition que l'on s'abstînt de commentaires, la stimulait, lui donnait des ailes, et les coups de pinceau volaient alors comme des éclairs sous les doigts sensitifs de l'artiste, et ce qui paraissait des touches gratuites avaient tôt fait de révéler toute leur secrète signification dans un ensemble dont la conception lui était donnée dès les premiers coups de brosse lancés comme au hasard. Car jamais elle n'aurait dessiné d'esquisses préparatoires, se fiant trop à son instinct qu'elle tenait désormais pour infaillible, quitte à reprendre vingt fois la même épaule ou la même croupe dont la courbe ne lui paraissait jamais assez digne de son idéal, assez digne de ce qu'elle devait à son image dans le miroir hyperbolique de sa prescience d'être une élue des dieux. Inconsciente de son narcissisme exalté, voire monstrueux — mais en était-ce vraiment, ou bien n'était-ce pas que l'ingénuité sans complexe d'une adolescente surdouée? — elle se décrivait elle-même dans son journal comme «trop extraordinaire» pour livrer quoi que ce fût d'elle-même qui n'approchât point «la perfection d'une poésie aux couleurs de [son] âme étrange». Il ne manquait à l'orgueil de Marie qu'une grande passion, une grande épreuve, pour que le jeu auquel elle jouait se transformât en un cri, celui des profondeurs et des déchirements sismiques.

Marc Marceau, le jeune homme dont Marie avait, dans son Journal, salué la romanesque irruption dans sa vie d'étudiante, serait-il l'étincelle qui mettrait le feu à ce vivant baril de poudre qu'était Marie Duchesneau? En tout cas, il accaparait le plus clair de son temps libre, au point que Marie se faisait plus rare à la maison. Un soir qu'Agnès s'en plaignait délicatement, sa cousine lui en fit la confidence : elle aimait un garçon! Pourtant elle restait vague, son ton pour annoncer une nouvelle de cette importance était étrangement mesuré pour une Marie Duchesneau qui ne respirait qu'entre sommets et abîmes. Il s'agissait d'un étudiant des Beaux-Arts, un peu plus âgé qu'elle et qui l'admirait passionnément. Ne passait-il pas des heures perché sur un haut tabouret à la regarder travailler en silence, lui apportant de quart d'heure en quart d'heure cafés sur cafés dans un gobelet de plastique? À part le «talent fou» qu'elle lui prêtait comme par surcroît, ces petits soins représentaient semblait-il, le plus sûr de son mérite car Marie, parlant de son soupirant, donnait le sentiment d'une femme qui abdique tous ses rêves romantiques de grandeur en faveur d'un homme qui n'a pour lui que son zèle à prévenir les menus désirs de son idole. Reste qu'elle trouvait «un charme fou» (encore...) à la cour qu'on lui faisait et qu'elle acceptait toutes les sorties que lui proposait Marc, sous réserve de lui refuser ne serait-ce qu'un baiser sur la bouche en retour, tant la haute idée qu'elle se faisait de sa destinée excluait qu'elle pût se donner au premier freluquet venu, fût-il «presque adorable» selon la description qu'elle-même en faisait à sa cousine incrédule. Si difficile, si exigeante pour tout ce qui la concernait, Marie avait-elle bien parlé d'*amour?* se demandait la douce Agnès, perplexe et surtout mélancolique à l'idée d'être abandonnée un peu plus à la solitude de ses dix-sept ans.

Un soir de fin d'hiver, le Dr Duchesneau rentra de l'hôpital vers dix heures, ce qui n'était pas une heure inhabituelle pour lui. Toute la maison semblait endormie, un profond silence pesait sur l'obscurité des choses familières. «Paix! Paix! Sainte paix!» murmura-t-il en exhalant un rauque soupir à la pensée de la journée éreintante qu'il venait de vivre. Sans prendre la peine de faire de la lumière, il se dirigea droit vers la cuisine où il mit de l'eau dans la bouilloire électrique et sortit machinalement de l'armoire une tasse suspendue à un crochet, toujours le même, sur laquelle il y avait marqué «Papa», ainsi qu'il faisait presque tous les soirs avant de monter dans sa chambre en espérant n'être pas réveillé durant la nuit pour quelque urgence où il lui faudrait à tout le moins donner ses instructions au téléphone. Or au moment précis où la bouilloire se mettait à siffler, il crut entendre des sons bizarres venant de là-haut, quelque chose comme des gémissements ou peut-être des gloussements tels que les chiens qu'on néglige en ont pour exprimer leur faim de caresses ou de tambouille, ou encore leur joie frémissante lorsqu'ils veulent attirer l'attention de leur maître rentré d'un long voyage. Les geignements persistant, le docteur se demanda si sa fatigue ne lui donnait pas la berlue

43

et s'il ne transportait pas l'hôpital avec lui dans sa tête. Il s'avança jusqu'au pied du large escalier en chêne verni où cette fois il reconnut la plainte mal réprimée d'une voix humaine. Il monta en s'arrêtant à chaque marche pour constater, dès le palier qui coupait l'escalier en deux volées, que la plainte provenait de la chambre d'Agnès, un peu isolée à l'avant de l'étage. S'approchant de la porte, il y colla l'oreille. C'était bien Agnès qui étouffait tant bien que mal des lamentations lugubres. Que faire? Obéissant à sa compassion avec un peu plus d'empressement qu'il n'aurait imaginé, Yves Duchesneau frappa discrètement, puis plus fort. Les plaintes cessèrent mais la porte ne s'ouvrit pas et la maison retomba dans sa «sainte paix». Ils étaient seuls, elle et lui, c'était évident. En un instant l'image de sa nièce par alliance se précisa, souverainement idéalisée, dans la conscience du docteur. Par comparaison avec l'exubérante et souvent brouillonne Marie, les dix-sept ans d'Agnès Debloy avaient une grâce secrète qui émanait non seulement de son angélique figure triangulaire, mais de toute sa personne. Elle avait comme une façon à elle de se mouvoir, de se retourner, de courir même, sans rien déplacer, sans faire plus de vagues qu'une aile effleurant la surface d'un lac étale. Elle semblait vivre d'une vie immatérielle, à demi soumise aux lois de la pesanteur, ne faisant que prendre appui un instant sur le sol pour rebondir dans les airs, comme on voit faire aux acteurs dans un ralenti de cinéma, silhouettes auprès desquelles même les danseuses les plus éthérées paraissent lourdes et captives de la matière. Ce charme fait de douceur et d'harmonie, Yves Duchesneau y avait toujours été sensible, bien qu'il s'en défendît devant lui-même.

— Agnès, Agnès, chuchota-t-il à travers la porte, êtes-vous souffrante?

— Non, non, je n'ai rien, qu'on me laisse tranquille... Oh! c'est vous, mon oncle Yves?...

Après un bruit sourd qu'on eût prit pour la chute d'un corps sur le plancher, la porte s'ouvrit et Agnès apparut en chemise de nuit, les yeux rougis.

— Agnès, tu... vous pleuriez, se reprit le docteur. Vos yeux sont rouges et votre bouche tuméfiée.

— Non, je ne pleurais pas, je braillais! Oh! mon oncle, proféra-t-elle en se jetant dans ses bras, ma vie est si misérable malgré toute la bonté que vous me témoignez chaque jour.

Spontanément, il la serra contre lui.

— Ce que nous faisons, nous ne le ferions pour personne d'autre que toi, Agnès, murmura le docteur en passant malgré lui au tutoiement.

Et il lui caressait patiemment la tête comme un père caresse la tête de son enfant qu'un mauvais rêve a éveillé. Puis, éloignant de lui le visage «angélique», il la considérait, par-dessus ses lunettes, avec un redoublement d'affection, sentiment auquel se mêlait ce soir une brumeuse tendresse, une complicité douce, libre enfin de s'exprimer à la faveur de toute la détresse lue dans ces yeux, sur cette bouche sur le point de «brailler» de nouveau.

— Agnès, ma fille, il faut être courageuse. Je sais, ce sera bientôt le troisième anniversaire de la mort tragique de tes parents, ton chagrin n'a rien que de compréhensible.

Mais elle secouait la tête de droite à gauche en signe de dénégation.

— Non, ne croyez pas cela, mon oncle. Ai-je assez de cœur seulement pour m'en souvenir? Je n'y avais même pas pensé. C'est cette vie sans avenir, sans amour, cette solitude infinie comme celle du désert.

Le docteur réfléchit en entraînant de quelques pas l'adolescente au milieu de cette chambre qui avait été son cabinet de travail.

— Qui possède le bonheur ici-bas, dis-moi, et surtout le mérite? Toute la journée autour de moi, je ne vois que des malades, des malheureux. J'ai le sentiment de les porter à bout de bras au prix de ma santé à moi et pourtant comment ne pas les aimer plus que les autres dont le bonheur paraît une injustice? Voilà pourquoi tu m'es chère… plus que Marie peut-être, qui trouve aisément de quoi combler ses aspirations au bonheur par des créations qui la renouvellent sans cesse.

Il se tut. Seuls les reniflements d'Agnès troublaient encore le calme de la soirée. Mais la jeune fille s'apaisait peu à peu jusqu'à ce que, dans un mouvement spontané de reconnaissance, elle prît son oncle par l'épaule et lui embrassât la joue comme une petite fille. Yves Duchesneau se méprit-il? De la main il retint le menton de sa nièce et lui rendit son baiser en fermant les yeux comme s'il buvait à une source d'eau claire. L'ambiguïté prolongée de cet élan qui ressemblait si peu à son oncle fit qu'Agnès ne trouva pas tout de suite comment réagir. Cependant elle ne se défendait pas, d'autant moins que, songeant aux nouvelles amours de Marie, elle revoyait avec une espèce de jalousie amère le franc visage de ce Marc Marceau dont elle avait fait la connaissance un peu plus tôt le même soir lorsqu'il était venu «cueillir» sa cousine pour l'emmener est-ce qu'elle savait seulement où?

— Ne crois surtout pas, Agnès, que je sois homme à me jeter à la tête de la première venue, chuchotait le docteur, la barbiche enfoncée dans les longs cheveux de la jeune fille. D'abord tu n'es pas pour moi la première venue, et puis (ici, sa voix se fit presque brutale, cynique) et puis, si tu veux savoir, des fesses, des seins, des sexes, j'en vois trop, j'en palpe trop et de toutes les couleurs pour que ça m'émeuve encore. C'est toi, Agnès, c'est toi qui me bouleverses, enfant que tu es.

— Enfant? Pour vous seul, mon oncle. J'aurai bientôt dix-huit ans. Je me sens déjà… défraîchie. Et pourtant je n'ai jamais aimé.

— Pour moi qui en ai cinquante et un, tu es aussi défraîchie qu'une fleur de printemps nouvellement éclose.

Comprends-tu cela?... Mais où donc est ma femme? s'inquiéta-t-il soudain, comme tremblant d'être surpris au moment de s'engager davantage, et tournant la tête vers la porte restée béante.

— Tante Dorothée n'est pas rentrée de son bridge hebdomadaire.

— Ah oui, bien sûr... Et Marie?

— Sortie, elle aussi, avec son nouveau «super-mec» comme elle dit, car elle n'en manque pas, elle, même si elle se plaint de la qualité. Je lui tenais compagnie tout à l'heure tandis qu'elle achevait de se préparer et qu'elle parlait, parlait. Pour la vingtième fois, son Marc qui n'était au début qu'un béguin, elle me le décrivait beau comme un rêve, gentil comme un agneau, adorable comme une poupée, l'as de cœur, quoi! Et puis un «talent fou» de peintre! Vous savez de quel enthousiasme Marie est capable, mon oncle. Je me disais qu'elle se montait la tête. N'empêche : elle l'aime, il l'aime, elle a cette double chance. Et puis, comme elle n'était pas encore prête lorsque la porte a sonné, c'est moi qui suis allée répondre. Eh bien! le temps qu'elle descende, j'ai vu qu'elle avait raison, que Marc est bien tel qu'elle me l'avait dépeint et que... je serais bien capable de l'aimer moi aussi, ce garçon presque trop beau, presque trop gentil!

Yves Duchesneau écoutait à peine. La voix d'Agnès, vibrante d'émotion mal contenue, lui parvenait de très loin tandis que le bout de ses doigts errait doucement sur la joue de sa nièce laquelle, indifférente à tout ce qui n'était pas Marc, se laissait faire comme si elle ne s'apercevait de rien.

— En attendant que vienne pour toi le temps d'aimer vraiment, car je sais bien que je ne puis t'inspirer que de la gratitude, laisse-toi prendre dans les bras d'un homme qui n'a rien d'un rêve, lui, hélas...

Les yeux vagues, Agnès, toute à ses frustrations, ne semblait pas se rendre compte du désir qui enflammait le trop sage docteur, vivante image du devoir qui avait cru que toutes ses raisons de vivre résidaient désormais dans une tâche impérieuse accomplie jour après jour, depuis si longtemps déjà que Dorothée avait cessé de représenter le centre de son existence.

— Je ne serai jamais qu'une ratée, ma vie est un désastre. Oh! que vous êtes bon, mon oncle, de vous rappeler que j'existe, moi aussi.

Le Dr Duchesneau la fixa dans les yeux :

— Dis plutôt que c'est toi qui me rappelles que j'existe… que j'existe hors de l'enfer hospitalier. J'oublie toutes ces plaies, ces souffrances, ces infirmités, tandis que près de toi, contre toi, je sens ton corps vibrer, ce corps si aérien dans sa fragilité qu'on le dirait à peine en chair. Quant à ton cœur, je sais trop bien qu'il ne m'appartiendra jamais.

Or soudain, en même temps qu'elle repousse abruptement le bras du docteur qui l'enlace à demi, Agnès se redresse, non tant comme quelqu'un qui retrouve ses esprits mais qui, hagard, les perd davantage :

— Comme si notre cœur nous appartenait! halète-t-elle en regardant son oncle sans le voir, comme si nous étions libre d'en disposer!… Et se révélant à elle-même la vérité : Le mien est à Marc, à Marc depuis toujours, mon oncle! À Marc Marceau que je ne connais même pas sinon pour l'avoir entrevu cinq minutes tout à l'heure lorsqu'il demandait timidement si Marie était prête, et que je le faisais entrer au salon pour mieux le couver des yeux, avec son air plus artiste que nature.

Le Dr Duchesneau se calma d'un coup, comme réveillé d'un mirage par trop complaisant. Pour Agnès il ne pouvait être que cette chose la plus ridicule du monde : un oncle d'âge mûr. Désormais il tiendrait secrète sa secrète passion et s'emploierait plutôt à conforter sa jeune nièce qu'il sentait en proie à l'une de ces crises où la jeunesse est prête aux élans les plus chimériques pour tromper la solitude d'une imagination trop sensible. Il voulut faire diversion.

— J'aime beaucoup vos récents pastels, dit-il en retrouvant son quant-à-soi et s'éloignant vers la table à dessiner comme vers un havre neutre. Je ne suis qu'un profane mais il me semble que vous avez beaucoup à dire dans un langage bien à vous.

Agnès considéra avec indifférence sa dernière «œuvre» qui étalait là son papier gris, ses verts et ses roses, depuis une semaine qu'elle n'y avait pas touchée.

— Auprès de ce que fait Marie, c'est des barbouillages.

— Et si je vous avouais que je préfère ce que vous faites aux grandes compositions de votre cousine, si ambitieuses soient-elles?

— C'est que vous n'avez pas vu ses toutes dernières toiles, mon oncle, dans la lignée de Bonnard. Et même elle a fait en se jouant quelque chose d'inspiré d'Odilon Redon, le peintre des «yeux clos», c'est-à-dire tournés vers l'intérieur, qui m'a si longtemps fascinée. Mais là où je ne faisais qu'imiter, Marie crée de l'authentique, du moderne en somme. Au point que j'ai abandonné cette voie pour mieux lui laisser le champ libre, surtout que cette peinture symboliste et métaphysique peuplée de créatures imaginaires correspond, j'en suis sûre, à son tempérament mieux que celle de Bonnard dans sa luxuriance, toute empreinte qu'elle est de mysticisme et de spiritualité bien plus que de sensualité. C'est un langage secret qui mêle le rêve à la réalité, un art mystérieux où l'on passe de la description à la suggestion.

— Vous voyez que vous pouvez vous-même influencer Marie? À son exemple, est-ce que vous n'aimeriez pas faire les Beaux-Arts à la rentrée, puisque vous voilà bientôt délivrée des études collégiales?

La jeune fille hésita. Son regard s'arrêta un moment sur une aquarelle au mur, juste au-dessus de la tête de son lit, une aquarelle évoquant l'enfance heureuse et inconsciente de ce qui l'attend, à travers un enfant absorbé dans son jeu profond, où l'on passait du descriptif au suggestif, ainsi que le souhaitait Redon. Des innombrables aquarelles qu'elle avait faites depuis qu'elle avait sa chambre à elle, c'était celle-ci qu'elle préférait.

— Non, répondit-elle enfin, à cause de Marie justement. J'aurais l'impression de lui disputer ce qui lui revient de droit, cet art des formes qui met le visible au service de l'invisible. Et puis, ajouta-t-elle après un silence, il y a Marc, Marc Marceau... Comment le revoir sans laisser transparaître un sentiment qui n'appartient qu'à Marie?

— Allons, Agnès, Marc est assez grand pour faire lui-même son choix entre vous deux. Comme vous-même devez choisir votre avenir en fonction de vos goûts, de vos talents. Je voudrais que vous soyez heureuse, Agnès. J'ai de la peine quand je vous vois vous tourmenter sans raisons vraiment objectives.

— Les Beaux-Arts ont-ils seulement quelque chose à m'apprendre? Je fais des petites choses en marge de toutes les écoles, de toutes les techniques. Car c'est vrai qu'à l'exemple d'Odilon Redon l'indépendant, moi aussi je veux aller toute seule, ne ressembler à personne... Mais qu'est-ce que je raconte? s'interrompit-elle en souriant. Voilà que je me prends au sérieux quand je ne fais que m'amuser avec des couleurs. Je ne suis pas une *vraie* artiste, mon oncle, je ne suis qu'un amateur, il me manque... le feu sacré, ce feu qui consume Marie dans tout ce qu'elle fait. Oh! que je voudrais être Marie! Ne serait-ce qu'une journée! J'en ferais des choses, j'en ferais tourner des têtes!...

En bas, la porte du vestibule battit violemment, à la volée. Le Dr Duchesneau reconnut l'autorité de sa femme dans ce claquement familier et, quittant Agnès en lui laissant un baiser paternel sur le front, gagna rapidement sa chambre à coucher. Tout en se dévêtant, l'esprit lui revenait lentement comme s'il sortait d'un rêve et il se disait que ce n'est pas Dorothée qui se serait permis de comparer Agnès à Marie pour oser donner la palme à la première. À juste titre sans doute, sa femme attachait aux dessins d'Agnès l'importance qu'on accorde aux dessins des enfants tandis que Marie était déjà une artiste «mature» — ainsi qu'elle disait en invoquant le jugement des rares privilégiés à qui il avait été donné d'admirer une œuvre déjà «magistrale». Et le bon docteur en passait par la ferme volonté d'une mère qui n'avait qu'une idée en tête : faire exposer sa fille.

Ce projet d'exposition était devenu chez Dorothée une préoccupation de tous les instants depuis que l'enfant prodige s'était muée en «phénix» au gré de ses professeurs mêmes, peu enclins à distribuer des couronnes aux élèves dont ils avaient la charge. Renonçant pour sa fille à l'art brut à la mode, elle se ralliait à l'art dit «culturel» que pratiquait Marie et qui rattachait celle-ci à la tradition des grands ancêtres de la première moitié du siècle, et elle s'y ralliait d'autant plus aisément qu'elle eût sans doute été fort en peine de discerner, pour les lui reprocher ou l'en louer, les traces de Bonnard, de Redon, de Chagall dans la production de Marie tant sa culture picturale était étroite malgré les prétentions qu'elle affichait. Une exposition «solo» où le génie de sa fille serait reconnu par tous les vrais amateurs et son nom répercuté aux quatre coins de la ville, il n'était pas de jour qu'elle n'en fît sa marotte. Déjà elle avait entrepris des démarches, pris des contacts, invité des «personnalités» à prendre un verre à la maison, histoire de les ébahir avec les toiles du «phénix» qui ornaient jusqu'aux murs du large escalier. Et chacun de s'extasier non pas seulement devant les œuvres mais plus encore, si c'est possible, devant la personne même de l'artiste dont la gravité et l'enjouement charmaient tour à tour les plus blasés. Cette spontanéité, cette assurance, cette profondeur doublée d'une absence d'affectation qu'on ne rencontre guère chez les petits génies patentés, que cela était rafraîchissant! Il convient de dire que si Marie avait de l'ambition — et Dieu sait qu'elle en avait! — celle-ci était telle qu'aucun compliment, aucune exposition n'aurait su la combler. C'était une ambition d'une autre nature que celle de sa mère, de l'ordre de l'être bien plus que du paraître. Certes Marie savait devoir passer par la comédie d'une exposition publique pour recevoir la sanction de sa valeur aux yeux des aveugles, sa consécration officielle, mais elle entrait mal dans les calculs maternels qui lui paraissaient à courte vue et même «misérables». Comment les critiques montréalais auraient-ils su rendre justice à une artiste-peintre qui les dépassait à ce point? C'était là un problème fondamental qui se posait à Marie, âgée maintenant de dix-sept printemps : les grands hommes doivent leur gloire à de petits hommes. Par quel mystère ces derniers pouvaient-ils dispenser ce qu'ils ne possédaient pas eux-mêmes? Comment pouvaient-ils se mêler de juger, et même d'oser *louer* des œuvres qui les dépassaient de cent coudées, des œuvres d'artistes hors du commun dont ils ne pouvaient apercevoir que les pieds et dont la stature écrasait leur vision de fourmis? Et que dire de leurs jugements négatifs, songeait-elle à l'idée qu'elle ne manquerait pas tôt ou tard de les affronter? Au mieux cette engeance parasitaire pouvait-elle prendre la pointure de gens qui étaient à leur niveau de médiocrité, au ras du sol pour ainsi dire. Misant sur la peinture le tout de son existence dans une quête haletante d'un sens à lui trouver, qui d'autre qu'elle-même, Marie Duchesneau, aurait le droit de décider si elle avait gagné ou perdu? En faveur de sa mère seule aurait-elle fait une exception. Non pas qu'elle ne vît l'étroitesse de ses goûts et de ses connaissances en matière d'art, mais Mme Duchesneau avait entrevu dès ses premiers balbutiements, dès ses premiers gribouillages, de quoi elle, Marie, serait capable, pavant la voie à son développement précoce par ses encouragements sempiternels à se surpasser. D'autant que, par rapport à ses relations mondaines et elles étaient nombreuses parmi la bourgeoisie d'argent, Dorothée Duchesneau était un aigle de culture, mais surtout un aigle qui avait pour l'avenir de sa fille une vision qui n'était pas strictement matérialiste. De là que l'orgueilleuse adolescente l'exceptait de l'ironie méprisante dont elle enveloppait, moins ouvertement qu'elle ne l'aurait souhaité, l'entourage maternel. Certes Dorothée pouvait pécher par manque de sensibilité à ses recherches profondes, certes elle était fermée à toute spéculation abstraite, à toute métaphysique sinon à toute spiritualité car elle pratiquait la religion conventionnelle des gens de son milieu et de sa génération. Mais c'était surtout la foi indéfectible, intransigeante, voire outrecuidante de la mère en la destinée artistique de sa fille qui suffisait à l'élever au-dessus des communes personnes. Et Marie rendait grâce à Dorothée pour cet orgueil qu'elle avait hérité d'elle, orgueil qui n'était sans doute pas en soi la preuve d'une supériorité — il y avait eu d'humbles artistes, de très humbles saints surtout — mais c'était à coup sûr la marque d'un esprit conscient de sa singularité et qu'on ne pouvait confondre avec le commun des mortels, le plus souvent indifférent à lui-même et à ses propres virtualités de grandeur.

Mais aussi bien c'est toute sa famille immédiate qui avait droit à l'indulgence de Marie. Parce qu'ils étaient *sa* famille, tous les siens participaient à des degrés divers à son orgueil démesuré. Son père, naturellement, était le seul médecin qui méritât ce nom parmi la cohorte des charlatans et des ânes. Et Agnès Debloy, la cousine germaine infortunée, échappait à tous égards à la médiocrité d'une jeune génération sans horizon, hors le sexe et la drogue, génération dont elle méritait d'être détachée. À cet effet, Marie lui prodiguait des conseils fort pertinents sur la façon de se vêtir, de marcher dans la rue, de parler aux gens avec autorité, sur la composition et le coloris de ses pastels, sur l'art de se faire des admirateurs c'est-à-dire des *boy friends* — même nuls, à condition que ce fût en tout bien tout honneur... — dont il lui apparaissait qu'Agnès avait le plus urgent besoin. L'aînée acquiesçait de bonne grâce à tant d'intérêt, sauf à n'en faire qu'à sa tête car sa réserve et sa modestie, ainsi qu'il arrive, cachaient une secrète indépendance d'esprit. Vivement, après le Dr Duchesneau, Marie engagea sa cousine à suivre les cours d'une école d'art, quelle qu'elle fût, où elle perfectionnerait son dessin, jugé un peu lâche et manquant de rigueur, car Marie avait pour Agnès qu'elle aimait et estimait les mêmes exigences qu'elle avait pour elle-même. Agnès finit par se laisser convaincre de s'inscrire aux Beaux-Arts pour la rentrée de septembre, mais en vérité, secrètement, sous le coup de la passion mystérieuse qu'elle avait conçue pour Marc Marceau, lequel venait peu à la maison et toujours en coup de vent pour entraîner Marie au cinéma ou ailleurs, instants trop fugitifs qui ne faisaient qu'exalter son délire amoureux. Certes elle n'irait pas se jeter dans les bras du garçon, elle avait pour Marie une trop juste affection pour tenter de s'attirer, à ses dépens, les bonnes grâces de Marc, de le suborner pour ainsi dire, mais elle s'étiolait à vivre loin de cette chère présence ensoleillée, elle rêvait de s'approcher du jeune homme, de se mouvoir dans son ombre sans qu'il se doutât de l'attrait irrépressible qu'il exerçait sur elle. Ainsi allaient les pensées d'Agnès en ces longs mois où elle ne songeait qu'à la rentrée, avec une fièvre joyeuse que Marie mettait au compte de l'art seul. Au demeurant cette dernière ne cessait de découvrir entre elle-même et l'élu de son âme des affinités de plus en plus riches qui faisaient de leurs sorties à deux des joies du cœur et de l'esprit, joies qui la reposaient du dédain collectif et radical qu'elle affectait pour ses camarades de l'École, traités plus que jamais d'incultes et de primaires pour la raison qu'ils n'ouvraient jamais un livre. Marc au contraire, outre qu'il était un tendre et qu'il savait combler de douces paroles une amoureuse infiniment plus romanesque que sensuelle, avait pour tout ce qui captivait l'esprit quasi universel de sa bien-aimée une curiosité sans fin qui nourrissait l'admiration éperdue qu'il avait pour elle.

2 juin. *Aujourd'hui je n'ai pas été bonne. Comment l'amour peut-il produire un tel effet? Comment ce qui nous grandit peut-il nous diminuer? Après cette dernière séance d'atelier de l'année, Agnès m'avait exprimé le désir — avec beaucoup d'embarras, m'a-t-il semblé — de venir, s'il faisait beau, nous rejoindre à l'École, Marc et moi, pour que nous allions casser la croûte ensemble au* Maisonneuve, *notre café-terrasse préféré, mais, prétextant qu'elle était en retard au rendez-vous, j'ai dit à Marc qu'il ne fallait pas l'attendre, que le temps était incertain, qu'elle ne viendrait certainement pas, etc., ce qui n'était que bavardage pour écarter ma cousine et me réserver toute l'attention de Marc. En réalité j'ai cru remarquer qu'Agnès se plaisait excessivement dans notre compagnie, ce qui me laisse à penser que c'est la seule compagnie de Marc qui l'intéresse, attendu qu'Agnès et moi avons mille occasions d'être ensemble, ne serait-ce que parce que nous habitons sous le même toit. Non, je n'ai pas été bonne! Comme s'il ne me suffisait pas d'avoir tous les dons et toutes les chances, il a fallu que je sois effroyablement jalouse de ma cousine, rien même n'étayant un si puéril sentiment. Ô mon Dieu qui lisez dans les cœurs et à qui rien n'échappe, guérissez-moi de toute bassesse d'âme! La jalousie, comme la basse envie dont elle se distingue à peine, est la marque des esprits médiocres, des esprits pauvres, donc elle est indigne de moi. Celui qui trouve en lui-même — et en vous, mon Dieu! — ses raisons d'exister ne saurait être jaloux ni envieux. Celui-là cherche au contraire à faire partager les avantages dont il a été favorisé, et l'amour de Marc est un des plus vastes bienfaits que j'aie reçus à ce jour. Le sentiment de ce que je me dois, de ce que je dois à ma grandeur, doit par le fait même m'élever au-dessus de ces petitesses, surtout à l'égard d'Agnès qui m'est plus chère qu'une sœur. Ainsi en va-t-il de l'exposition que maman se démène pour m'organiser. Je souhaite, j'exige que Marc et Agnès y participent. Sans quoi je serais*

certainement très malheureuse de bénéficier d'un succès où ils n'auraient pas leur part. Mais Dorothée ne veut pas entendre parler de cette entreprise conjointe. C'est moi et moi seule qu'elle entend placer sous le feu des projecteurs, ceux de la gloire, car moi seule possède le génie, clame-t-elle à tout venant, sans que je puisse la démentir puisque c'est la vérité. Me faut-il pour autant être aveugle au talent des êtres qui me sont les plus proches? Pour sûr maman ne nie pas celui de Marc qui lui a offert un paysage tourmenté de sa façon mais elle ne trouve qu'enfantillages dans les fusains, les pastels et surtout les aquarelles — vraiment inspirées pourtant! — d'Agnès. Flagrante injustice!

C'est un peu plus tard, lorsque Marie atteignit sa dix-huitième année, que son charme insolite, son merveilleux déséquilibre — si l'on s'en tient aux conventions — toucha son apogée. Elle séduisait littéralement tous ceux qui de plus en plus nombreux, l'approchaient, attirés par la rumeur publique qui faisait d'elle un «phénomène» à ne pas manquer, et nul ne songeait à sourire lorsque, devant la moindre des œuvres qui émaillaient la vaste salle de séjour toute blanche de ses parents, on l'entendait parler de son propre «génie» comme de la chose la plus évidente du monde. On la croyait sur parole tant il émanait de sa personne un mélange de simplicité — cette même simplicité qui lui faisait parler de sa sublimité d'artiste avec un naturel incomparable — et de sophistication comme il n'est plus permis. À tel point qu'il fallait une certaine expérience de la vie et des êtres pour apprécier à son vrai mérite une personnalité toute tissée de contradictions qui, par exemple, la faisaient s'habiller, quand elle commença à sortir dans le monde, d'une robe beige sobrement unie, un peu longue, assez lâche à la taille, ne moulant absolument pas des formes qu'elle tentait plutôt de dissimuler, et s'orner d'autre part de colliers et d'anneaux plus nombreux et colorés les uns que les autres. Ses admirateurs — ou faudrait-il dire ses adorateurs? — se recrutaient surtout chez les trente ans et plus qui ne cessaient de lui téléphoner, la persécutant d'invitations au théâtre ou au concert, tentant mais sans succès de la conquérir par les moyens les plus classiques comme les plus imprévisibles, en se faisant passer par exemple pour un sous-ministre en exercice, un célèbre écrivain français, ou même l'arrière-petit-fils d'un prince russe sorti de la dèche. Car si elle refusait le plus souvent les tête-à-tête — si ce n'est, bien sûr, avec ses deux intimes —, elle ne dédaignait pas les réceptions, les cocktails, où elle tolérait plus facilement les «médiocrités» dont l'âge mûr et les manières civilisées la reposait de la fruste décontraction de la bohème estudiantine dont l'originalité était surtout faite d'un laisser-aller plus ou moins affecté et entretenu, tandis que la sienne était le fruit d'une nature authentiquement singulière et démesurée. Malgré qu'elle n'en convînt pas facilement, Marie était très sensible à cette adulation généralisée qu'elle suscitait et s'attirait paradoxalement par des insolences aussi délicieuses que téméraires — car elle ne pouvait faire autrement que son comportement démentît toutes les conventions, surtout celles que le monde et les bienséances imposent encore aux femmes — insolences délicieuses dont quadragénaires, quinquagénaires et sexagénaires faisaient les frais et qui ne laissaient pas de les ravir et de les émerveiller car ils ne se rappelaient pas avoir jamais rien rencontré d'aussi spirituel chez une aussi jeune créature. Mais, encore une fois, si elle séduisait, toutes les tentatives de séduction dont elle-même était l'objet étaient immanquablement vouées à l'échec. À cet égard, Marc Marceau jouait un rôle clef de protecteur sans trop s'en rendre compte, car rares étaient les invitations où Marie ne se faisait pas accompagner de son soupirant en titre, lequel ne quittait jamais longtemps sa belle des yeux. Même quand elle était entraînée dans les coins par des amateurs désireux de connaître les secrets de son art ou encore son avis sur tel jeune peintre dont l'étoile montait au firmament des valeurs artistiques, Marc ne la perdait pas de vue, toujours prêt à accourir au moindre signe qu'elle lui ferait. Pour ce qui était de définir ses conceptions esthétiques, Marie répondait aux curieux en citant Joubert avec un sourire énigmatique : «Ferme les yeux et tu verras!» Peu de ces amateurs à la vérité avaient eu l'occasion d'apprécier *de visu* le «génie» que la rumeur publique prêtait à Marie Duchesneau tant la jeune et vibrante artiste restait mystérieuse sur une œuvre qu'elle ne livrerait en pâture au public que lorsqu'elle jugerait l'heure arrivée. Ainsi l'extrême intérêt qu'elle provoquait ne reposait même pas sur son travail créateur, mais plutôt sur une individualité hors série, et même la discrétion dont elle entourait sa vie personnelle faisait davantage pour sa renommée que l'œuvre la plus hardie n'aurait su le faire.

Un soir où Marie était ainsi la vedette choyée d'une de ces mondanités organisées autour et à cause d'elle, elle avisa un assez bel homme d'une quarantaine d'années qui ne faisait aucun effort pour se rapprocher d'elle à dessein de lui faire un brin de cour comme c'était la règle. Dégénérant en vanité, son orgueil s'en trouva piqué au vif en même temps que son intérêt s'éveillait pour l'inconnu à qui sa fine barbe en pointe et son costume noir donnait l'allure d'un noble de la Renaissance; il ne lui manquait que la fraise et l'épée pour qu'elle eût cru avoir affaire à quelque grand seigneur des temps passés portrituré par Van Dyck ou Vélasquez. L'homme se tenait dans l'embrasure d'une fenêtre et paraissait en conversation animée avec une jeune femme charmante, Élisabeth Monteil, que Marie tenait pour une «amie» avec ce que ce terme comporte d'artificiel en société. Une inclinaison profonde de l'inconnu ayant mis un terme à l'entretien, Marie se détacha de son cercle et vint à la rencontre d'Élisabeth, coupe de champagne à la main, pour lui demander avec qui elle prenait tant de plaisir.

— Tu ne le connais pas, ma chère? Mais c'est Robert Maurin, le très célèbre romancier français, Grand Prix des Lecteurs de cette année 1978, qui séjourne actuellement à Montréal; il a déjà passé trois fois à la télévision.

— Ah! voilà qui est intéressant; et qu'il soit Français de passage explique mieux du même coup qu'il ne sache pas qui je suis, moi!

— Tu aimerais faire sa connaissance?

Marie hésita, puis :

— Pourquoi pas? fit-elle avec un sourire. Mais il serait peut-être préférable — les auteurs sont si susceptibles, n'est-ce pas? — que je parcoure d'abord un de ses ouvrages...

— Rien de plus facile, ma chère, je dépose *les Portes de l'Enfer* demain chez toi.

Au bout de trois jours, ayant lu le livre, Marie Duchesneau écrivit à l'écrivain aux bons soins du représentant de son éditeur à Montréal, qui se trouvait être la prestigieuse NRF de Gallimard.

Outremont, le 4 novembre 1978

Monsieur — ou faudrait-il que j'écrive :
Bien cher Maître?

Ayant lu attentivement votre roman les Portes de l'Enfer, *je m'en vais vous dire tout le mal que j'en pense, preuve de l'intérêt que je vous porte. Les cinquante-sept premières pages, qui constituent la première partie, sont parfaitement gratuites, inutiles, et mettent à rude épreuve la patience de votre lecteur, malgré les trouvailles d'écriture semées au long de sa route aride. Sans elles, il abandonnerait rapidement votre* Enfer *à ses* portes. *Les soixante et onze pages suivantes*

sont sulfureuses, infernales à souhait et soutien-
nent vaillamment le lecteur dans sa descente enfin
commencée. Je n'y ai relevé que deux faiblesses,
qui sont d'ailleurs constantes dans les romans
d'aujourd'hui : un érotisme d'enfant de chœur en
phase prépubertaire qui fait douter de votre véri-
table connaissance des choses de l'amour. Et
secondement une écriture trop souvent tarabis-
cotée qui semble destinée à masquer, tant bien
que mal, les incertitudes d'une pensée de toute
façon assez banale. Hélas, la fin n'arrange rien :
les cinquante dernières pages sont en effet vaines
et superflues, et font qu'on les tourne à toute
vitesse, sauf à s'endormir sur l'une ou l'autre
d'entre elles. En conclusion vous conviendrez que
je suis assez généreuse dans mon appréciation,
laquelle se résume à ceci : votre court roman est
encore trop long pour ce qu'il a à dire et pourtant,
si je ne voyais la liste déjà étoffée de vos ouvrages
en tête du livre, je vous dirais qu'il promet.

Ne m'en veuillez pas de ma franchise, cher
auteur. J'ai pour vous la même exigence que j'au-
rais pour moi ce qui est tout à votre honneur quand
vous saurez que j'ai abandonné naguère un roman
autobiographique qui n'était pas sans mérites, et
que je tiens depuis mes quatorze ans (j'en ai dix-
huit, hélas, étant née en 1960) un journal qui
pourrait bien me survivre. Au reste je suis sûre
que vous avez déjà été comblé d'une masse
d'éloges de la part des critiques officiels en sorte
que mes (quelques) réserves ne sauraient vous
affecter bien profondément. En tout cas, soyez
assuré qu'elles (ces réserves) partent du seul désir
de vous voir faire mieux encore la prochaine fois.

60

J'aurais le plus grand plaisir à m'entretenir
avec vous de littérature, ou de tout autre sujet, si
l'occasion se présentait.

Marie Duchesneau

À quatre jours de là, Marie reçut la réponse suivante :

Chère Mademoiselle,

Je ne me doutais pas qu'en ne me précipitant
pas à vos genoux l'autre soir, je m'attirerais vos
foudres. Mais des foudres de vous valent mille
louanges des autres et votre lettre m'est un témoi-
gnage qu'on ne m'avait pas trompé en me parlant
de votre grain de génie... Aussi bien ne croyez
pas que je me hasarderai jusqu'à défendre les
Portes de l'Enfer, *serait-ce en évoquant mon Grand*
Prix des Lecteurs. Au contraire. Même, je vous
saurais gré de passer au crible de votre critique
acérée toute mon œuvre passée et future et de me
faire profiter de votre implacable «franchise».
Cette vertu est devenue si rare qu'on aurait envie
de vous embrasser. Mais, entre nous, n'est-ce pas
cet honneur — vous embrasser! — après quoi vous
languissez en me parlant du «grand plaisir» que
vous auriez à vous «entretenir avec (moi) de litté-
rature, ou de tout autre sujet, si l'occasion se
présentait»? Eh bien! soyez heureuse : elle se
présente : je vous invite à venir prendre un verre
chez moi, ou du moins chez l'ami québécois où
j'habite tandis qu'il occupe mon appartement de
Paris, à venir chez moi donc le jeudi 9 novembre
à 9 heures du soir. Je vous attendrai jusqu'à dix

61

heures, après quoi si par malheur vous aviez oublié notre rendez-vous, j'irai dans quelque bar solitaire noyer mon chagrin de n'avoir pas su vaincre votre légendaire réputation de fierté malgré toute ma légendaire réputation à moi de tombeur de femmes cruellement frivoles.

À vous sans réserve, et à jeudi, j'espère.

Robert Maurin

Quelle humiliation ne fut pas celle de Marie au reçu de ce billet désinvolte! Au point qu'elle n'osa faire part de l'effrontée invitation à Marc auquel elle ne cachait rien. Ces femmes cruellement frivoles au nombre desquelles elle se voyait rangée lui restaient en travers de la gorge. Il n'y allait pas d'une quelconque blessure d'amour-propre mais de la haute idée qu'elle se faisait d'elle-même. Frivole? Cruelle? Sa foi au mystère de la sublimité de son âme lui interdisait d'entendre ces accusations sans frémir de honte. Elle ne reniait pas pour autant une seule ligne de sa lettre à elle. Sous des dehors délibérément persifleurs et provocants, elle y avait bien exprimé sa vraie pensée et voici que, loin de la prendre au sérieux, le sieur Maurin, allant au-devant des coups ou plutôt les négligeant, lui rabattait le caquet avec une invitation cavalière qu'elle avait du reste elle-même provoquée pour se moquer. Au terme d'une lutte intérieure sans merci, l'estime qu'elle devait à son personnage l'emporta d'abord sur sa curiosité. Elle se jura que non seulement elle ne se rendrait pas à la sarcastique invitation mais qu'elle ne ferait jamais plus un pas en direction des hommes qui lui tenaient la dragée haute, puisque c'est bien ainsi que tout avait commencé. Bornant ses vœux à recevoir la simagrée des hommages masculins, elle ne serait jamais dupe de la comédie qu'on lui jouait et qu'elle se jouait. Avec le seul Marc était-elle tout à fait sincère, tout à fait elle-même, avec Marc seul parlait-elle sans envelopper chaque phrase d'ironie, car Marc n'entendait pas l'ironie : chaque observation, chaque opinion, même la plus distraite, il la prenait pour argent comptant, ce qui aux yeux de Marie était un signe d'authenticité des plus rares, les gens d'aujourd'hui n'ayant que trop tendance à parler au «second degré» par un désir — tout ayant été dit — de paraître plus intelligent que leur interlocuteur. Elle-même n'y était que trop encline et se le reprocha. Les deux lettres échangées avec le romancier Maurin en constituaient des preuves exemplaires. Si l'un et l'autre n'avaient été si imbus de leur personnage et de l'effet qu'ils produiraient sur autrui, qui sait s'ils n'auraient pu devenir amis tous les deux? Et c'est ainsi que pareilles occasions — une rencontre intime avec un écrivain européen notoire — ne se représentant guère, Marie, après avoir digéré son humiliation, ne voulut pas en rester quitte pour une sotte brouille avec un pseudo «tombeur de femmes» qui se heurterait en l'occurrence à un mur.

Le jeudi 9 novembre donc, vers neuf heures et demie du soir, par une pluie tiède et fine, un taxi déposait Marie Duchesneau devant un immeuble de la rue Lincoln, dans un quartier plutôt anglophone tout en immeubles locatifs abritant une faune bigarrée de célibataires, de couche-tard et d'artistes en tout genre, à proximité du centre-ville, du musée des Beaux-Arts, des librairies anglaises, des clubs, bars, discothèques et autres lieux de drague et de rencontres hâtives. Avec son aplomb des grands jours, Marie sonna. L'attente fut assez longue avant que la porte ne s'ouvrît sur un Robert Maurin tout souriant et ravi, enveloppé d'une large veste d'intérieur en soie lie-de-vin à pochette brodée or.

— Ça par exemple, je n'aurais pas cru! s'exclama-t-il admirativement en contemplant la toute jeune fille qui dans le cadre de la porte le dévisageait sans mot dire avec cette expression grave et si extraordinairement «infante d'Espagne» qu'elle savait se donner en certaines circonstances et qui correspondait au moins autant à la véritable, à la profonde Marie Duchesneau que l'autre, la narquoise, l'insolente, l'arrogante, l'artificielle. Et le fait est que Marie n'était pas venue dans l'intention de prolonger le badinage railleur d'une correspondance à peine amorcée. Elle tenait dans sa main un exemplaire des *Portes de l'Enfer,* prétexte à dédicace qu'elle tendit aussitôt à l'auteur, cérémonieusement et gardant le plus profond silence. Charmé et déconcerté, Maurin prit l'objet en même temps qu'il faisait entrer la visiteuse dans un spacieux salon qui servait aussi de cabinet de travail pour toute la moitié adjacente aux deux grandes fenêtres.

— Il me semblait que vous n'aviez pas goûté mon chef-d'œuvre, dit l'écrivain en s'efforçant à la gouaille tandis qu'il posait le petit livre sur un guéridon déjà chargé de volumes. Dans tout l'appartement sévissait du reste un désordre à peine camouflé, surtout du côté du large bureau, encombré de paperasses et de dictionnaires, qui faisait face aux fenêtres.

— Ne faites pas attention au décor, reprit Maurin rendu un peu inquiet malgré tout par l'air imperturbable de Marie. Je travaille vaguement à un roman que j'ai situé à Montréal, ville que je suis venu observer l'espace d'un trimestre, — oui, j'y travaille vaguement, c'est-à-dire au plus deux, trois heures tous les matins, mais ce désordre, je vous assure que je n'y suis pas pour grand-chose puisque mon séjour ici est le fruit d'un troc en bonne et due forme qui m'a fait échanger mon appartement de Paris contre celui d'un romancier de chez vous qui gagne au change assurément. Car cet appartement-ci, outre qu'il n'a vue sur rien que des façades de brique grise, est tout étriqué vraiment, si je le compare aux trois immenses pièces à plafond très haut que j'occupe dans le XVIIe — vous connaissez Paris?... Mais laissons cela, s'interrompit Maurin en s'apercevant qu'il ne parlait que pour boucher un cruel silence, et permettez plutôt que je vous débarrasse de votre imper, car vous n'allez pas rester assise comme ça!

— Et pourquoi pas? répondit Marie en ne quittant pas l'extrême bord de son fauteuil et gardant sur les épaules son «imper» bleu clair avec l'idée d'exécuter plus facilement un mouvement de repli vers la porte d'entrée si ses affaires tournaient mal avec l'intellectuel français, race dont elle jugeait prudent de se méfier : de si beaux parleurs!... Elle comprit que le silence était la meilleure sauvegarde de son indépendance et qu'elle avait tout à perdre à tenter de rivaliser d'assauts de paroles avec l'écrivain, bien que sur ce chapitre, en principe, elle ne craignît personne... Mais ce mutisme de Marie en imposait à l'homme à la barbe en pointe, malgré qu'il en eût. C'était à lui de faire les frais de la conversation puisque c'était lui l'hôte, Marie n'ayant fait que se rendre au piège de son invitation de grand séducteur devant l'Éternel — encore qu'elle eût bien couru après! Mais une si jeune fille! Et qui ressemblait si peu au portrait provocant qu'on lui avait fait d'elle, si peu à l'auteur impertinent de la lettre!

— Savez-vous, dit-il, que j'avais entendu dire de vous les choses les plus extravagantes, sur votre goût de l'ostentation par exemple, et je découvre que vous êtes la simplicité, la réserve mêmes. Évidemment votre lettre portait l'empreinte d'une personnalité pour le moins hardie et c'est pourquoi j'ai répondu sur le même ton. Mais pour le fond, je ne suis pas loin de souscrire à vos critiques de mon livre. Les cinquante premières pages des *Portes* ne sont en effet qu'une assez pesante mise en œuvre où j'ai tenté de camper mes personnages au lieu de les plonger d'emblée dans le vif de ma matière. Il eût mieux valu commencer tout de suite avec l'*Enfer* en oubliant des portes assez lourdes en vérité, c'est-à-dire entrer dans le feu de l'action — je dis bien le *feu,* n'est-ce pas? ce que vous appelez fort justement l'aspect sulfureux de mon enfer. Et puis la fin, mon Dieu, la fin, elle n'est que cela : une fin. Or un roman ne doit pas *finir,* il doit se rouvrir sur le début comme un serpent se mord la queue. À cette condition seulement se réalise l'unité, le cercle clos sur lui-même qui fait de l'œuvre d'art un objet autonome et... Mais je parle, je parle, et vous ne m'écoutez guère à ce qu'il me semble. Où donc, si jeune, avez-vous pris cet esprit qui décèle les failles, je ne dirai pas des plus grandes œuvres, puisque mon roman, tout consacré qu'il a été par le suffrage populaire, n'est qu'une pochade qui n'a d'ambitieux que la surface et qui reste un ouvrage de cette production courante à laquelle un romancier parisien est astreint, annuellement ou presque, s'il veut garder son public. La mémoire des hommes est si courte, n'est-ce pas? On donne le meilleur de soi-même dans un premier ouvrage, on y dit maladroitement tout l'essentiel de ce qu'on a à dire, histoire d'attirer sur soi l'attention de la critique, puis on enchaîne avec des œuvres de série commandée par la nécessité de l'engrenage et l'appas des prix littéraires. L'auteur a désormais son public, infime ou vaste selon le cas, mais rien que des abonnés!

Ici la voix de Maurin se suspendit, et caressant sa barbe en pointe :

— Voyez comme vous m'impressionnez! s'exclama-t-il. J'ai l'air de me confesser, de m'accuser, de me justifier devant vous qui n'en demandez pas tant sans doute. Mais d'où vous vient cet ascendant, d'où tenez-vous cette autorité? On ne m'avait pas menti. Et ce discernement littéraire, vous qui êtes peintre n'est-ce pas? C'est à peine croyable à votre âge! Quelles lectures, quelles expériences, quelles aventures ont pu être les vôtres pour vous permettre de donner des mauvais points à un auteur... un auteur du double de vos dix-huit ans, si je ne m'abuse... un auteur confirmé enfin, Grand Prix des Lecteurs, et qui tout de même paraît à la NRF... Figurez-vous, poursuivit Maurin d'une voix plus sourde, que j'ai parfois besoin de me répéter ces titres de gloire pour me convaincre que je ne suis pas tout à fait qu'un fabricant, pour réagir contre un certain

66

sentiment d'impuissance que j'ai, d'un vide incommensurable même... Voyez, j'en suis de nouveau aux aveux les plus mortifiants et tout cela à cause de votre air... de votre air de princesse hautaine, dédaigneuse, lointaine plutôt car je vous sens à des milliers de kilomètres de moi en ce moment. Du haut de votre grandeur, feinte ou réelle, je vous sens qui me considérez comme un néant, une merde... Est-ce que je me trompe? Sans doute que oui, puisque vous ne seriez pas venue, vous n'auriez pas répondu à cette invitation qui n'était qu'un jeu après tout si vous me ravaliez d'avance au rang des minables qui jonchent notre planète et jusqu'à votre beau Québec inculte... Ai-je tort? Ai-je raison? Dites-moi! Parlez, je vous en prie, descendez de votre silence... Ah! que doit être votre peinture! Comme vous devez triompher dans votre art! On m'en a dit monts et merveilles mais je n'ai rien vu de vous à ce jour. Serait-ce que vous cachez vos tableaux par peur de voir s'écrouler votre beau mythe? Car je saurais peut-être, moi aussi, vous éreinter comme vous avez éreinté mon livre, un livre tout de même où il y a plus que je n'en conviens moi-même par un snobisme qui m'oblige, pour me jucher à votre niveau, à me montrer supérieur à mon œuvre, quitte à faire les frais de mon absurde modestie, car enfin ce livre, j'y ai mis...

Maurin se tut, conscient du ridicule où il sombrait. Sans preuve aucune, il devinait qu'il avait affaire à une personnalité tout à fait hors norme, un être assurément supérieur et qui, pour assurer sa supériorité, n'avait même pas besoin d'articuler une parole, tant sa légende était puissante.

— Allons, prenons plutôt un verre. Qu'est-ce que je vous sers? Je plonge dans l'armoire à alcools de mon ami et je vous verse, tenez, un cognac. Ça vous dégourdira peut-être les lèvres...

— Je ne bois pas, Monsieur, dit Marie Duchesneau, et surtout pas du cognac. Pouah!

— Enfin, vous voilà réveillée. Une chance s'offre de passer du monologue au dialogue, à l'entretien de bonne compagnie, sérieux ou plaisant selon qu'il vous plaira, je vous laisse le choix. Mais d'abord, permettez que je m'offre un cognac, moi. Que j'y puise un peu d'inspiration…

Ouvrant la porte de droite d'un buffet moderne sculpté de motifs géométriques, Robert Maurin en retira une bouteille d'Hennessy qu'il déboucha précautionneusement en claquant la langue, avant de sortir un seul petit verre à liqueurs en argent qu'il remplit ras bord.

— Venez prendre place avec moi sur cette causeuse, chère amie, car il s'agit de causer gentiment, rien de plus. Je vous trouve… charmante, savez-vous?

— Charmante? Vous n'êtes pas difficile. Ce sont là propos galants ou je n'y connais rien.

— Je vous assure…

Cependant Marie n'avait pas quitté son fauteuil. Le temps passait et les affaires de Maurin n'avançaient pas. Prenant la main de Marie, il la fit lever, puis s'asseoir sur la causeuse à deux places où il s'assit à son tour.

— Je vous assure… reprit-il au hasard ne sachant plus où il en était. En tout cas, une chose est certaine, vous ne me faites penser à personne, ce qui chez moi est assez rare. Vous êtes seule de votre espèce. Voilà qui est intéressant pour un romancier, n'est-ce pas? Un romancier médiocre certes, puisque vous en avez ainsi décrété, mais romancier tout de même c'est-à-dire un homme à l'affût de tout ce qui tranche sur le banal… On peut dire qu'avec vous, je suis servi! ajouta-t-il en riant un peu faux.

Comme si seulement il me connaissait! pensa Marie qui se contenta de lever les épaules.

Tamisée par un abat-jour vert en étoffe du pays, la lumière de la lampe qui les éclairait faisait un cercle à leurs pieds mais laissait dans la pénombre les visages. Malgré le semblant d'assurance que lui rendait son affectation de modestie, Maurin se sentait pour le moins déconcerté par le peu d'effort que Marie faisait pour «jouer le jeu», en quoi consistait pour lui les relations humaines. Certes on lui avait dit que Marie Duchesneau était un oiseau rare à ne pas manquer, ce que sa lettre confirmait trop bien, mais, ayant dressé le piège de cette invitation, il se sentait pris à son propre traquenard et, trop impressionné pour séduire, commençait à désespérer d'intéresser tant soit peu son impassible interlocutrice. Il vida d'un trait le reste de son cognac, posant le verre sur le guéridon où son roman lui paraissait de moins en moins faire le poids. Il soupira bruyamment, au point que se tournant vers lui :

— N'espérez plus me faire la cour de trop près, dit Marie. Votre haleine empeste l'alcool... Vous avez donc besoin de ça pour me supporter?

— Vous êtes adorable, dit l'écrivain en mettant soudain un genou en terre dans une parodie romantique et se saisissant de la main de Marie pour la baiser.

La jeune fille ne se déroba pas mais, regardant très loin par-dessus la tête de Maurin, elle dit d'un ton songeur :

— Je suis sûre que vous ne vous agenouillez jamais, ce qui s'appelle s'agenouiller, Monsieur, sinon devant quelque beauté fatale...

— La création littéraire m'en dispense, Mademoiselle, c'est une vocation sans partage.

— Je suis artiste moi aussi, et sans doute plus que vous, et pourtant je sais prier, moi.

Abaissant alors le regard sur le romancier, Marie dit en le dévisageant :

— Mais si vous ne croyez pas au ciel, d'où vous arrogez-vous le droit d'écrire sur l'enfer? Si vous ne croyez pas à la lumière du jour, qui vous autorise à parler de la nuit?

— Mais de quoi d'autre voulez-vous que parle la littérature? Tout roman est une descente aux enfers, là où l'homme banal n'ose s'aventurer dans la vie de tous les jours, se bornant à des fautes vénielles par crainte de sa propre vérité, de ce qu'elle recèle de grandeur cachée peut-être.

— Bien cachée si vous voulez m'en croire! s'exclama Marie qui enchaîna plus gravement : Quant à la littérature, il me semble à moi qu'elle a partie liée avec... le malheur, avec la mort même, non pas avec l'Enfer spécifiquement. D'ailleurs, avouez-le, ce que vous appelez l'Enfer, le Mal, c'est le sexe, ce n'est que le sexe, uniquement le sexe, et moi le sexe, ce n'est pas de l'ordre de mes préoccupations immédiates, je suis à la fois trop légère et trop sérieuse, trop pur esprit si vous préférez, pour que ces jeux-là me touchent vraiment... Par bonheur la peinture est autrement ambitieuse. Parce qu'elle est silence, elle est profonde comme seul le silence peut l'être. Écoutez.

Et levant à demi la main qui se figea comme pour en appeler au silence, Marie tendait l'oreille, la bouche entrouverte.

— N'entendez-vous pas le sublime Esprit? Ce murmure, ces secrets chuchotés...

— Allons, vous avez trop d'imagination, dit Maurin en se relevant d'un agenouillement devenu ridicule, et comme agacé par le tour que prenait l'entretien.

— J'ai trop d'imagination! s'écria Marie. Et vous qui êtes romancier comment n'en avez-vous pas davantage? Quant à moi, je serais plutôt trop réaliste. La poésie du spirituel est ce qu'il y a de plus réel en ce monde.

Maurin qui s'était mis à marcher de long en large, les mains aux poches, s'arrêta soudain et de nouveau considéra Marie Duchesneau, la scruta plutôt comme s'il tentait de lire sur ce fin visage de madone où brûlaient d'étranges yeux de feu quelque confirmation de son fameux «génie».

— Je me répète, mais j'avoue que je n'ai jamais rencontré personne qui vous ressemble, que vous feriez le plus insolite personnage de roman... Encore faudrait-il cependant que vous ayez quelque faiblesse qui vous humaniserait.

— Que j'aie des complaisances pour vous, par exemple? Romancier et romancier parisien à succès, auteur des *Portes de l'Enfer* où s'étale un érotisme estampillé d'expérience personnelle, je n'ai aucun mal à vous imaginer en «tombeur de femmes», titre que vous avez eu la fatuité de vous décerner en conclusion de votre billet. Vous vous croyez irrésistible mais vous avez bien compris que moi, je suis loin d'être une proie facile, j'ai même un ami très sérieux, très charmant, plein de talent aussi, à qui je n'ai pas accordé à ce jour si peu que la faveur d'un baiser sur les lèvres. Pour tout dire, je suis aux antipodes de ce qui fait courir et saliver les humains et je ne prévois pas changer à court terme, serait-ce en votre faveur.

— Il ne faut jamais engager l'avenir, Mademoiselle, car seules les circonstances nous révèlent à nous-mêmes, — et qui sait de quoi vous seriez capable?

— Vous me connaissez mal, Monsieur!

— C'est vrai, dit Maurin l'air mi-figue mi-raisin, c'est vrai que je vous connais encore trop peu, sinon par la rumeur publique et surtout par le personnage assez singulier que j'ai l'honneur de contempler ce soir, ici, chez moi, dans cet antre de séducteur où je n'aurais pas cru que vous vous aventureriez du premier coup et m'en étonne encore plus à présent que je vous connais un peu mieux tout de même. Mais l'impression d'ensemble, je ne vous le cacherai pas, tout en étant des plus favorables, n'en est pas moins de perplexité surtout.

— Comme tous les observateurs professionnels, vous n'observez que la surface. Ce qu'il y a derrière, le monde intérieur, échappe à votre coup d'œil.

— Pas complètement, chère amie, ne croyez pas cela, dit le romancier en se rasseyant tout à côté de Marie. Ainsi je devine chez vous une vocation mal refoulée de vestale antique chargée d'entretenir le feu sacré de la peinture. Rien de moins! Car enfin cette chasteté, cette fidélité désincarnée à votre jeune ami, voilà qui n'est pas précisément courant de nos jours, mais d'autant plus aguichant, croyez-moi, pour un homme de ma sorte…

Cependant son visage était tout contre celui de Marie, il souriait de toutes ses dents, qu'il avait blanches et bien plantées. Toute autre que Marie Duchesneau eût rêvé de ces lèvres expertes contre les siennes. Et elles avaient dû en écraser pas mal d'autres en effet. Mais ces jeux — était-ce seulement sa jeunesse? — ne passionnait pas la sublime, la cornélienne Marie. Elle se mouvait (pour combien de temps?) dans un univers où l'appel des sens s'exprime suffisamment sur un châssis en bois tendu d'une toile vierge et se prêtant à toutes les nuances du prisme, de l'indigo de l'ombre au rouge cuivré du soleil. Et si elle levait le nez sur tous ces jeunots entreprenants et légers, si le seul Marc trouvait grâce à ses yeux avec son admiration éthérée, si elle se jetait imprudemment dans «l'antre» du premier beau parleur venu, n'était-ce pas à cause d'une limpidité essentielle, d'une transparence du regard où vacillait une flamme, qui est le fait de certains êtres très rares et certainement prédestinés dont on ignore s'il vaut mieux les admirer ou les plaindre?

— Marie Duchesneau, qui dira qui vous êtes, quel est votre vrai mystère? Mais le savez-vous vous-même? feignit de questionner Robert Maurin avec une ironique emphase comme pour masquer son trouble, sans renoncer à forcer le coin de ciel inaccessible, tourmenté comme la jeunesse, qu'il entrevoyait avec gourmandise du fond de l'enfer tout littéraire qu'il fréquentait. Ô Marie, poursuivit-il, quel romancier saurait te décrire et te rendre justice? Qui même saurait t'aimer vraiment tant tu es hors du temps dans ta quête angélique et forcenée de ce qui n'existe pas, même dans le monde de l'Art, de ce qui n'existe que dans l'imagination des petites filles trop sages et trop douées?

Malgré tout, Maurin n'en était pas moins sensible, au contraire, en «amateur d'âmes» qu'il était, à la force presque palpable qui se dégageait de toute la personne de Marie et de ses dix-huit ans, ce qui pour les poètes est un âge mûr. Et voilà pourquoi, à cet instant même, penchant le buste en avant, sa main, puis ses lèvres, se posaient imperceptiblement sur le poignet de l'enfant terrible et remontait suavement le long du bras. Mais il gâcha toutes ses chances lorsqu'il se prit à murmurer :

— Quelle douceur... quelle fraîcheur...

Alors, se réveillant :

— Ah! non, Monsieur, pas de boniment, pas de ces mots tout faits, s'il vous plaît! s'exclama Marie en repoussant le romancier après s'être laissée griser un instant. Et puis vous empestez trop le cognac, Monsieur. Tant pis. Je vous ai vu, je vous ai connu, je vous ai écouté et même admiré votre visage à la El Greco — avez-vous vu ce portrait d'un gentilhomme au musée des Beaux-Arts? Il est temps maintenant que je parte avant que vous ne preniez de mauvaises façons, je veux dire ridiculement galantes.

Là-dessus elle fut debout, réclamant son imperméable qu'elle avait sur les épaules. Maurin n'eut qu'à l'aider à passer les manches, c'est-à-dire obéir, accepter sa défaite de conquérant rebuté. Mais l'écrivain qu'il était d'abord était loin de regretter sa brève soirée. Il avait approché un petit monstre de cruauté involontaire, mais aussi une créature remplie tour à tour de folie et de sagesse et surtout une âme translucide comme un verre que même un diamant ne saurait rayer, enrichissant du même coup sa galerie de portraits romanesques. Or voici que la jeune fille ajouta la touche finale à son portrait en adressant au romancier, à l'instant de se séparer, un gracieux sourire, presque enfantin :

— Et ma dédicace, Monsieur? J'aimerais bien conserver de vous un souvenir, même si vous allez, vous, m'oublier dans votre grand Paris tout resplendissant de l'éclat de l'Histoire et des grâces d'une société civilisée, policée, dispensatrice d'Amour et de Gloire. Ici l'on est rien même lorsqu'on est presque tout. Merci, Monsieur, dit-elle en reprenant son exemplaire des *Portes de l'Enfer* où elle voulut lire aussitôt ce que le célèbre auteur avait écrit :

> À *Marie Duchesneau*
> qui n'a point besoin de Paris pour être aimable
> et glorieuse à mes yeux.
> En témoignage de ma profonde admiration pour
> des œuvres dont il me suffit d'avoir vu l'exquis
> modèle original...
>
> *Robert Maurin*

Le sourire de Marie redoubla :

— Merci, dit-elle, vous avez de l'esprit et du goût... Non, ne me reconduisez pas, je me raccompagne très bien toute seule. À bientôt? fit-elle à demi sérieuse. En tout cas, si vous deviez prolonger votre séjour dans notre misérable ville, j'aurais du plaisir à vous voir présent à mon vernissage... Au revoir, Monsieur, et ne m'en veuillez pas trop. Rien n'est plus difficile que d'être une jeune fille un peu remarquable aujourd'hui.

Maurin en oublia toute l'humiliation que lui avait infligée le long silence de son invitée tandis qu'il se consumait en vaines paroles lesquelles, peut-être, n'avaient pas été totalement perdues. Sur le pas de la porte il s'inclina profondément, respectueusement, et attendit que Marie eût disparu dans l'ascenseur pour refermer lentement la porte de l'appartement avec une expression qui traduisait bien sa pensée : Coûte que coûte et dussé-je différer mon départ, *il faut* que j'assiste à cette exposition...

Quant à Marie, après avoir frôlé la brouille avec ses commentaires dépréciatifs sur les *Portes* puis ses grands airs

74

de vierge offensée, elle se félicitait de la tournure de sa visite à l'illustre écrivain qu'elle avait de toute évidence conquis sans lui rien céder ni concéder. Le soir même, elle raconta la scène en détail à son journal intime puis, le lendemain, à Marc, plus brièvement mais fidèlement. Du reste elle n'avait rien à cacher, jamais. Heureusement pour lui, Marc n'entendait rien à ces jeux et à ces subtilités. Il lui suffisait de s'émerveiller devant l'artiste, son brio, son intensité. Le naturel sans détour du garçon était sensible aussi à ce qui persistait de spontanéité enfantine chez cette enfant qui n'avait pas eu d'enfance, trop tôt grandie pour seulement douter de soi, pour craindre aujourd'hui de se mesurer avec la terre entière. Il est vrai que devant Marc, comme devant Agnès, Marie abaissait d'instinct la lance de son ironie pour se faire toute douceur et tendresse. Reste que jamais couple ne fut plus paradoxalement assorti que celui que formaient Marc et Marie, lui plus timide et modeste qu'Agnès elle-même, elle plus sûre de soi et de ses moyens de plaire qu'un Robert Maurin en personne, mais l'expérience ne montre-t-elle pas que ce sont ces couples-là qui résistent le mieux à l'épreuve du temps, tandis que les couples idéalement assortis, ceux dont on dit qu'ils sont à toute épreuve ne le sont que pour une heure? Mais il n'y a pas de lois d'airain en matière de sentiments — par bonheur!

Au terme de mille complications, des arrangements furent pris : l'exposition à laquelle Dorothée Duchesneau tenait tant pour sa fille pourrait avoir lieu à la Galerie du monde entier dès que celle en cours — navrante! au gré de Marie — aurait pris fin et que certains travaux de rénovation auraient perfectionné un éclairage déjà fort satisfaisant. Instruite de l'imminente ascension de son astre au firmament artistique montréalais où elle ne doutait pas de «faire un malheur», Marie se montra d'autant plus intraitable sur sa volonté de faire participer Marc et Agnès à son exposition qu'elle ignorait que sa mère avait dû y aller, en catimini, d'une contribution des plus substantielles aux dépenses d'une galerie dont les cimaises étaient, de l'avis général, les plus prestigieuses de la rue Sherbrooke. Marie avait beau s'être fait un nom dans les salons à coups d'excentricités verbales et parfois vestimentaires, nul promoteur ne pouvait, sans risque, «vernir» une jeune artiste qui atteignait à peine les dix-neuf ans et dont pas une toile sans doute, au prix qu'elle en demandait, ne trouverait preneur. La directrice de la Galerie du monde entier, Mme LeTailleur, approuvait d'autant plus la présence des deux autres jeunes débutants qu'elle était moins assurée du succès critique et public de cette originale encore inscrite à l'École, dont les tableaux, pour convaincants qu'ils lui parussent, n'avaient rien d'ultra-avant-gardiste et à qui sa réputation de «phénix», jamais mise à l'épreuve, ne pouvait que nuire, tant les promesses trop sonores ne peuvent que décevoir les attentes, et même provoquer l'hostilité, surtout dans un art livré à toutes les subjectivités du jugement de valeur.

Malgré les bruyantes protestations de Dorothée, il fut donc convenu que la moitié de l'espace offert, soit une grande salle complète, reviendrait à Marie et que ses deux amis se partageraient le reste, soit deux petites salles en enfilade, ces derniers n'ayant du reste aucune œuvre monumentale à présenter, au contraire de Marie qui tenait absolument à inclure dans son choix quelques-unes des vastes compositions de sa période «misérabiliste». On miserait ainsi sur trois noms plutôt qu'un seul, on aurait un éventail assez représentatif de leurs talents respectifs tout en réservant les plus grands honneurs au premier violon du trio.

L'accrochage à la galerie ne se fit pas sans douleur. Marie tenait non seulement à choisir ses propres toiles mais aussi les œuvres de ses deux amis qu'elle jugeait les plus réussies. Comme son goût était aussi étrange que sa personnalité, on se récria sur plusieurs de ses préférences mais il fallut en passer

76

par ses quatre volontés. Naturellement elle fixa elle-même les prix — fabuleux! — de toutes les pièces exposées, leur disposition et même leur titre! À la vérité les seules récriminations vinrent de Mme Duchesneau et de Mme LeTailleur elle-même, pour des raisons qu'on imagine opposées, car ni Marc ni Agnès n'avaient, par nature, cette intransigeance de beaucoup d'artistes qui se feraient marcher sur le corps plutôt que de céder sur le moindre détail. Bien au contraire, leur confiance en Marie, leur cadette à tous deux, était totale et ils déclarèrent hautement l'appuyer dans toutes ses décisions les concernant. Ainsi, dans l'ombre de la vedette, naquit entre les deux «seconds violons» une connivence qui jusqu'alors n'avait pas trouvé l'occasion de s'exprimer en dépit ou plutôt à cause de l'inavouable tendresse qu'Agnès ressentait depuis le premier jour pour Marc Marceau, tendresse déraisonnable que, par amitié pour sa cousine, et plus encore peut-être parce que sa modestie croyait son sentiment à jamais impayable de retour, elle s'efforçait de refouler au plus secret de sa sensibilité. Même le Dr Duchesneau, à qui pourtant Agnès n'avait rien à cacher, lui ayant déjà tout avoué, ne put jamais remarquer chez sa nièce le moindre geste ou le moindre propos susceptible de la trahir, à tel point que deux ans après la révolte d'Agnès contre l'injustice du sort, il était en droit de croire bien morte une passion née en cinq minutes certain soir où lui-même s'était laissé aller au-delà de ce qui était convenable. Toujours est-il qu'à l'insu de Marie souvent et presque par une fatalité des circonstances, Marc recherchait maintenant la compagnie de la trop sage Agnès sous le naturel prétexte de commenter à loisir la mise au point de l'exposition et de louer Marie pour toutes ses initiatives. Outre les quatorze huiles — extérieurs urbains, portraits, intérieurs, plus deux nus masculins grandeur nature, style Bonnard «avancé» — que Marie avait retenues parmi ses œuvres pour figurer dans l'exposition, on trouvait cinq peintures à l'acrylique parmi les plus représentatives de

Marc Marceau, figurant des natures mortes et des paysages très stylisés ainsi que, de lui toujours, quatre petits collages formant entre eux une harmonieuse unité, à quoi il fallait ajouter pour la dernière salle trois beaux pastels «redonesques», trois aquarelles dont une monochrome, deux lavis rappelant ceux, fantasmagoriques, du Victor Hugo des châteaux sur le Rhin et deux grands fusains enfin d'Agnès Debloy, ce qui donnait une idée assez honnête de la variété de leurs dons.

À quelques jours du vernissage, Marie pouvait consigner dans son Journal :

...Avec l'aide de Dieu, j'ai tout fait pour les deux êtres que j'aime le plus au monde, jusqu'à exclure du choix de mes œuvres tout ce qui, ne serait-ce que par le médium utilisé, aurait risqué de projeter une ombre sur leur talent. Ainsi de mes paysages du mont Royal croulant sous la neige que j'ai sacrifiés avec joie par égard pour Marc; ainsi de mes scènes oniriques et angoissées inspirées d'Odilon Redon, par égard pour Agnès. Certes le génie m'a été donné à la naissance, mais qui autour de moi me croirait si je disais que ces deux-là m'ont presque égalée à force de labeur? En tout cas, je préférerais être piétinée par la critique plutôt que de lire ou même de sentir la moindre réserve sur leur art. La légitime fierté que j'ai d'être moi-même ne va pas jusqu'à me rendre aveugle au mérite des autres. Toujours je saurai rendre justice à un artiste authentique, serait-il mon pire ennemi, et Dieu sait que, faite comme je suis, je n'en manquerai pas. Dès lors comment ne louerais-je pas mes plus chers compagnons, Marc pour lequel mon amour ne cesse de grandir, Agnès qui m'est une oasis de douceur, de sagesse et de ferveur au milieu de ce monde qu'un déchaînement de fureur emporte vers tout ce qu'on hésite à nommer tant il y entre d'horreur? Horreurs guerrières, horreurs terroristes, qui nous poussent chaque jour

un peu plus vers le gouffre. Horreur mesquine et bourgeoise de mon milieu familial et social où il n'est jamais question d'Histoire, d'Art ni de Philosophie, rien que des commérages, des intrigues, des tractations financières qui ne font que m'abrutir et me renvoient à la sainte lecture des chefs-d'œuvre, mon unique recours. Ah! combien je voudrais être un homme et combien ce qu'ils appellent le «féminisme» n'est qu'un pâle succédané d'une véritable affirmation de soi, d'un véritable héroïsme qui fait qu'on pèse sur le cours du monde. Oui, je voudrais être un homme pour les briser tous, les médiocres, les lâches, les méchants, car on n'est jamais cruel que par faiblesse et on file doux devant la force.

Je viens d'allumer une cigarette. Il paraît que je fume comme une cheminée mais les cheminées ne fument plus depuis assez longtemps. Comme un brasier plutôt. Je ne fumerai jamais assez pour les asphyxier tous. Insolente, railleuse, désinvolte, méprisante, telle ils me voient et telle je suis, mais en savent-ils seulement le pourquoi? Ô Dieu qui sais ma douleur, arme-moi de courage et fais que je vole au secours de l'innocence persécutée. Je crois en ta force, en ta justice, mais que fais-tu — est-ce que tu dors? — quand l'univers, dès qu'il ne crève pas de faim, se rit de tes saintes vertus théologales, la foi, l'espérance et l'amour? Ô trop tendre Seigneur qui endures tous les outrages, qu'as-tu fait de ta fierté, qu'as-tu fait de ton honneur? Comme ils t'ont bafoué, ils me bafoueront, c'est toi qui l'as prédit à tes fidèles, mais je ne me laisserai pas outrager, moi! Je serai brutale et violente, je repousserai l'apitoiement, bien qu'émotive et sensible au quatrième degré, toi seul le sais, ô mon Dieu. Quand l'envie me prend de pleurer, j'éclate en drôleries, en moqueries, en pitreries, car je ne m'épargne pas, quoi qu'ils disent. Il ne faut pas fatiguer les gens avec sa misère, et la misère des grands esprits est la plus intolérable aux petits esprits chétifs. Je les entends dans mon dos : égocentrisme monstrueux, bouffissure d'amour-

propre et d'orgueil puéril... Ils n'ont rien compris, il s'agit d'exigence envers soi-même, de dépassement. Oui, on me croit orgueilleuse et sans doute je le suis. Mais savent-ils la souffrance d'être et de se connaître grand artiste? Savent-ils la responsabilité qui accable celui ou celle qui porte un destin? Savent-ils l'angoisse de s'en écarter si peu que ce soit? Seul peut-être le sait le Dieu créateur, artiste de l'univers lui aussi — il suffit de considérer quelques cristaux de neige dans le creux de sa main, une rose sauvage entrouvrant ses pétales, pour comprendre que l'homme n'a rien inventé. Et les milliards de neurones d'un cerveau humain! Quelle conception sublime éclate dans cet assemblage qui produit Titien, Rembrandt, Greco, Goya, pour ne citer que des peintres et des peintres d'autrefois? Mais comment oublier Manet, Gauguin, Van Gogh et jusqu'à Picasso, dernier peintre classique et dernier peintre aussi de la modernité, cette modernité dont Malraux a écrit qu'elle nous a opéré de la cataracte? Que faire, nous qui venons après, peintres postmodernes que nous sommes?

Cette exposition, l'ai-je seulement voulue? C'est maman qui a tout combiné, tout payé. Car il a fallu payer, *Mme LeTailleur l'a reconnu hier devant moi! Payer pour exhiber des chefs-d'œuvre! On aura tout vu! Ce serait à mourir de rire, si ce n'était si triste, si caractéristique de notre époque, de notre basse époque. Comme si j'avais besoin de ses applaudissements, des applaudissements qu'elle accorde sans distinction à tous les minables qui s'affichent sur la place publique. Je me moque des distingués invités qui viendront m'encenser, je me fiche des va-nu-pieds qui viendront ajouter à celle des bourgeois leur petite obole de flatteries, obole qu'ils accordent au premier imposteur venu. Si je joue ma vie sur mon art, qui d'autre que moi a le droit de savoir si j'ai gagné ou perdu? Ce n'est pas des borgnes que j'attends ma palme et si j'ai des désespoirs, ils ne me viendront pas d'eux. Des hauteurs où mon exigence m'élève, je ne les vois même pas...*

80

Marc passa trois jours pleins à l'accrochage des tableaux en suivant de point en point les directives de la bien-aimée et en l'absence d'Agnès qui s'estimait indigne d'avoir même une opinion en la matière. Néanmoins Marc jugeait plus normal de la tenir au courant de tout à l'occasion de furtifs rendez-vous qu'il lui donnait dans un petit café de la Côte-des-Neiges où ils ne risquaient pas d'être aperçus ensemble ce qui aurait pu, sinon faire jaser, du moins surprendre. Agnès arrivait tout émue à ces tête-à-tête inespérés, le cœur plein de son irré-médiable amour mais bien résolue à en contenir toute mani-festation. Elle y parvenait grâce à une pudeur de sentiments qui lui était naturelle au contraire de sa cousine dont toutes les émotions se traduisaient instantanément sur sa figure. Sous couvert de l'écoute, Agnès pouvait ainsi contempler le visage de Marc presque à l'insu de celui-ci tant elle y mettait de serein détachement, lors même que son âme n'était que trouble et que désir. Car elle se rappelait que c'est bien le visage de Marc qui l'avait d'abord envoûtée le soir de son premier passage chez les Duchesneau, alors que l'un et l'autre avaient à peine ouvert la bouche en attendant la cousine qui tardait à descen-dre. Ce visage, qu'une autre aurait pu juger banal, avait pour Agnès un charme si franc, si masculin que toute sa féminité en était instinctivement subjuguée. Longue, osseuse, cette face se distinguait par une mâchoire assez forte s'affinant au menton, un nez busqué, des arcades sourcilières en saillie surmontées d'épais sourcils noirs sous la chevelure châtain qui envahissait le front. Et tandis qu'il lui parlait de sa voix grave avec une animation un peu gesticulante qui était chez lui la marque d'une émotion qu'Agnès mettait au compte de l'exposition prochaine, la jeune fille feignait d'écouter et d'approuver d'un signe de tête tout ce qu'il lui contait touchant l'encadrement, le titrage et la mise en place des tableaux. Parmi toutes ses œuvres rete-nues par Marie, il n'y en avait qu'une dont elle avait discrè-tement insisté auprès de Marc pour qu'elle soit du nombre :

il s'agissait d'un grand portrait au pastel qu'elle avait fait récemment de sa cousine et qu'à cause de son intériorité toute «redonesque» elle considérait comme la chose la moins imparfaite qu'elle eût produite. Mais surtout elle entendait en faire une manière d'hommage rendu à l'instigatrice d'une exposition en trio dont elle-même se jugeait «indigne» — c'était son mot fétiche — indigne malgré les progrès réalisés durant le temps passé à l'École des Beaux-Arts sous l'influence directe du professeur Audoux, considéré comme traditionaliste mais qu'Agnès avait choisi pour maître à cause d'un accord de sensibilité qu'elle avait en vain cherché parmi les autres professeurs dont la plupart poussaient, avec vingt ou trente ans de retard, du côté de l'automatisme, de l'abstraction lyrique ou du formalisme sous tous ses déguisements. Chaque prof était ainsi entouré d'une cohorte d'élèves, une quinzaine environ, qui travaillaient sous sa direction, recevant ses enseignements et observations, parfois en maugréant mais presque toujours avec gratitude. Seule Marie Duchesneau faisait bande à part, incapable de se plier aux avis de quelque mentor que ce fût, lequel n'aurait su, de toute façon, la guider dans le sens où elle voulait aller, c'est-à-dire où son «fanatisme» du moment l'emportait. Aussi bien se fiait-elle à ses seuls élans, se gardant de montrer les plus personnelles de ses inspirations qu'elle réservait pour l'exposition projetée, laquelle lui serait l'occasion d'un grand coup d'éclat qui rendrait manifeste son génie aux yeux des plus incrédules — ou bien la perdrait définitivement aux mêmes yeux.

Le soir du vernissage marqua l'événement de la saison artistique en même temps qu'un revirement absolument imprévisible dans la carrière de Marie Duchesneau. Comment en douter, ces expositions de groupe, bien malgré leurs promoteurs, invitent aux comparaisons, les appellent. C'est le risque qu'elles impliquent pour tous les participants dont chacun se

voit juger à la lumière des autres. Or — à moins que toute
l'affaire ne fût le résultat d'une cabale montée contre Marie
Duchesneau, la soi-disant merveille des merveilles — il apparut assez tôt ce soir-là que la vedette de l'exposition, à qui
presque tous les honneurs avaient été consacrés dans la publicité destinée aux journaux, «ne faisait pas le poids» par rapport
à la renommée qui la précédait ni même par rapport à ses
partenaires plus effacés devenus ses rivaux. Pourtant il y avait
là présent tout ce que Dorothée Duchesneau avait pu rabattre
de relations gagnées d'avance à la cause de sa fille. Quant à
la foule des autres invités accourus au rendez-vous promis avec
le génie de *dix-sept* ans (dans son zèle maternel, Dorothée avait
encore rajeuni Marie d'un an sur les cartons d'invitation dont
elle avait tenu à rédiger elle-même le texte), cette foule donc
était toute prévenue en faveur d'une étoile naissante dont les
brillantes frasques verbales et le tour d'esprit hardi, dégagé de
toute contrainte, n'avaient cessé de défrayer la chronique. Las!
Cabale ou non, machination d'envieux pervers ou simple désir
d'abaisser un prodige un peu trop sûr de lui, le public se détourna
vite des prétendus chefs-d'œuvre qu'on proposait à son enthousiasme et tous les invités ou presque désertant la grande salle
se retrouvèrent dans la seconde puis dans la troisième salle où
resplendissaient les œuvres des deux artistes «mineurs» dont
les noms ne figuraient qu'en petits caractères sur le carton
d'invitation et qui n'avaient été admis à participer à l'exposition que par un caprice altruiste de Marie, ainsi qu'à tous
vents n'avait cessé de le proclamer Dorothée Duchesneau qui
ne digérait toujours pas que sa fille ne retînt pas toute l'attention. On en était bien loin! D'autant que si le plus souvent
dans ces vernissages mondains la plupart des amateurs ne font
que jeter un distrait coup d'œil aux œuvres exposées dont il
leur suffit de se faire une idée rapide, quittes à revenir un autre
jour en solitaires et loin du bruit approfondir ce qu'ils n'ont
fait qu'effleurer du regard, préférant pour l'instant bavarder

d'autre chose en sirotant quelque vin pétillant imitant le champagne, ce soir-là à la Galerie du monde entier tout le *vrai* champagne (Dorothée y avait tenu, voyant à défrayer elle-même la dépense) n'était pas assez capiteux pour empêcher les yeux de s'émerveiller devant les natures mortes et les paysages hirsutes de Marc Marceau et davantage encore peut-être pour s'extasier devant les pastels d'Agnès Debloy, dont le grand portrait de Marie Duchesneau recueillait tous les suffrages. Le bleu clair du fond sur quoi se détachait de face mais incliné en avant le délicat visage de l'artiste aux paupières à demi closes, secrètement mystique, évoquait, plus encore que les figures d'Odilon Redon, une sorte de Vierge médiévale enchâssée dans un vitrail, tout en laissant aisément reconnaître, grâce au voile d'un énigmatique sourire, la Marie Duchesneau dont beaucoup de monde connaissait le mystérieux charme. C'était là, de l'avis des curieux, un authentique chef-d'œuvre. Pourquoi fallait-il qu'il représentât, par une étrange cruauté du sort, le phénix couvert d'opprobre dont la même exposition était censée consacrer la gloire? Dorothée Duchesneau en eût pleuré de rage. À côté de Marc et d'Agnès, on eût dit l'œuvre de Marie inexistante, ses compositions les plus étudiées, les plus complexes, dont certaines mettaient en scène deux, trois ou même quatre personnages de femmes ou d'enfants dans les teintes de vert, de rose et de rouge les plus recherchées, pâlissaient outrageusement au voisinage des natures mortes les plus enlevées de Marc et même des simples collages de ce dernier, renouvelant avec virtuosité un cubisme désuet. Mieux encore la fraîcheur toute simple, la spontanéité du plus négligé des dessins d'Agnès Debloy, frêles esquisses au fusain ou au lavis, déchaînaient le ravissement, sans que personne ne songeât à reprocher à tout cela d'être bien loin de l'art brut à la sauce postmoderniste. À cet égard, seule Marie avait droit aux sarcasmes mal réprimés des ignorants qui soulignaient à l'envi les multiples influences subies, sans songer à invoquer celle d'Odilon Redon contre Agnès puisqu'ils ne connaissaient même pas le nom du «prince du rêve», ainsi que l'avait désigné un critique contemporain. À propos du portrait de Marie par Agnès, il ne semblait exciter l'admiration des mêmes ignorants que pour mieux les retourner contre son modèle dont l'expression subtile, à mi-chemin de l'ironie et du mysticisme, laissait soupçonner, à leur gré, tout ce qui entrait d'équivoque et de faux dans la personnalité si vantée du prétendu «génie» de la soirée.

Se présentant comme il se doit bien après le départ des premiers arrivants, les critiques de service ne marquèrent pas davantage d'indulgence ni d'intérêt pour le travail de Marie Duchesneau, fruit d'un art syncrétique et déconcertant auquel ils accordèrent à peine un coup d'œil circulaire pour mieux concentrer toute leur attention, eux, sur les collages de Marc Marceau et ses violents paysages à l'acrylique, avant de passer à la dernière salle où ils s'attardèrent complaisamment devant la production d'Agnès Debloy où tout n'était que finesse, suggestion, mystère, trouble, irrésolution, délicieuse inquiétude, sans que ces messieurs au masque impénétrable daignent exprimer du reste le moindre commentaire, ainsi que le veut l'usage.

Rien de tout cela n'échappait à Marie mais, à la différence de sa mère qui ne décolérait pas, sa superbe lui interdisait toute expression de déception ou de mécontentement, et son statut de génie enfin *méconnu* la faisait planer comme un aigle au-dessus de ces contingences; en revanche elle se réjouissait ouvertement du succès de ses deux amis, attirant l'attention sur tel ou tel trait, sur tel détail qu'elle jugeait particulièrement heureux. Ce qui la sauvait — à cet instant du moins où tout craquait — c'était sa conviction que la solitude est le lot du vrai mérite, le plus souvent ignoré ou méprisé des contemporains. Son chagrin, à cette heure, allait tout à ses parents qui avaient tant attendu de l'événement et qui voyaient s'éparpiller toutes leurs illusions. Elle écarta donc les consolations de son père qui, lui, se désolait surtout pour elle et tentait de la réconforter en lui faisant valoir que sa jeunesse n'avait certes pas dit son dernier mot, en lui faisant remarquer aussi que la bande de jeunes présents au vernissage semblaient faire beaucoup plus de cas de ses tableaux que les aînés encore perclus de conventions, fussent-elles avant-gardistes, — à quoi Marie répliqua, la voix légèrement tremblante, qu'il ne s'agissait là que d'élèves et de camarades de l'École qui s'efforçaient de mettre un peu de baume sur la blessure de son échec et lui faisaient une fête comme à une amie de longue date.

Et puis soudain on ne la vit plus, elle avait disparu, Dieu sait où, mais l'éclipse de l'héroïne déchue de la soirée, loin d'être déplorée, contribua à alléger une atmosphère passablement alourdie par une présence devenue presque gênante. Mme Duchesneau qui avait organisé ce «four» devina aisément que sa fille, malgré la bonne figure qu'elle avait faite, n'avait pu supporter davantage un événement qui aurait dû marquer son apothéose, la consécration de son génie, et qui tournait, à la suite d'une conjuration évidente, au désastre qu'elle-même, Dorothée, n'avait cessé d'appréhender et de combattre : la présence de trois exposants avec chacun ses sectateurs, le plaisir d'écraser une jeune renommée par trop avantageuse sous le poids de comparaisons partisanes, tout cela ne pouvait que compromettre un succès qu'elle escomptait pour sa fille seule. Les manigances de cette mijaurée d'Agnès Debloy avaient porté leurs fruits empoisonnés et fait le reste pour torpiller une gloire déjà trop éclatante pour n'être pas décriée par les vers de terre de la rampante envie.

Le seul qui avait pu voir Marie filer, parce qu'il était le seul à la suivre du regard dans toutes ses allées et venues, avait été Marc Marceau et ce qu'il avait vu l'avait atterré. Dans un coin de la grande salle virtuellement déserte, derrière une colonne qu'il y avait là, Marie sanglotait entre les bras d'un inconnu élégant et négligé avec son écharpe de soie jaune lâchement nouée autour du cou, un inconnu que Marc identifia aussitôt comme étant le romancier Robert Maurin dont Marie lui avait tracé le portrait en relatant l'épineuse visite qu'elle lui avait rendue, suite à leur correspondance aigre-douce. Or, contre toute attente, le Français avait, un peu plus tôt dans la soirée, seul contre tous, défendu vigoureusement la supériorité de la jeune artiste, au plus fort d'une discussion animée avec cinq ou six détracteurs de la «vedette» où l'on croyait lui faire plaisir, à lui Marc Marceau, qui se trouvait là par hasard, en le donnant pour le grand triomphateur de la soirée, avec Agnès Debloy bien sûr et contre Marie Duchesneau, cette snobinarde prétentieuse qui se prenait pour une réincarnation de Léonard de Vinci alors qu'elle n'était qu'une émule attardée de Pierre Bonnard et «autres impressionnistes»! C'est une demi-heure après ce vif échange où Maurin s'était fait en vain le champion de Marie que Marc avait aperçu le romancier essuyant les larmes de l'artiste démolie et l'entraînant au-dehors où, depuis la porte vitrée, il les avait vus héler le premier taxi qui passait. Tout se tenait, maintenant.

Ulcéré par cette fuite à l'anglaise qui faisait absolument fi de lui, Marc en avait conçu une amertume qui minait gravement l'intense, l'intime compassion qu'il avait pour la victime de la plus noire injustice qu'on eût vue de mémoire d'homme. Ce départ quasi clandestin, à un tel moment, avec un homme dont Marie s'était plus ou moins moqué devant lui, parut impardonnable à l'amoureux en titre — à défaut d'être l'amant en fait — qu'il était depuis plus de deux ans déjà. Par-delà son amour-propre blessé, il souffrait au plus sensible de lui-même. Le monde lui semblait sens dessus dessous. Marie qu'il admirait! Marie qu'il vénérait! Était-ce sa faute à lui si toute cette admiration et toute cette vénération ne suffisaient pas à tamiser ce soir l'éclat d'un succès remporté aux dépens de son idole? Et voilà que Marie, en son malheur, au lieu de se tourner vers lui, vers sa foi infrangible en son génie, pour se faire rassurer, rasséréner, se jetait dans les bras d'un étranger qui ne lui était rien, de son aveu même, un étranger ayant l'âge d'être son père, pour recevoir ses consolations!

C'est ainsi que, profondément blessé, Marc prit Agnès à part pour s'ouvrir à elle de la trahison de la bien-aimée et la prendre à témoin de l'iniquité de son sort après l'odieux camouflet infligé à leur amie. Alors tous deux, renonçant fermement à se réjouir de leur commune bonne fortune qui ne se comprenait qu'eu égard à l'échec de Marie, quittèrent à leur tour rapidement une ambiance devenue irrespirable pour se retrouver, après avoir marché longtemps en silence, côte à côte, le long de la rue Sherbrooke, dans une boîte de la rue Saint-Denis où les trois amis avaient l'habitude de se rejoindre après les cours depuis qu'Agnès fréquentait les Beaux-Arts. La mâchoire encore tremblante d'émotion, Marc demanda une bière et pour Agnès un café. En attendant que viennent les consommations, assis face à face, ils se regardaient.

Les deux jeunes gens avaient le même âge à un an près, un tempérament voisin fait de naturel, de sincérité et de réserve, ce qui eût dû suffire à les rapprocher. Or l'amour éperdu qui s'était fait jour dans le cœur d'Agnès, loin de les rapprocher davantage encore, avait créé entre eux, de par la volonté de la jeune fille, une distance et même une froideur propres à tenir éloigné Marc Marceau et même à lui laisser croire à quelque secrète aversion. Ceci jusqu'à ce que les circonstances récentes de l'exposition ne créent entre eux une complicité avouée dont chacun se réjouissait à sa manière. Et ce soir, devant la désertion de Marie, il apparaissait que le masque de l'amoureuse ne tenait plus que par une ficelle...

Gêné par un silence qui se prolongeait, Marc commanda une seconde bière. Il en avait avalé la moitié lorsqu'il remarqua l'air profondément troublé d'Agnès, trouble qu'il mit au compte de son émotion devant le lamentable échec de Marie. Ému à son tour par tant de compassion, il prit spontanément la main

88

d'Agnès qui gisait sur la table et la serra très fort en marque de connivence intime. C'en fut trop. Agnès, n'y tenant plus, dit d'une voix sourde, presque étouffée, en évitant de regarder son vis-à-vis :

— Viens t'asseoir près de moi, veux-tu?

Marc ressentit un petit choc intérieur qui le troubla lui-même. Il prit tout de même le temps de vider d'un trait le fond de son verre avant de quitter sa chaise et de venir s'asseoir sur l'étroite banquette, tout contre Agnès. Après un instant d'hésitation, il passa son grand bras vigoureux derrière les épaules affaissées de la jeune fille sans les enlacer toutefois; seule ses doigts rejoignaient le bras d'Agnès tandis que le coude reposait sur le dessus du dossier capitonné de faux cuir noir. Comme Agnès de nouveau se taisait, Marc parla un peu au hasard :

— Quoi qu'ils racontent tous, je crois plus que jamais au merveilleux talent de Marie. Ils sont tout simplement *dépassés* par une telle nature de peintre dont le modernisme est tout intérieur au lieu de sauter scandaleusement à la figure des gens, ce qui est la chose la plus facile du monde.

Agnès entrouvrit la bouche et ses paupières cillèrent plusieurs fois comme si elle allait pleurer. Dans un élan de sympathie, Marc s'entendit prononcer, presque malgré lui :

— Mais ce à quoi je ne crois plus beaucoup, c'est à la pureté de ses sentiments pour moi. J'entends pureté au sens chimique du terme. Il y a dans l'eau claire dont elle m'abreuve depuis deux ans et qu'elle me fait passer pour un refus métaphysique du charnel, il y a dans cette eau-là, qui s'appelle peut-être indifférence, des molécules impures, des corps étrangers. Ou du moins *un* corps étranger qui a pris pour moi tout à l'heure l'aspect de ce beau parleur à l'air fendant, ce soi-disant romancier qu'elle fait semblant de ne pas prendre au sérieux et avec qui elle ne trouve rien de mieux que se consoler en ce moment même de ses déboires d'artiste. Ah! je m'explique mieux tout le zèle intéressé qu'il mettait à défendre son génie contre moi un peu plus tôt dans la soirée.

— Moi aussi elle m'avait dit un mot de lui, dit Agnès subitement réconfortée en tournant la figure vers Marc tout près, un mot assez tiède, et puis elle m'a fait voir avec une fierté évidente l'exemplaire des *Portes de l'Enfer* qu'il lui a dédicacé, une dédicace dithyrambique où il est question d'amour et de gloire et qui augure assez mal pour toi, mon pauvre Marc.

Elle soupira tandis que Marc, regardant au loin, dit pensivement :

— Elle a bien pu tomber entre ses griffes. Ils ont dû se voir dans mon dos et cela suffirait à justifier qu'il l'ait entraînée chez lui ce soir, pour la remonter en toute intimité, probablement!

Son poing se serra et s'abattit contre la table.

— Si c'est vrai, j'en suis toute malheureuse pour toi, cher Marc si fidèle. Ta loyauté si proche de... l'amour courtois, si parfaitement désintéressée, méritait mieux. N'empêche, cet... abandon m'étonne de la part de Marie.

— Parlons mieux de lâchage! interrompit Marc violemment.

— Ce soir surtout où nous aurions tant besoin d'être ensemble tous les trois, de nous serrer les coudes comme jamais encore.

Toute sincère qu'elle était, Agnès tremblait que le frémissement de sa voix ne laisse filtrer ses vrais sentiments. Quant à Marc, comme pour montrer qu'il concourait de tout son cœur au sentiment fraternel qu'évoquaient les paroles d'Agnès, sa main gauche vint cette fois serrer impulsivement l'épaule de la jeune fille, qui se rapprocha de lui par un mouvement instinctif. Un bonheur indicible la faisait palpiter, au point qu'elle dit, se contraignant à l'héroïsme :

— Pauvre Marie, il ne faut pas lui en vouloir. C'est un peu par notre faute que se brisent tous ses espoirs de se voir reconnue pour le grand peintre qu'elle est, en tout cas pour le

90

premier peintre de notre jeune génération. Et dire que je ne tenais pas à cette exposition, que je n'ai jamais eu que le désir de m'effacer devant ma cousine! Dire que j'ose peindre à côté d'elle! Oh! c'est trop triste! Marc, n'ajoute pas ta rancune à son épreuve!

Marc secoua longuement la tête. Il avait décidé de ne pas se laisser convaincre tant il ressentait vivement le rejet dont il avait été l'objet. Agnès s'était de nouveau tournée vers lui. Leurs visages étaient si proches qu'ils ne voyaient chacun qu'une image brouillée des traits de l'autre. À son tour Marc frémit et voulut faire diversion :

— Moi, je prétends que c'est toute cette publicité bruyante que sa mère a faite autour de son génie — indiscutable d'ailleurs — qui a agacé les gens jusqu'à les prévenir contre elle. Non, sincèrement, après ce qui s'est passé tout à l'heure, je pense que ça ne peut être que la fin d'un beau rêve. Elle-même le *veut* ainsi, c'est visible et je n'y peux rien. D'ailleurs, et c'est une chose qui me peinait, j'ai toujours senti qu'elle ferait passer ses rêves de gloire avant un simple amour humain. D'où son attrait pour un type qui lui en impose. Pense donc, être courtisée par un romancier français de quarante ans, Grand Prix de je ne sais quoi! À côté de ça, qui est-ce que je suis, moi? Un rien du tout! Je ne compte pas! Sans doute même est-ce que je n'ai jamais existé pour elle, sinon en tant qu'admirateur bénévole. Jamais existé! Aucun contact physique! Une froideur de princesse! Croirais-tu qu'elle ne m'a jamais accordé ne serait-ce qu'un baiser sur la bouche? Jamais existé, je te dis! Tout était dans ma pauvre cervelle intoxiquée…

Sa voix s'étant brisée, il s'arrêta au bord des larmes, se rendant mal compte de la comédie qu'il se jouait pour se déprendre, se délivrer d'un amour si mal récompensé. Enfin il essuya ses yeux puis conclut froidement après une brève pause :

— Ainsi tout est bien qui finit mal. C'est toi qui as raison : de quel droit lui en vouloir? Qu'elle réussisse puisque c'est tout ce qui l'intéresse et quant à nous, oublions cette trahison dont tu es victime toi aussi, puisque Marie est partie sans un mot pour toi non plus, pour ton succès, ton si mérité succès.

Alors il la regarda très profondément, avec tendresse, puis inclinant machinalement la tête en avant, ses lèvres se posèrent, doucement d'abord, les effleurant à peine, sur celles d'Agnès. Se rendant compte qu'elles ne se dérobaient pas, il revint à la charge et les couvrit tout entières, sans voir qu'un couple voisin les regardait en souriant avec ironie, le même sourire et la même ironie que les dieux mêmes en ce moment... Secouée d'un grand tremblement de passion défoulée, Agnès se jeta voracement sur la bouche de Marc en même temps que la main de celui-ci remontait de l'épaule à la nuque afin de mieux étancher le secret de cette soif d'aimer qu'il avait mis si longtemps à deviner chez la cousine de l'étincelante Marie, dont Agnès n'avait été pour lui que l'ombre éternellement languissante.

À la même heure, Marie Duchesneau, de vraies larmes aux yeux, elle, et reniflant très haut, se tordait les mains, assise toute petite sur la causeuse qui séparait chez l'ami québécois de Robert Maurin le coin salon du coin travail. Le romancier s'était confectionné un *bitter lemon* au gin que Marie, en proie à une attaque de désespoir, avait refusé avec horreur.

Et maintenant elle cuvait son malheur.

— Ils n'y connaissent rien, ils n'y connaissent rien, répétait-elle à n'en plus finir, ils n'y connaissent rien, mais je m'en fiche comme de leur vilaine gueule de béotiens! L'avenir me rendra justice.

Et le Grand Prix des Lecteurs d'approuver hautement.

— Pourtant, reprenait Marie songeuse après un silence, il m'a semblé que tout le monde louait, à juste titre, le travail d'Agnès et celui de Marc. Dès lors comment affirmer qu'ils ne connaissent rien à l'art vrai?

92

— Mais c'est la preuve même qu'ils n'y entendent rien, repartit l'écrivain. Vos deux amis, entre nous, sont des amateurs. Estimables peut-être, mais des amateurs qui ont donné ce soir le meilleur d'eux-mêmes et n'iront jamais plus loin dans la voie royale du grand art. Votre amitié vous aveugle.

— Comment osez-vous…? Comment oses-tu? Car je vais te tutoyer, misérable, pour t'apprendre à dire du mal des deux êtres que je chéris et que j'estime le plus au monde. Donne-moi une cigarette.

— Merci de me tutoyer, dit Maurin en tendant une cigarette à Marie et l'allumant. J'aime que vous brûliez les étapes, pardon : que tu les brûles.

Marie ne releva pas cette avance, sinon pour dire :

— Ce qui ne t'empêche pas de penser que, moi non plus, je ne connais rien en matière littéraire pour avoir osé formuler de graves critiques sur tes… sur vos fameuses *Portes de l'Enfer*. Non, décidément, le tutoiement d'un quasi-inconnu ne sied ni à la dignité de mon caractère ni à l'élévation de mon âme.

— À la bonne heure! Voilà qui est digne de Chateaubriand, pour le moins! s'exclama Maurin, ébahi, attendri plutôt par un tel mélange de grandeur et de naïveté. Mais, reprit-il, on peut être un grand, un admirable peintre, sans avoir de lumières spéciales sur les autres arts.

— Je vous demande pardon, mon cher. La littérature fut ma première vocation et ses exigences me sont aussi familières que celles de la peinture. Je tiens encore mon journal presque chaque jour et, à voir comme on m'a traînée dans la boue tout à l'heure, j'en viens à penser que c'est peut-être ce journal qui m'immortalisera à la fin.

— Allons, laissez dire les cuistres et les ignares pour vous occuper de ceux qui, comme moi, savent saluer en vous une artiste prodigieuse, absolument exceptionnelle. Ex-cep-tion-nelle, répéta-t-il d'un air pénétré en détachant chaque syllabe. Je laisse de côté à dessein le mot de «génie» dont on a trop abusé et qui ne signifie plus rien. À en croire les sots, tout serait génial aujourd'hui, même et surtout la merde jetée sur une toile!... Évidemment, comme vous le disiez ici même l'autre mois l'époque est basse et les vocables ne peuvent que se dévaluer. Vous avez des dons merveilleux, que demander de plus — sinon l'amour.

— Si vous croyez, Monsieur, m'amadouer par ce genre de compliment — artiste prodigieuse, ex-cep-tion-nelle — vous vous êtes trompé d'adresse. D'une part ce sont des mots encore plus creux que celui de génie; d'autre part le seul être dont le jugement puisse me toucher s'appelle Marc Marceau — mon amour justement.

— Marc Marceau? Ce blanc-bec qui écarquillait les yeux et les oreilles lorsque j'osais te défendre contre lui tout à l'heure? contre lui et contre tous ceux qui le portaient aux nues? Allons, chéri, c'est un enfant rempli de talent mais comme il y en a cent à Montréal. Sèche plutôt tes pleurs et soyons amis, veux-tu? dit le romancier avec beaucoup de simplicité en prenant place sur la causeuse tout contre Marie, et lui couvrant les deux genoux de sa grande main. Pour ma part c'est déjà chose faite. Tu es plus que pardonnée pour la blessure d'amour-propre que tu m'as infligée en te raillant de mon malheureux *Enfer*. Tu es admirée, je te le dis et te le répète. Oserai-je aller jusqu'à dire : tu es aimée? aimée passionnément?

Non sans un peu d'effarement, Marie regarda Maurin en se demandant s'il plaisantait. Puis elle se rencogna sur la causeuse comme pour éviter tout contact physique avec l'illustre auteur.

— Oubliez-vous, dit-elle narquoise, que votre lettre m'avait mise au rang des femmes cruellement frivoles? Eh bien! oui, je vous pardonne moi aussi, mais... à la seule condition que vous me rameniez à la maison sur-le-champ. Je redoute vos impertinences et surtout j'ai grand besoin de me retrouver seule — pour prier, et demander l'humilité. Rappelez-vous la

94

parole de Jésus sur la montagne : «Si vous voulez vivre comme des justes, évitez de vivre devant les hommes pour vous faire remarquer. Autrement, il n'y a pas de récompense pour vous auprès de votre Père qui est aux cieux.» Voilà la seule gloire à laquelle j'aspire, la seule qui soit digne de moi.

Robert Maurin était assez fin psychologue pour se rendre compte qu'il n'avait ce soir-là aucune chance de faire avancer plus loin ses affaires, même si son béguin pour Marie Duchesneau n'avait cessé d'aller crescendo à mesure qu'il percevait mieux l'originalité du personnage. Sa jalousie envers Marc Marceau n'en était que plus désagréable. Se voir préférer, lui, le romancier vedette de la NRF, un morveux talentueux certes, mais de cent coudées inférieur à ce phénomène unique qu'était la justement célèbre Marie Duchesneau, il y avait là de quoi se ronger d'amertume. Misant tout sur le succès d'un siège en règle pour triompher d'une rebelle du genre ne-me-touchez-pas et qui à l'instant crucial, décisif, parlait d'aller prier — mais aurait-il seulement le loisir d'entreprendre un siège qui risquait de se prolonger, lui qui avait déjà différé son départ de Montréal uniquement pour assister à cette catastrophique exposition? —, il s'inclina devant le vœu exprimé par Marie.

— J'aurais souhaité poursuivre la soirée avec vous au restaurant, dit-il en se levant le premier, mais pour vous obéir, chère enfant de mon cœur, il n'est rien que je ne ferais, serait-ce de me priver de votre présence pour vous rendre au Dieu que votre âme me préfère. Du fond de mon Enfer, je me flatte seulement d'avoir pu atténuer votre chagrin en vous livrant le fond de ma pensée sur vous-même et votre art, et en vous montrant par là qu'il vous reste de *vrais* amis, des amis capables de vous comprendre et de vous estimer jusque dans les bizarreries de votre caractère.

Cela dit, il jeta son manteau sur les épaules de Marie qui venait de se lever à son tour, toute en noire et superbe, et ils descendirent.

Rentrée à la maison vers onze heures, Marie constata qu'Agnès ni ses parents n'étaient revenus du sinistre vernissage. Elle n'en éprouva que du soulagement tant, dans sa détresse, elle était peu soucieuse d'entendre les encouragements de son père, les fureurs de Dorothée se déchaînant contre le monstrueux coup monté contre sa fille et moins encore ses diatribes sur le chapitre de la présence d'Agnès et de Marc à l'exposition, dont elle n'avait cessé de dénoncer le caractère néfaste. Marie n'était même pas d'humeur à accueillir la sincère sympathie d'Agnès, non plus que ses reproches voilés sur un départ sans explication, quasi clandestin.

Comme une flèche, le cœur battant, elle monta plutôt dans sa chambre et, jetant son manteau sur le lit, ouvrit le cahier où elle notait au fil des jours les impressions qui attisaient la flamme de son cœur par trop combustible.

15 décembre. *Mon Dieu, tout le temps qui n'est pas passé à vous connaître, à vous aimer, à vous servir, est* perdu! *Que je vous sais gré de ce qui m'arrive! Votre grandeur et votre bonté éclatent dans le monumental fiasco qui me rend à Vous enfin. Comment ne m'en réjouirais-je pas de toute mon âme? Comme je me réjouis — quoique amèrement — du succès de mes deux plus tendres amis, Marc, mon bien-aimé, et Agnès, ma bien-aimée. Je les unis tous deux dans mon cœur en ce jour qui marque le Golgotha de ma passion pour l'art. Combien plus cruel encore le chemin que vous avez suivi pour mieux faire éclater votre gloire au jour de la Résurrection! Ressusciterai-je dans la gloire? Vous seul le savez, Seigneur, dont les voies sont impénétrables, mais j'accepte tout, je me soumets à votre loi comme vous-même vous êtes soumis à celle de votre Père. Avec une grande différence toutefois : ma crucifixion à moi m'est un* châtiment *que j'ai entièrement mérité pour avoir poursuivi la gloire que donnent les hommes plutôt que celle qui vient de Vous seul.*

96

Se peut-il que, dans ma folie, j'aie rêvé d'autre chose que de ma situation actuelle, si peu reluisante, si méconnue soit-elle, se peut-il qu'à défaut d'être une sainte j'aie souhaité ardemment m'immortaliser par l'Art, se peut-il que l'amour de Marc, si fidèle, ne m'ait pas comblée tout à fait, que j'aie rêvé au fond de moi-même d'un amoureux plus génial, plus riche, plus célèbre, du genre de Robert Maurin, se peut-il que j'aie aspiré à la vanité des honneurs, que j'aie voulu me glorifier de mon patronyme en signant mes toiles : Marie Du Chesneau, que j'aie brûlé d'être admise aux jeux et aux fêtes de la jet society, d'y être invitée dans des toilettes splendides où j'aurais conquis tous les cœurs et séduit un prince du sang, moi qui n'ai jamais été si loin qu'un baiser sur les lèvres, tremblant de me laisser déborder par les réserves de passion que je sens bouillonner en moi? Et il est vrai que, lorsque je danse, je frémis de sentir le corps de mon partenaire contre le mien mais que je me rétracte dans ma coquille dès qu'on devient trop pressant. Ô contradictions d'une âme instable comme la mer! Et il est encore plus vrai qu'en tout je déteste le juste milieu, qu'à défaut du calme absolu où mûrissent les œuvres, il me faut une vie stridente et survoltée, à cause de cette démesure qui fait de moi l'inspirée, l'exaltée, celle qui aspire sans cesse à quelque chose qui soit plus beau, plus grand, plus sublime. Et dire que cette autre chose que partout je cherche, c'est Vous, mon Dieu, dont je méprise les seules faveurs qui vaillent et le seul amour qui me soit de commandement!

Donc il fallait cet échec inouï, sans précédent dans l'histoire du monde, il fallait ce désastre cent fois mérité pour que je vous rende les armes, mon Dieu, qui prenez votre souverain plaisir à humilier ceux qui mal vous aiment pour les rappeler à votre divin service, et à faire pleuvoir vos grâces sur la tête de ceux qui vous haïssent pour les confondre de générosité gratuite. Merci, trois fois merci, Esprit qui pénétrez les cons-

ciences les plus rebelles comme les plus chimériques pour les réveiller à l'unique Réalité. Je me tourne désormais vers Vous et je foule à vos pieds toute cette gloriole après quoi ma prétention a couru, vous qui vous plaisez aux petits, aux simples, aux obscurs.

Pourtant considérez que je n'ai pas voulu mal faire. Vouloir s'accomplir humainement par les voies de l'art, est-ce mal? À cet effet, j'avais choisi la voie difficile de l'effort, de l'exigence, du dépassement au terme d'une lutte farouche entre d'une part ce qui se trouve en moi de futile et de mondain, et d'autre part ce qui malgré moi me tire vers les valeurs éternelles qui établissent l'âme à la hauteur que vous espérez pour elle. Gloriæ cupido n'a pas été ma seule devise, je n'ai pas agi uniquement par avidité de gloire, mais plutôt par une inflexible volonté de tremper mon âme dans le feu prométhéen et de la durcir ainsi contre des abandons qui me seraient trop faciles et trop naturels. Or les seuls appels que je veuille entendre désormais sont ceux qui viennent de Vous, mon Dieu, qui daignez me rappeler à ce que je dois au privilège de ma naissance chrétienne, à ce que je dois aussi à mes deux aimés dont je peux dire que j'ai fait aujourd'hui le justifié bonheur, serait-ce au prix de la plus atroce des épreuves et sans rien attendre en retour, rien de plus que ce qu'ils me donnent déjà si abondamment : l'amour.

Ces paroles inscrites dans son cahier de sa grande écriture véhémente, Marie se dévêtit, se mit au lit et, ayant tout sublimé de ce jour terrible, s'endormit paisiblement.

Un choc l'attendait dès le lendemain matin quand, au petit déjeuner qu'ils prenaient en commun, Agnès annonça au Dr Duchesneau et à tante Dorothée que le temps était maintenant venu pour elle de les décharger de sa présence, qu'elle aurait bientôt vingt ans et qu'elle avait, grâce à l'héritage de ses parents, d'amples moyens pour s'établir dans un appartement à elle. Le docteur ne cacha pas son réel chagrin, tenta de la faire revenir sur sa décision qu'il disait ne pas s'expliquer, surtout à ce moment critique pour la pauvre Marie. Rien n'y fit. Avec un doux entêtement, Agnès persista dans sa volonté de prendre le large. En même temps, elle prit sa cousine à part, lui dit combien l'avait bouleversée les événements de la veille et combien sa déconfiture inique avait gâché la joie de son succès personnel comme celle de Marc. Elle aurait voulu trouver mieux que des banalités à prononcer en guise de réconfort :

— Les créateurs authentiques ne sont pas reconnus de leurs contemporains. Seuls les artistes sans envergure trouvent grâce à leur myopie. La soirée d'hier l'a trop bien montré. Je ne veux pas douter que la critique rendra justice à ton talent unique.

Marie semblait ne pas entendre, ou n'entendait que de très loin.

— C'est la force spirituelle d'un esprit qui marque son envergure et la force spirituelle se mesure à la capacité de braver les échecs temporels, qui sont aussi des échecs temporaires, disait-elle pour s'en convaincre avec une expression pénétrée avant de redescendre sur terre : Mais pourquoi partir? Pourquoi quitter la maison à l'instant précis où la confiance que tu me gardes est mon soutien le plus solide, avec ma propre certitude que je ne me suis pas trompée et que j'ai donné le meilleur de moi-même dans cette aventure? Oui, pourquoi ce départ précipité, Agnès, mon amour? Marc ne manquera pas de me soutenir de sa présence redoublée, lui.

Alors, éclatant en sanglots incoercibles, Agnès raconta à sa cousine atterrée, à mots entrecoupés, toute la pure vérité : après sa fugue de la veille en compagnie de Robert Maurin, elle et Marc s'étaient retrouvés face à face et s'étaient avoué leur flamme réciproque, dont elle-même réprimait le feu depuis deux ans déjà...

Marie ne broncha pas. C'était l'épreuve décisive, la confirmation des desseins de Dieu sur elle qui l'appelaient à une sanctification totale par des coups qui l'atteignaient, une nouvelle fois, au cœur même de son orgueil plus encore que de ses sentiments. Après l'admiration publique c'était l'amour même qui se décommandait. Or si Marc l'abandonnait, si Agnès s'éloignait, il ne lui restait rien de terrestre à quoi se raccrocher sinon à l'image qu'elle se projetait d'elle-même dans le miroir de sa conscience, ou plutôt sur l'écran de son imagination, non plus peintre au génie éclatant mais être humain marqué pour un destin sans exemple de promesses et de déchéance, martyre de son art et de son amour pour une cause plus grande qu'elle.

Le samedi suivant, un journal titrait dans sa chronique des arts :

UN PHÉNIX QUI TOMBE DE HAUT...

tandis qu'un autre journal écrivait :

DEUX RÉVÉLATIONS, UN RATAGE!

et plus bas : « [...] *On ne se rappelle pas avoir jamais rien vu d'aussi ridicule à Montréal depuis des années que les œuvres de Marie Duchesneau, cette jeune artiste qu'on nous annonce depuis des années à grand renfort de publicité bruyante et qui se révèle en définitive un fruit irrémédiablement sec* [...]. *Un tel mélange de styles est la preuve la plus sûre d'un total manque de personnalité* [...]. »

Marie encaissa tout avec une fortitude et même une ostensible *joie* dont ses proches s'étonnèrent, craignant qu'elle n'eût

100

laissé un peu de sa raison dans l'aventure. Seule Dorothée lui fit une scène de prendre si aisément son parti d'une gifle publique qui atteignait toute la famille et dont il fallait qu'elle se remette en confondant la jalousie de ses ennemis par quelque chef-d'œuvre imprévisible où elle se renouvellerait entièrement... Marie ne répondait rien. Pour elle-même, devant elle-même et devant la divinité, il lui suffisait d'être l'élue, le génie martyr, l'agneau qu'on mène à l'abattoir pour le salut du troupeau. Ce qu'elle n'aurait pu supporter eût été d'avoir une destinée commune. De même elle accepta la rupture avec Marc Marceau comme un autre signe de sa prédestination à quelque malheur insigne d'où jaillirait en gloire la Marie Duchesneau éternelle. Ses éclats d'une fierté toujours indomptable, ses outrances de langage dans l'expression d'une ambition dévorante qui ne désarmait pas, alternant avec d'humbles retours à une piété d'enfant et un désir maintes fois exprimé d'entrer chez les Carmélites, tout cela faisait d'elle un personnage proprement indéchiffrable, déconcertant, mais qui ne cessait de fasciner des hommes comme le romancier Robert Maurin lequel tint à déclarer aux parents Duchesneau avant son départ n'avoir jamais rencontré rien de tel, nulle part. Dorothée se reprit à rêver pour sa fille. Mais Marie n'avait qu'un sourire sarcastique en entendant sa mère évoquer des projets de mariage avec la seule «personnalité» qui l'eût défendue publiquement, le célèbre écrivain français de passage, ou autres prétendants aussi prestigieux qu'inexistants. «Me marier, faire des enfants! éclatait Marie, mais chaque secrétaire, chaque vendeuse, peut en faire autant!» Et elle ajoutait pour qui voulait l'entendre : «Du reste même le succès je m'en moque, la gloire à laquelle je prétends est d'une autre nature! Vous n'en avez pas d'idée, vous autres!» Et plus que jamais elle délirait de vanité puérile, divaguait d'orgueil blessé vingt-quatre heures par jour. Toujours elle était au spectacle : même ses désespoirs tournaient à la dérision. «Il ne faut pas fatiguer les gens avec ses misères, répétait-elle, il faut savoir se moquer de soi-même, être toujours un sujet de distraction, une nouveauté drôlatique.» Un tel refus de l'attendrissement sur soi allié à une telle volonté de défier le sort reflétait une détresse abyssale dont elle-même n'avait pas idée sans doute. Mais à force de ravaler ses larmes amères, elle s'en trouva intoxiquée comme d'un poison qu'on n'expulse pas et qui envahit toutes les fibres physiques et morales. Sa gaieté prit un tour macabre qui inquiéta son entourage y compris ses amis des Beaux-Arts qui l'avaient soutenue le soir du vernissage de lugubre mémoire.

Dans ces conditions, ses parents n'avaient rien à lui refuser. Dès qu'elle atteignit ses vingt ans, soit à l'été 1980, Marie exigea de partir pour Paris où sa «manière» (elle ne parlait plus de son «génie», bien qu'elle en doutât moins que jamais, depuis que ce vocable avait déserté la bouche même des mieux prévenus parmi les relations des Duchesneau) serait mieux accueillie dans un milieu culturellement plus ouvert et plus évolué, c'est-à-dire mieux enraciné dans la grande tradition séculaire où elle prétendait s'inscrire. À Paris, elle séjournerait le temps qu'il faudrait pour affirmer sa souveraineté artistique, si tel était le vœu de la Providence, ou sinon pour réaliser au moins dans son Journal les promesses de son enfance qui la rendait comptable de son talent devant Dieu même. Avait-elle conscience en s'envolant pour un si long exil, sereine et sans vraie rancœur (à son dire, elle était trop *grande* pour cela), qu'elle risquait de ne plus revoir l'Amérique?

DEUXIÈME PARTIE

Paris

Sitôt descendue à Paris, Marie la Québécoise qui, là-bas, en Amérique du Nord, se cherchait en vain des interlocuteurs à sa mesure dans un monde étranger à toutes ses aspirations jusqu'à la rendre systématiquement hautaine, arrogante, hâbleuse, bluffeuse, insolente, bref perpétuelle interprète d'un rôle qui, à la vérité, lui allait comme un gant, Marie donc fut saisie d'une sensation étrange, celle de se trouver pour de bon sur une scène de théâtre, héroïne ou figurante d'une pièce dont elle n'était plus l'unique interprète, mais d'un spectacle qui ne cessait de s'animer autour d'elle, de se jouer en dehors d'elle avec ou sans répliques à elle réservées, un happening riche en menues péripéties et en vastes aventures, une comédie mettant en scène toute une société aux cent mille personnages. Pour lui susciter ce sentiment d'un jeu où elle-même était engagée, il lui suffisait par exemple d'être examinée d'un œil ombrageux et illico déshabillée expertement par une Parisienne bon-chic-bon-genre, ou bien d'être abordée au café ou en pleine rue par un monsieur élégant tout rempli d'arrière-pensées, quand ce n'était pas quelque gigolo offrant son corps contre rétribution. Tout était matière à saynètes. Quel étonnement! Quel bonheur surtout! La comédienne avait des interlocuteurs, des protagonistes, des comparses. Ainsi qu'en un film où tout arrive sans transition, moins d'un seul jour lui suffit pour réintégrer la peau de son vrai personnage, celui-là dont elle avait dépouillé le masque au lendemain de la mémorable et désastreuse exposition. Et dès ce moment rien ne put la déconcerter, elle était née pour tenir un rôle, des rôles, toute une distribution. Et non seulement elle donnait la réplique du tac au tac, mais elle-même aimait à susciter pour le plaisir, dans les situations les plus quotidiennes, des dialogues improvisés dont elle se tirait avec une aisance jamais prise en défaut : avec le garçon de café dont la politesse mécanique tardait à rendre la monnaie comme avec le professeur à l'air sévère qui, dans un métro bondé, déchiffrait *le Monde* au travers d'une loupe en maudissant la finesse des caractères et la prenant à témoin, ou encore avec l'autodidacte plongé en bibliothèque dans quelque encyclopédique histoire des civilisations et qu'elle venait troubler par une question saugrenue sur la hauteur, au centimètre près, des tours de Notre-Dame de Paris. Marie adorait, sous leur cape, les petits «gardiens de la paix préposés à la voie publique» et, pour recevoir leur rituel salut de soldat de plomb, ne se lassait pas de sonder leurs connaissances topographiques ou onomastiques de la capitale. Les galeries d'art devant lesquelles elle ne pouvait passer sans s'arrêter, la trouvaient dans des états d'extase ou de répulsion également extrêmes, qu'elle ne manquait pas de faire partager au premier ou à la première venue dont les réactions se révélaient tout aussi intransigeantes et prolixes. Il lui arrivait même de s'infiltrer parmi le public des vernissages lorsqu'elle apercevait par la vitrine, derrière les œuvres en montre, une réunion d'amateurs conviés à l'heureux événement. Là, refoulant toute amertume à la pensée de ses déboires antérieurs, elle avait tôt réussi à se faire des amis qui lui renvoyaient la balle avec un bagout impensable à Montréal, village provincial où tout le monde se connaît et communique par monosyllabes. Ici, personne pour se soucier de ce que cette bizarre inconnue fichait là ni d'où elle sortait avec son accent du terroir — qu'elle enfouissait ou faisait ressortir selon le caprice des circonstances — dès lors qu'elle jouait comme pas une son rôle de prêtresse du Beau ou alors, au contraire, son rôle d'iconoclaste dans la bergerie. «La seule excuse de l'Art est qu'il nous fasse des amis» — à tout venant elle répétait ce mot de Cocteau que sa mémoire ne démentait que trop. Quant aux libraires, elle se montrait avec eux questionneuse à souhait sur l'intérêt de quelque nouveauté bruyante dont les gazettes faisaient état pour en porter aux nues la sublimité ou, plus rarement, pour la vouer aux gémonies — il n'y avait guère de milieu. Et toujours, quelle que fût la situation, Marie rencontrait en son interlocuteur un complice inconscient prêt à entrer immédiatement dans le *jeu* — soit en se répandant en un excès d'amabilités, de complaisance ou de science, soit, à l'opposé, en y allant de répliques désagréables ou impatientes, voire de rebuffades cinglantes. Les reparties fusaient de part et d'autre comme à la comédie, tant à cause d'une faconde jamais prise en défaut et toujours adaptée au «contexte» qu'à cause d'une verve dans la courtoisie comme dans l'aigreur susceptible de se teinter de toutes les nuances du prisme de l'humeur. Pour la visuelle qu'était Marie Duchesneau, tel ton de langage était bleu de Prusse ou bleu pervenche, tel autre vermillon, turquoise ou mauve, quand il n'était pas tout simplement blanc ou noir. Et les attitudes s'harmonisaient aux paroles. C'était un enchantement de tous les instants qui ajoutait un piment indispensable à la visite des monuments. Elle entrait à Saint-Sulpice ou à Saint-Eustache non tant pour admirer les proportions ou la beauté de l'église que pour le simple bonheur d'observer de braves petites vieilles prostrées dans l'ombre, enfoncées dans leur oraison comme les figurantes d'un grand «mystère» dont le monde était la scène. Et quel

107

n'était pas son plaisir lorsque l'une d'elles, sortant de son rêve intérieur, lui adressait un humble sourire accompagné d'un hochement de tête approbateur en signe de connivence spirituelle. Bien garnie grâce à la sollicitude du Dr Duchesneau, sa bourse s'ouvrait pour les mendiants, les clochards, les musiciens du métro, violonistes, guitaristes, flûtistes, clarinettistes, accordéonistes, et même Marie s'attardait à regarder, à écouter et à récompenser, rue de Buci, parmi les légumes et les fleurs, tel bassoniste ou tel tromboniste dont l'extrémité de l'instrument long de trois mètres reposait sur un bloc de bois, autour duquel aimaient à s'attrouper des badauds plus curieux que secourables en vérité. Et tous ces gestes de générosité, ces ostensibles largesses, elle les mimait avec un naturel admirable, car s'il entrait de la pose dans ses mouvements les plus désintéressés, cette pose se confondait avec sa nature même.

«Paris, ô Paris, s'écriait-elle dans son journal au bout d'une semaine, j'aime tes verrues, tes crottes de chiens, tes chats de gouttière, et même ce gros rat mort ce matin au bord du trottoir, ce rat que l'eau torrentueuse du caniveau n'emportait pas!» Pour la première fois de sa brève existence, elle se sentait, elle était elle-même, elle respirait à la hauteur d'elle-même, de ses virtualités, de sa versatilité, de sa verbosité, bref de son exubérance alternant avec des moments d'inexplicable introversion. Ce n'étaient pas comme à Montréal des figures interchangeables et murées dans leur anonymat qui circulaient par les rues et les boulevards mais de vrais *personnages* comme elle, des étudiants farfelus et discutailleurs, des dames élégantes et férocement convaincues de l'être, des poivrots jouant au clochard, des artistes jouant à l'artiste, des grands bourgeois jouant au petit bourgeois, des petits bourgeois jouant au grand bourgeois, des intellectuels de gauche à lunettes cerclées de fer passant tout droit devant la misère humaine qui se lisait sur une pancarte marquée *J'ai faim* — en somme tout ce que Marie était elle-même à ses heures.

108

Presque toujours, elle prenait son accent le plus «pointu», autant dire le plus parisien, qui servait à dissimuler ses origines «provinciales» car rien ne l'aurait humiliée davantage que d'être reconnue sans son aveu pour ce qu'elle était : une insignifiante petite touriste québécoise que ni sa particule (décidément elle signait désormais Du Chesneau!), ni son sens de la publicité personnelle, ni son arrivisme colossal n'auraient suffi à nimber d'une auréole capable d'éblouir une grande capitale. Elle était d'abord descendue au Lutétia qu'on lui avait décrit comme le grand hôtel *bcbg* de la rive gauche, mais vite, quittant l'opulence pour la bohème, elle emménagea dans un hôtel à une seule étoile du quartier latin, l'Auberge du Vieux-Paris, rue Gît-le-Cœur, qui passait pour avoir été le repaire de la seconde *beat generation,* celle des années soixante, ce dont photos et signatures témoignaient à l'envi dans le miteux hall d'entrée. Là seulement tout son fantasque tempérament d'artiste dans l'âme pouvait se trouver un peu à l'aise; et quant au confort elle s'en foutait, au moins en paroles, ce qui seul comptait. Arpentant la place Saint-André-des-Arts, déambulant par les rues piétonnes de la Huchette et de La Harpe, errant autour de Saint-Séverin et de Saint-Julien-le-pauvre, tout à l'ombre de Notre-Dame, elle aimait à en remontrer sur Paris, du haut de son accent le plus étudié, aux étudiants allemands, anglais ou américains qui ergotaient là sans fin devant une «pression» ou un «express» et qu'elle éblouissait de science et de désinvolture. En peu de temps elle put soutenir à la perfection son personnage de Parisienne avertie, accomplie, sachant se donner pour bien introduite dans divers sérails, renseignant maintenant ceux qui l'avaient d'abord renseignée, arborant pour toutes les situations, si périlleuses fussent-elles, un air, une allure, une attitude digne en tous points des circonstances — car il s'agissait toujours de se montrer *à la hauteur,* c'est-à-dire d'en imposer aux gens par le sens inné qu'elle avait de sa propre supériorité. Ces situations où elle pouvait figurer avec avantage, elle les provoquait de plus en plus maintenant. Réinventant pour son usage l'ancienne coutume du «suivez-moi-jeune-homme», elle faisait semblant de laisser tomber derrière elle un mouchoir, un gant ou tout autre objet à faire rêver, afin de permettre à quelque jouvenceau empressé de le ramasser pour le lui rapporter incontinent :

— Oh! comme vous êtes gentil, comme je vous remercie! Comme je vous sais gré de votre délicatesse!

— Mais c'est tout naturel, il n'y a vraiment pas de quoi me remercier, de balbutier le héros du sketch qui n'en demandait pas tant.

— Si, si, je vous assure, Monsieur, je tiens beaucoup à ces gants qui me viennent d'une grand-mère paternelle...

Alors le poisson harponné se jetait hardiment hors de l'eau :

— Eh bien! vous auriez peut-être le temps d'un café en ma compagnie. Je connais tout près une petite terrasse où nous serions bien pour causer.

— Avec vous? Tout de suite? Oh! vraiment je me demande... Mais pourquoi pas après tout? Vous avez été si charmant, si gracieux...

Le temps de demander pardon à Marc dont l'image, toute défigurée qu'elle fut, la poursuivait jusqu'ici dès qu'il était question de relations avec l'autre sexe, voilà que de fil en aiguille, Marie se retrouvait bientôt chez la «victime» du suivez-moi-jeune-homme dans quelque piaule minable de quelque pension plus minable encore où, s'accrochant désespérément au cou de l'inconnu, elle allait parfois jusqu'à livrer son petit corps frêle qui semblait ne jamais perdre de son innocence tant elle y mettait de ce naturel, de surprise, d'ingénuité. Et puis rentrée chez elle dans sa chambrette de l'Auberge du Vieux-Paris, elle redevenait profonde, mélancolique. Elle se disait qu'elle perdait sa vie. Et aussitôt d'ouvrir son cahier pour y tracer quelques lignes désenchantées et peut-être déjà immortelles.

110

24 octobre. Est-il possible, mon Dieu, d'ainsi gaspiller sa pauvre et unique existence, de la dilapider en gestes futiles, en simagrées frivoles et sans lendemain, où mon art, sans même que je l'exerce, *s'use et s'avilit, où mon âme chaque jour perd un peu plus de ce qu'elle eut de candeur féconde... Il n'y a pas une heure que dans les bras d'Emmanuel — Emmanuel qui déjà? — je lui chuchotais : — Aime-moi, mon amour, prends-moi tout contre toi, violemment, aime-moi et souviens-toi ta vie durant de ce jour à demi gris où je me suis donnée à toi. C'est une faveur dont tu n'as aucune idée, toi qui as dû connaître beaucoup de filles faciles... Non? Je suis la première? Vraiment? Est-ce possible? Eh bien! sache d'autant mieux l'honneur que je te fais et que tu te fais à toi-même. Tu ignores qui je suis, d'où je viens, tu ignores mon génie que les philistins ont piétiné, mais n'oublie jamais, comme je ne l'oublierai jamais, que devant Dieu nous aurons été amants l'espace d'une heure. Davantage peut-être, s'il n'en tient qu'à moi... Et j'étais sincère! Ô Paris, que de crimes d'amour on commet en ton nom, en ton nom qui est liberté, cette liberté totale après laquelle j'ai tant soupiré, tant langui, sans même savoir ce qu'elle était... Aujourd'hui que la page de Marc dans ma vie doit être tournée, sur la suivante j'inscris en tremblant le nom d'Emmanuel, Emmanuel que je ne reverrai jamais peut-être, Emmanuel à qui j'ai confié mes coordonnées comme un secret, mais saura-t-il en profiter comme d'une faveur sublime, lui que je serais capable d'aimer pour de vrai, ne serait-ce que parce qu'il a fait six mois de noviciat chez les chartreux de la Grande Chartreuse? Mais n'aura-t-il pas plutôt jeté mon papier à la corbeille sitôt sa porte refermée sur moi? Soit! il aura bien fait. Ce souvenir de moi, mon adresse, mon téléphone, mon cœur, ne mérite pas d'autre sort que la corbeille dès lors que j'ai renoncé à être Marie Du Chesneau tout entière, dès lors que j'ai accepté qu'ils aient tué en moi l'artiste, l'artiste promise à la gloire envers et contre tous, dès lors que*

111

j'ai renoncé à ce destin unique qui m'était réservé, pour m'abandonner à des racolages, à des cabotinages indignes de ma grandeur. À moins donc que mon œuvre ne me ressaisisse comme une sainte drogue, ce qu'elle doit être en effet, seules ces pauvres lignes arrachées à mon âme mais non à mon génie témoigneront pour moi devant la postérité.

Et puis, de nouveau, Marie sortait et c'était encore une fois le tourbillon de la vie qui l'empoignait. Et le théâtre de la ville! Le simple achat d'un paquet de cigarettes au *tabac* du coin était à tout coup l'occasion d'un petit numéro où chaque interlocuteur avait son attitude, ses mimiques et son texte préparés à l'avance comme pour un public invisible. Le marchand n'avait jamais exactement la couleur, la longueur, la douceur de cigarette que sa fantaisie dictait à Marie pour faire durer le plaisir de la représentation donnée pour un parterre muet et béat. Et que dire de ses repas au restaurant? Que ce fût dans la plus piètre gargote, la plus moderne brasserie ou le cinq étoiles le plus ruineux, la jeune fille mettait son bonheur à se faire expliquer le menu tel un passage d'Aristote ou de Dante; elle faisait revenir trois fois ou quatre le garçon de table, soit qu'elle eût changé d'idée sur sa commande, soit que le faux-filet ne fût pas exactement à point, soit que la daurade tressautât dans son assiette, souffrant à l'évidence d'une cuisson déficiente...

10 novembre. *Oh! quelle merveille que Paris, je l'avais lu, on me l'avait dit et redit, mais que j'étais loin du compte! Cité si merveilleuse qu'elle en désespérerait l'artiste le plus possédé. Car je sens qu'à m'attarder ici, sur ce vivant théâtre, dans ce décor de siècles qui rivalise avec la scène intérieure, je ne ferai jamais rien de* bien, *rien d'authentiquement* personnel,

112

rien de ce que je voudrais réaliser dans le style que j'entrevois et qui, m'accomplissant enfin, me vengerait du même coup de la meute montréalaise qui m'a outragée. Paris vous siphonne par tous les pores — peut-être faut-il être étranger pour s'en apercevoir, pour jeter un coup d'œil non usé sur cet amas de splendeurs, fussent-elles coulées dans ce moule néo-grec qui a tant servi, splendeurs dont la plus simple et la plus humble n'est pas la moins chérie. J'ai passé ce matin une heure à Saint-Étienne-du-Mont et j'ai été étonnée qu'un miracle ne se produise pas en ma faveur, que Blaise Pascal en personne ne surgisse pas de son tombeau pour venir me serrer la main comme à une égale — en puissance! — par le génie, encore qu'il ait parlé avec dédain dans ses Pensées de «la vanité de la peinture qui fait qu'on admire la copie de ce qu'on n'admire pas dans la réalité», ou quelque chose d'approchant. Observation plus profonde qu'il n'y paraît mais qui fait abstraction de l'essentiel : tout l'art du copiste n'est-il pas dans le subtil ou l'énorme écart qu'il introduit entre son modèle et l'imitation qu'il en fait? Ah! certes la peinture de la modernité, telle qu'illustrée par un Pablo Picasso que l'ère postmoderne relègue à l'âge des cavernes, Picasso dont j'ai parcouru hier le nouveau musée avec excitation, fascination, mais sans émotion vraie, cette peinture-là ne tombe pas sous le coup de la critique de Pascal, puisqu'elle ne prétend pas reproduire mais rompre les formes — avec le paradoxal résultat qu'elle n'est plus que forme : sans profondeur, elle est toute surface et ne fait pas rêver. Son génie est ailleurs, dans l'esprit plutôt que dans le cœur. Et pourtant il y a eu le cri de Guernica… Serait-ce donc à moi, Marie Du Chesneau, qu'il appartient en cet an de grâce 1980, d'assumer puis d'élargir une telle conception réductrice de l'art afin de me plonger subitement, par-delà le postmodernisme, en plein XXIe siècle, où la lumière et l'ombre seront revenues, où Paris n'aura pas changé sinon par quelques retouches futuristes, nouveaux sédiments sur un même vieux *terreau éternellement fécond? Rien ici qui rebute, aucun anachronisme, rien ou presque rien, mais sans doute est-ce la raison pourquoi mes pinceaux me résistent et demeurent insolemment secs. Car on ne saurait peindre, écrire, chanter que* contre *quelqu'un, et singulièrement son milieu, contre ce qu'il représente de laideur, de petitesse, d'envie, de conformisme, quitte à recevoir sur-le-champ la sanction de sa témérité… Montréal, Montréal, jamais plus ne te reverrai-je, je le sens et je le dis sans joie ce soir avec une lucidité à la fois douloureuse et pacifiante. Tu m'as fait trop de mal pour que je t'oublie et ce mal tu ne pouvais pas ne pas me le faire étant donné ce que j'étais et ce que tu seras toujours. Tout prophète en son pays est bafoué, rejeté, blessé à mort souvent, exilé quelquefois et rendu incapable de poursuivre sa tâche mais toujours il pardonne, car dans son épreuve il reste plus grand que ses persécuteurs!*

Ayant écrit cette page, Marie se rendit chez le marchand de couleurs. Au cœur de son sentiment d'abandon, un irrépressible goût de vivre ne se résignait pas qui lui faisait croire au saint appel de l'Art qui seul ressuscite le créateur. Elle se pourvut de tubes neufs, de brosses neuves, de toiles montées, elle acheta un chevalet en métal format amateur, et solitaire dans sa petite chambre de l'Auberge du Vieux-Paris, grande comme un mouchoir de poche, elle s'imposa de créer, c'est-à-dire de traduire en matière ses impressions parisiennes. Rien d'arraché à quelque modèle certes, la visée d'un génie désormais méconnu n'étant pas l'aquarelle à l'usage du touriste qui souhaite rapporter un souvenir du Sacré-Cœur, des quais ou de l'arc de triomphe de l'Étoile. Forcément son projet d'un art pour le XXIe siècle était plus subtil, plus ambitieux, encore que presque impossible à définir. C'est que, plus que de théorie, il y avait toujours tant d'elle-même dans ce qu'elle faisait que chaque tableau portait en filigrane un tracé de son âme impétueuse et hardie, mais fragile et vulnérable comme un oiseau blessé sous ses élans indomptables. C'était cette osmose entre l'art et l'âme qui l'avait perdue, se disait-elle. Sans prétendre revenir sur sa nature d'artiste sensible, elle se voulait désormais plus proche du réel et moins réaliste à la fois. Gageure intenable sans doute, contradiction irréductible, voire absurde, mais après l'échec de Montréal, renonçant à Bonnard, à Chagall, comme à toute forme de narration, elle n'osait plus espérer se plaire qu'en rompant ostensiblement avec toute logique verbale, sans succomber, suivant en cela la leçon de Picasso, au mirage de l'abstrait. Avec Paris, contre Paris si nécessaire, à cause de Paris dans tous les cas, il fallait avancer et faire sa marque, si modeste fût-elle, sur le cours du monde, bref s'accomplir en dessin, en couleur et en image. Le dessin, c'était la fantaisie créatrice, l'imagination débridée; la couleur, c'était la rigueur, la fidélité à la tradition; l'image, c'était la vision du Monde avec sa subjectivité profonde, irremplaçable. Les quatre petits tableaux qui demeurent de son premier cycle parisien devaient plus tard montrer Marie étrangement adoucie, tout envahie de brumes et de nuages dans des ciels qui dévorent tout le paysage urbain, ciels que traverse soudain une tour unique, immense, virile. Combien cela reste trop réaliste malgré tout, se disait-elle devant l'œuvre achevée, trop figuré, trop exact, trop fidèle au flou de la nature! Picasso, où es-tu? Les études préparatoires au fusain — car elle les multipliait désormais — de facture plus «distraite», moins étudiée, lui paraissaient bien meilleures. Assez du même asservissement au réel! Était-ce seulement la symbolique de la tour Montparnasse qui l'avait malconsciemment subjuguée avec ses soixante étages phalliquement dressés? Curieusement Marie, qui avait en horreur les grands édifices rectilignes dérivés du cube, s'était éprise de cette tour Montparnasse, la plus haute d'Europe, en raison sans doute de son caractère de cylindre ovale si insolite dans le décor de Paris, javelot voisinant pour la hauteur avec la seule tour Eiffel — rien à voir en somme avec la cubiste et géométrique Amérique, comme quoi, pensait-elle, les objets n'ont d'intérêt, et peut-être même de réalité, qu'en relation avec ceux qui les entourent et les enchâssent. Cette tour Montparnasse vomie par les Parisiens de goût qui lui préféraient l'affreux Beaubourg ou bien l'horrible Forum des Halles, Marie ne se lassait pas de la contempler depuis un café de Saint-Germain-des-Prés, se profilant dans l'axe de la longue, large et triste rue de Rennes — mais non pas exactement dans l'axe justement —, se dressant donc telle une croix sans bras, un Golgotha de pierre, bien loin du phallus obsédant. Puis son regard s'abaissait et elle se prenait à rêver devant l'étonnante fontaine du Québec, en plein Saint-Germain-des-Prés, où l'eau glacée de la fonte des neiges semble jaillir directement du sous-sol parisien, soulevant au passage un dallage figurant une embâcle de glaces à dynamiter, et ces délicieux moments de rêverie lui faisaient oublier le crime de ce centre commercial souterrain dont la verrière extérieure lui évoquait invinciblement une gigantesque caisse enregistreuse, ou de ce centre culturel dont les boyaux multicolores juraient hideusement avec le bourgeois quartier ambiant. Mais partout ailleurs, les esplanades, les jardins, les parcs, les bassins, les ponts, les colonnes, les églises, les pierres, le métal, et puis le gothique, le Renaissance, le baroque, le classique, le moderne, autant d'alluvions précieuses laissées par la marée des siècles enfin réconciliés dans la multiplicité de l'éternel aujourd'hui.

Un jour Marie entre à Saint-Sulpice dont les tours dissymétriques dominent le quartier. «Navré, Mademoiselle, on n'a pas accès aux clochers», explique à voix basse un vicaire à demi confus qui l'accompagne un moment. En longeant les bas-côtés de l'église dont les vastes et nobles proportions impressionnent l'artiste qui cherche en vain les fameuses «sulpiceries», Marie remarque avec curiosité deux grandes cabines de verre transparent. Dans ces cabines qui lui évoquent irrésistiblement deux aquariums, un prêtre en blanc, une simple étole au cou, se trouve assis devant une table nue face à un pénitent qui remue les lèvres, regard baissé, mains jointes contre le rebord de la table.

— C'est la confession nouvelle, chuchote le vicaire, la confession en pleine lumière, mais ce peut être aussi un simple entretien spirituel. Nous ne refusons aucun dialogue, à condition qu'il soit de bonne foi, n'est-ce pas?

À l'instar des autres Parisiens, lui aussi joue, tant bien que mal, son rôle de vicaire moderne et la tentation est vive pour Marie d'amorcer une scène de comédie en lui renvoyant la balle sur le même ton chuchoteur et complice. Mais au regard inquiet que l'homme lui adresse, la dernière petite Québécoise demeurée naïvement croyante ravale ses répliques et se borne à répondre en arquant les sourcils pour marquer son intérêt. Depuis combien de temps ne s'est-elle pas confessée? Depuis qu'un curé «conciliaire» l'en a dispensée pour motifs d'ordre psychologique, la confession pour certaines âmes altérées de perfection risquant à la longue d'être cause de traumatismes sans remède. Pourtant, depuis son humiliation publique et la rupture avec Marc qui lui ont fait toucher les abîmes du délaissement, elle en a gros à l'âme, gros sur le cœur, quelque chose d'ancien qui ne passe pas, qui remonte sans cesse du fond de l'enfance et qu'elle voudrait rendre une bonne fois ici à Paris où les religieux vibrent mieux peut-être au contact des âmes d'élite, celles vraiment faites à l'image d'un Dieu tantôt souffrant, tantôt créateur et toujours surprenant. Et si ce n'est pas à ce gentil vicaire, qui ne la quitte toujours pas et semble lui vouloir du bien, c'est à Emmanuel lui-même, un ex-curé, qu'elle se confiera, qu'elle confiera le soin de toutes les blessures, de toutes les détresses que dissimulent si mal les masques quotidiens dont elle s'affuble. Hélas, Emmanuel — Emmanuel qui déjà? — a disparu de sa vie, il se tait, il se terre, il l'a oubliée... Mais ne l'a-t-elle pas plutôt inventé de toutes pièces pour les besoins d'une cause perdue, ce chartreux en rupture de ban dont elle voudrait maintenant faire l'âme sœur?

Toute la semaine qui suivit cette alerte à Saint-Sulpice, tandis qu'elle sirotait punch au lait sur punch au lait à la Rhumerie martiniquaise, haut lieu de la drague «intello» du boulevard Saint-Germain, moins pour provoquer des avances qu'elle repoussait presque systématiquement qu'histoire d'échapper à une fièvre de peinture qu'elle imaginait incompatible avec le salut par l'amour humain, avatar de l'amour divin, Marie dut se défendre contre un retour en force d'Emmanuel dans sa conscience amoureuse. Elle ne doutait pas d'en venir tôt ou tard à quêter un secours d'ordre spirituel auprès du petit vicaire de Saint-Sulpice, mais il fallait d'abord que son sentiment de déréliction sentimentale achève ses pauvres forces usées par la création, l'espoir, la trahison, la défaite. Et dans sa légère ivresse, assise en solitaire à la terrasse de la Rhumerie, les yeux rivés sur son verre vide, voici que le visage de Robert Maurin s'approche, se précise, se penche vers elle, lui murmurant des mots tendres... Mais non, il ne fait qu'émerger d'entre les brumes du souvenir. Et pourtant cet homme qui, pour mieux la conquérir sans doute, a pris sa défense quand tous la reniaient n'était-il pas rentré chez lui, à Paris, depuis de longs mois lorsqu'elle avait quitté Montréal? Le joindre serait facile, par l'entremise de son éditeur. Qu'à cela ne tienne, elle s'en souvient tout à coup, le romancier lui a laissé son adresse du VIIe arrondissement pour le cas où... Mais tous les recours sont-ils épuisés? Et la tentation des amours faciles, refuge des faibles, est-elle si forte chez Marie qu'elle ne puisse encore souffler sur cet aimable fantôme et le rendre à la nuit d'un passé abhorré? Certes non, se répond la délaissée en serrant les poings.

Bien lui en prit de résister au charme de Don Juan, comme elle résistait aux sourires engageants de tous ceux qui se proposaient pour entourer sa solitude, car, ô miracle! Emmanuel Daumont lui fut envoyé par le ciel en réponse à une prière intense, quasi désespérée. Assurément, dans son dédain des usages, Marie n'aurait pas hésité en d'autres temps à faire les premiers pas vers le ci-devant apprenti chartreux mais il fallait qu'il se jette d'abord à ses pieds, il fallait que de lui-même et librement il réponde d'avance à sa passion pour que celle-ci fût mieux qu'une rêverie sans issue née de la brève rencontre de deux épidermes. Et puis il lui fallait la preuve que son ascendant sur un cœur masculin de cette qualité était proprement irrésistible. Aussi, d'entendre la voix chère au bout du fil lui fit bondir le cœur, puis le fit fondre lorsque l'étudiant lui proposa pour le soir même un rendez-vous au Petit Cluny, boulevard Saint-Michel, café où ils avaient d'abord fait connaissance après le coup du suivez-moi-jeune-homme. Elle en était à ce point de délabrement moral et de défiance envers elle-même — le contraire de sa nature — et la leçon de Marc Marceau avait été si rude que seul un regard de vraie tendresse pouvait effacer tant soit peu la cruauté du passé et l'assurer de son pouvoir sur une âme qu'elle jugeait enfin son égale. Quel contraste entre les faces réjouies de ces galants sans complexe qui harcelaient son désœuvrement, et le regard à la fois limpide et troublé, le regard déjà inoubliable de celui-là que les dieux — sinon Dieu en personne — lui avaient envoyé le jour béni de leur première étreinte dans l'étroite chambre noyée de livres et de notes, car Emmanuel préparait, disait-il, une maîtrise ès lettres pour se donner le temps de réfléchir à son avenir...

Et, bizarrement, c'est alors seulement que Marie, se souvenant du mouvement qui la veille encore la poussait à se confier à l'homme de Dieu, y céda. Lâchant ses pinceaux qu'elle venait de reprendre en désespoir de cause, elle courut à Saint-Sulpice où elle trouva cette fois son vicaire — il s'appelait l'abbé Geneuil — lui-même plongé dans «l'aquarium», seul, les yeux clairs et fixes devant lui, le visage tout illuminé de l'intérieur par une élévation de l'âme qui ne pouvait qu'être intercession et action de grâce pour la jeunette pénitente qui venait frapper à sa porte de verre.

— Mon Père, dit-elle presque fébrile à peine assise, mon Père, je ne sais ce que j'attends de vous. Mon désir est sans limite, tout ce qui bouge, tout ce qui vit, tout ce qui rêve, tout ce qui est beau, un regard, un visage, un marbre, Dieu même, oui Dieu surtout me sollicite depuis ma tendre enfance, me tire des larmes, des cris de joie, des révoltes saintes. Je ne suis que désir et ne sais quoi désirer de plus dans ma folie, où aller, où me montrer, car je n'ai pas cessé de rechercher la gloire humaine aussi, où me cacher, car je tiens plus encore à mon indépendance, à ma liberté d'homme. Je ne suis pas ce que je vous ai dit la dernière fois : une princesse russe, je ne suis qu'une petite Québécoise de rien du tout, une artiste incomprise, rejetée par tous, même par Marc, mon fiancé, mais j'ai des passions d'homme de quarante ans, moi qui en ai vingt, des passions d'homme plus âgé que vous-même, mon Père, qui avez bien fait trente-cinq, trente-huit ans? (L'abbé baissa les yeux.) Au fait, quel âge avez-vous, mon Père? Pardon de l'indiscrétion, c'est que j'essaie de comprendre pourquoi j'ai eu tout à coup si fort envie de vous revoir. Ne me répondez pas d'ailleurs, c'est pur enfantillage de ma part, même si je sais bien que les gens qu'on dit d'âge mûr ne sont eux-mêmes que des enfants. La preuve, c'est qu'ils aiment à se déguiser, à afficher une façade. Ainsi en va-t-il de vous, mon Père, qui paraissez si bien à votre aise dans votre personnage d'homme de Dieu, dont vous ne vous efforcez pas en vain d'avoir le geste, le regard, la gravité, l'exaltation intérieure... Pardon de ma familiarité. Et ne voyez là rien qui doive être pris en mauvaise part : on est ce qu'on veut être bien plus que ce

120

qu'on est réellement. Quant à moi, il suffit que vous sachiez que j'ai depuis ce matin la certitude de revoir Emmanuel et que cela me comble, et qu'il fallait que je le dise à quelqu'un. Je vais au-devant de lui, que je croyais perdu pour moi, comme au-devant du Ressuscité. Cela est-il mal? Faut-il ne souffrir que le baiser de Jésus-Christ quand on est faite comme moi? Oui, j'ai des volontés, des passions d'homme de quarante ans, et je sens qu'Emmanuel est inscrit de toute éternité dans ma destinée. Alors, que ne ferai-je pas pour le retenir? L'aimer, le posséder, le détourner au besoin de l'appel du Seigneur, lui qui était né pour être son serviteur comme je l'étais moi pour être sa servante et Le chanter sur ma toile dans les plus humbles réalités de sa Création sublime, serait-ce là trahir deux vocations, celles de deux âmes pareillement en quête de surpassement spirituel? Mais suis-je encore capable, si je l'ai jamais été, des renoncements que toute vocation impose, car ne le niez pas, vous qui avez tout quitté pour suivre son saint appel, le Seigneur exige tout et ne rend rien sur cette terre!

— Allons, ma fille, dit le prêtre après une minute de méditation silencieuse, vous vivez à la limite de vos forces, à la limite de vos dons, c'est le seul reproche qu'un homme tel que moi puisse vous adresser. Croyez-vous un instant que ce soit mal d'aimer du point de vue d'un Dieu d'amour? Mal de désirer, quand elles sont déjà mortes les âmes qui ne désirent plus passionnément? Mal de créer? Mal de tendre à votre extrême hauteur? Plaise à Dieu que davantage d'êtres cherchent ainsi à se dépasser, à sortir de leur tiédeur!

— Mais je veux surtout dépasser les autres, écraser de mon génie la foule des misérables qui grouillent à mes pieds et osent me cracher leur venin! Et puis si je vous disais qu'Emmanuel, cet Emmanuel à qui la grâce a été donnée de combler en moi un vide inguérissable, a fait six mois de séminaire, que dis-je, six mois de noviciat à la Grande Chartreuse, et qu'il a obtenu l'année dernière un congé de réflexion, sans pouvoir affirmer s'il reviendrait.

121

Cette fois l'abbé Geneuil parut vivement troublé.

— En ce cas, dit-il après une hésitation, craignez de vous amoindrir vous-même en l'éloignant de sa plus haute exigence.

— M'amoindrir? Rien ne saurait m'amoindrir puisque je ne suis rien, rien encore! protesta Marie en se levant brusquement dans un accès d'humilité peu coutumière. Ni sainte devant Dieu, ni génie devant les hommes, je ne sais que souffrir et j'appréhende maintenant de souffrir au-delà de mes forces à cause d'Emmanuel. J'ai le pressentiment qu'une épreuve m'attend, plus grande que toutes celles que j'ai vécues.

— Il ne vous reste qu'à tenter de sublimer votre amour, mon enfant, ma fille.

Il n'y avait pas de paternalisme dans ce : mon enfant, ma fille, seulement la secrète complicité d'une âme désenchantée pour une autre à qui elle souhaiterait éviter le même désabusement.

— Sublimer mon amour? dit Marie avec emportement. Mais il est déjà sublime, Monsieur!

— J'entends : renoncer à ce qu'il peut avoir... de sensuel, lui donner un tour mystique qui me paraît conforme à votre caractère.

— Merci bien du conseil! C'est pour ne lui avoir jamais voué qu'un attachement tout affectif et spirituel que Marc, mon premier fiancé, m'a laissé tomber comme une vieille chaussette le soir même de mon infamant fiasco pictural, plaquée pour ma propre cousine qui était aussi, naturellement, ma meilleure amie.

— Il vous manque la vertu d'indifférence et c'est en cela seulement que vous avez vingt ans et que vous ne les aurez peut-être pas longtemps, articula le Père confesseur en baissant les yeux comme s'il avait pensé à sa propre vie. Mais vous avez la passion et vous avez fait l'expérience de l'art et de l'amour contrariés. Cela n'a pu que vous édifier. D'ailleurs Dieu même a craint la souffrance et la mort, l'angoisse et l'abandon, et cet exemple doit nous fortifier, souffla l'abbé en proie à une sorte d'angoisse lui-même. Ce qu'il n'a pas craint en revanche c'est l'amour — au contraire, il l'a donné même à ses bourreaux : «Père, pardonne-leur, ils ne savent pas ce qu'ils font» — car, en bien comme en mal, nous ignorons le retentissement de nos actes dans l'éternité.

Marie avait repris sa place et, la tête penchée en avant, lisait à mesure ses paroles sur les lèvres du prêtre.

— Allons, Dieu vous aime telle que vous êtes, ma fille, reprit-il en redevenant peu à peu maître de soi, soyez donc vous-même, écoutez la voix profonde et laissez les hommes à leurs illusions favorables ou non sur votre personne. Le mal ou le bien qu'ils croient vous faire, c'est à eux seuls qu'ils le font — voilà tout le secret de l'Évangile. C'est en blessant qu'on se blesse, c'est en guérissant qu'on se guérit. À la lumière de ce secret inouï, c'est à vous de juger si le baiser d'Emmanuel, puisqu'il s'agit de cela, risque ou non de vous détourner, de *le* détourner, du baiser de Jésus-Christ selon vos propres termes.

— Ah! que vous faites petit garçon avec vos soi-disant secrets! Comme si le problème se posait ainsi. Ah! je les connais les «vertus» de la souffrance…

— De la souffrance offerte… offerte dans la joie!

Marie haussa une épaule en détournant vivement la tête comme font les enfants. Puis :

— Avez-vous remarqué? Seule d'entre les souffrances, l'amertume n'est pas glorifiée par l'Église, ni récompensée par le Seigneur. Or c'est d'amertume que je souffre, c'est elle qui m'étouffe, c'est pour tromper ma rancœur que j'ai fui mon pays. Mais Emmanuel appliquera sur ma plaie le baume de ses lèvres, au risque de s'empoisonner. Ce ne sont pas vous et vos paroles d'abnégation et de sacrifice qui me soulageront ni ne me retiendront, car elles ne vous coûtent rien à vous. C'est pourquoi, toute à mon bonheur de revoir ce soir Emmanuel, j'ai été naïvement inspirée en venant vous trouver pour vous en faire part et je pense que je ne reviendrai plus.

Dans un geste d'imploration, l'abbé Geneuil leva les mains assez haut devant lui comme pour attirer sur soi quelque grâce du ciel, puis inclina la tête en avant jusqu'à ce que son front touchât la table. Après un instant d'immobilité et de silence qui parut des siècles, il se redressa et posa sur Marie des yeux qu'embuaient tendresse et tristesse.

— Vous reviendrez, j'en ai la certitude, même si je ne pourrai pas davantage pour vous, hélas. Du moins vous ne me laisserez pas dans l'inquiétude à votre sujet, chère enfant dont me réchauffe malgré moi cette haute flamme qui vous consume, comme la même flamme m'a consumé naguère qui de jour en jour décline. Et puisque vous me demandiez mon âge, sachez que j'ai trente-quatre ans... ce qui est déjà beaucoup n'est-ce pas?

Le ton était inquiet et tout entier suspendu à la réaction de la pénitente. Et comme celle-ci ne disait mot mais dévisageait le vicaire de ses yeux étonnés et perplexes, ce dernier rougit, se mordit les lèvres comme quelqu'un qui a trop dépouillé le personnage qui masquait le pauvre homme. Retrouvant sa dignité ecclésiastique, il dit :

— Souvenez-vous seulement qu'Emmanuel est une âme avant d'être un corps, ou plutôt qu'il est une âme à l'intérieur d'un corps, pareil en cela à un vin translucide qu'on a versé dans un verre opaque, car la chair est opaque si l'âme est impalpable au point que beaucoup — ils sont devenus légion — ne veulent pas qu'elle existe. La mort de l'âme, corollaire de la mort de Dieu, hélas...

— Très bien, dit Marie assez sèchement. Merci de vos bons avis. Peut-être bien que dans un autre monde j'en tiendrai compte après tout, mais je me demande encore quelle candeur stupide m'a poussée à venir vous relancer ici alors que ma voie était claire comme de l'eau pure dans un verre transparent,

124

vous qui aimez les comparaisons liquides dans cet aquarium où vous officiez. Vous avez failli tout gâcher. Car il n'y a pas qu'Emmanuel : moi aussi j'existe dans un corps et souvenez-vous à votre tour que l'âcre désespérance risquera toujours d'enfermer l'être humain dans la prison de ce corps, de rendre fou celui qui croit à l'amour, absurde et dérisoire l'effort du peintre qui a cru, uniquement par l'esprit, enfanter un monde. Adieu, Monsieur!

En sortant de «l'aquarium», Marie remarqua dix visages qui la guettaient comme s'ils n'avaient rien perdu de la longue scène muette encore qu'assez mouvementée qui venait de s'y dérouler. Eh bien, tant pis si elle s'était rendue ridicule, du moment qu'elle avait pu clarifier ses idées et ses sentiments. Reste que la pensée d'Emmanuel la tourmentait plus encore qu'à son arrivée à Saint-Sulpice. Irait-elle au rendez-vous du Petit Cluny? Non, elle ne ferait pas un geste, pas un pas vers l'étudiant. Il n'était pas dans sa nature farouche et fière de céder au premier appel, même si cet appel elle l'avait désiré passionnément. Et puis ne convenait-il pas de laisser le temps faire son œuvre à l'heure où le jeune homme s'interrogeait sur une vocation qui se révélerait peut-être — c'était à souhaiter! — une impasse cruelle? Marie était fâchée contre le petit vicaire trop sensible mais ses paroles faisaient leur chemin en elle comme pour mieux la rapprocher de la nouvelle grande épreuve que sa crainte avait imaginée. D'autant que cet Emmanuel Daumont pouvait bien être une âme avant d'être un corps, ce qui ne lui eût pas déplu, il n'en restait pas moins homme, un homme pareil aux autres, aussi léger, aussi frivole, aussi fragile, aussi peu fiable, tout sage et sincère qu'il lui était apparu et grandissait encore dans son souvenir. Marie regarda sa montre : trois heures à peine. Elle n'avait rien mangé mais qu'importe! Elle n'avait pas le cœur à cela, un cœur qui s'apaisait peu à peu. Non, décidément elle n'irait pas au rendez-vous, quitte à se faire maudire. Il fallait qu'Emmanuel frappe à sa porte plus fort et plus longtemps. Pour la dixième fois depuis dix minutes Marie traversa le carrefour de Saint-Germain-des-Prés, ralentit malgré elle devant l'insolite Embâcle qu'elle connaissait par cœur et qu'il lui semblait toujours redécouvrir : bien qu'elle demeurât sensible à l'étrangeté de ces glaces symboliques d'où jaillissait l'eau d'un torrent printanier, ces dalles de pierre incurvées et jetées les unes contre les autres formaient un amas trop écrasé, trop à ras de terre pour l'émouvoir vraiment : en dépit du jet d'eau, il manquait l'élan, la hauteur. Puis, enfermée dans sa pensée, elle gagna la Seine, la longea vers l'ouest et se trouva place de la Concorde. C'était soudain si vaste que, refoulant une envie de pleurer, elle se mit à respirer comme les grands espaces libres y invitent. La vastitude et la hauteur, tels étaient les éléments de Marie Duchesneau. Il lui sembla au même instant — mais peut-être divaguait-elle — qu'Emmanuel avait quelque chose en lui de ces deux exigences, antinomiques pour ainsi dire : ce qui est vaste n'est pas haut, ce qui est haut n'est pas vaste, si ce n'est les montagnes mais elles appartiennent à l'ordre de la nature. Bien sûr il y avait les cathédrales mais leurs hautes murailles qui se rejoignaient en faisaient des prisons, encloses comme elles et dont les verrières soulignaient l'obscurité plus qu'elles ne l'éclairaient. Cette fois il manquait la *lumière,* autre exigence à quoi répondait le regard d'Emmanuel, lucide, intense et bleu comme un éclat de ciel... Marie soupira longuement en revoyant en esprit le fin visage nimbé de cheveux clairs, les lèvres arquées qui ne laissaient échapper que des perles, et revint mélancoliquement vers l'île de la Cité, ce qui la rapprochait de l'Auberge du Vieux-Paris. Passant près du Louvre et prise d'une brusque envie d'admirer quelque chose, elle y entra, gagna en coup de vent la grande galerie et vint se planter devant le *Saint-Sébastien* de Mantegna, où elle resta cinq minutes immobile sans que l'expression de sa figure trahît le mouvement de sa pensée en présence du saint athlétique et nu, attaché à une colonne et le corps troué de flèches. Sa soif d'admiration désaltérée, elle sortit aussi vite, aussi impulsivement, qu'elle était entrée et poursuivit son chemin vers Notre-Dame où elle pénétra, délibérément cette fois, fit une profonde génuflexion et se signa pour bien manifester au monde entier qui l'observait qu'elle n'était pas entrée là en touriste naïve ou blasée, mais par obéissance à une contrainte d'ordre strictement spirituel. Dans la nef résonnait à cet instant, palpitait une musique sublime. Marie, qui n'était guère musicienne, ne reconnut pas le *Lacrymosa* de la *Grande Messe des morts* de Berlioz que répétait un chœur mixte soutenu par le grand orgue seul. De nouveau pourtant, elle si forte, devant ces larmes sonores qui tombaient sur elle comme une averse de douleurs, elle eut envie de pleurer. Elle pleura. Des promeneurs de toutes nationalités circulaient autour d'elle; les uns en groupes plus ou moins nombreux se faisaient dire en langues étrangères la beauté des lieux, le coloris des vitraux, l'élan de la nef, comme si cela se voyait mal. D'autres promeneurs allaient en solitaires ou par deux ou par trois. Leurs têtes se levaient simultanément vers l'essor des arceaux, la voûte ogivale du transept, la grande rosace translucide, comme si les regards avaient cherché là quelque trésor caché, introuvable ailleurs. Mais le trouvaient-ils? Le cherchaient-ils seulement? Non, à ce que révélaient certaines réflexions surprises par Marie — ainsi :

— *It would cost billions to erect such a building today…*

Tout ramener, l'art, le sacré, à sa valeur chiffrée, songeait vaguement notre mystique en essuyant ses larmes tant il est difficile de fixer longtemps son esprit sur l'Invisible. Oui, se disait-elle, il en coûterait des milliards pour rebâtir Notre-Dame aujourd'hui, mais surtout il y faudrait une foi disparue de la surface de la terre… Puis, sans transition : Si seulement je pouvais tomber sur Emmanuel par hasard, se prit-elle à soupirer, rencontrer l'étudiant à l'improviste sans avoir à me rendre à son invitation! Point ne fallait y compter. Le hasard fait mal les choses…

Sitôt rentrée à l'hôtel après avoir avalé un croque-monsieur et ingurgité trois cafés express au premier snack-bar venu, Marie, pour distraire sa pensée d'Emmanuel qu'elle se représentait l'attendant en vain au Petit Cluny, enfila un jean et se trouva à pied d'œuvre. Elle se mit au second volet d'un nouveau tryptique inspiré par la ville de Paris, mais le moral n'y était pas : le tableau qui constituait le premier «volet» du tryptique, composé de toiles beaucoup plus importantes que les tableautins du premier polyptique, lui apparaissait misérable en regard de ce qu'elle avait entrevu, mais dérisoire surtout en regard de ce qu'avaient réalisé des équipes d'hommes aux mains nues, guidés seulement par la foi intrépide qui transporte montagnes et cathédrales. Des générations de bâtisseurs, parmi lesquels ses propres ancêtres, avaient soumis la matière brute tandis qu'avec tout le génie dont elle se targuait, elle parvenait à peine à mettre en place quelques éléments de clair et d'obscur sur une surface grande comme la main. Pourtant rien n'était capable de la décourager. S'étant arrêtée, ayant posé sur le chevalet le premier tableau, celui qu'elle avait cru achevé, elle reprit ses pinceaux, sa palette de couleurs, et ajouta à son œuvre quelques touches larges et lyriques, à dessein de marier plus heureusement un paysage urbain noir et comme pétrifié avec un ciel ennuagé de secrets douloureux, un ciel proche de celui dont Le Greco avait recouvert Tolède en proie à l'orage. Aussitôt, elle sut que «ça y était» et, sans s'attarder davantage, elle replaça sur le chevalet la toile en chantier, barbouillant à plaisir tout ce qu'elle avait fait jusque-là. Ainsi, le café aidant, travailla-t-elle jusqu'à trois heures du matin mais sans plus retrouver «l'état de grâce» qui seul pouvait rendre fructueux son effort.

Deux jours plus tard, rentrant à l'hôtel d'une de ses promenades où elle allait droit devant elle sans se soucier d'un but quelconque, toute à son chagrin de se trouver dans une ville si belle et si indifférente, Marie se vit remettre par la patronne avec la clef de sa chambre deux petits feuillets pliés en deux dans son casier de la réception. Sur le premier, elle ne jeta qu'un coup d'œil : *M. Robert Maurin demande de le rappeler*, message suivi du numéro de téléphone à composer. Au second, son visage s'épanouit : *M. Emmanuel prie instamment de le rappeler*, suivi là encore du numéro à former. À la joie qu'elle ressentit, elle mesura mieux combien l'existence du jeune homme était vitale à son bonheur. Déjà après une mise à l'épreuve un peu trop rigoureuse, elle avait tremblé secrètement que le «lapin» qu'elle lui avait posé en ne se présentant pas au rendez-vous du Petit Cluny ne lui aliène pour toujours la bonne volonté de l'étudiant. Ce qui n'eût pas manqué d'arriver, se disait Marie en gravissant à la hâte ses cinq étages (l'hôtel était naturellement sans ascenseur), si le sentiment du jeune inconnu — même ayant «fait l'amour» ensemble, même après leur longue conversation au café, qu'était-il d'autre pour elle qu'un inconnu? — si ce sentiment avait été banal. Mais en même temps à quelle résistance pouvait-elle s'attendre si elle devait lutter en lui contre le Christ lui-même, cet «éternel voleur des énergies» selon le mot de Rimbaud le révolté? Et surtout quelle responsabilité pour elle après son entretien avec l'abbé Geneuil et ses mises en garde exécrables! Elle débattit un instant si elle devait rappeler tout de suite ou se laisser espérer. Le désir fut incoercible. Sitôt refermée la porte de la chambre, elle obtint la communication.

— Paraît-il que tu as cherché à me joindre, Emmanuel? dit-elle avec le détachement souverain que lui inspiraient ses plus grandes émotions.

La voix mit du temps à répondre, et avec la même indifférence, mais combien plus appliquée :

— Oui, je m'ennuyais un peu, mon travail n'avance pas et j'ai pensé que toi aussi tu serais peut-être libre.

Il s'ennuyait, il n'avait rien à faire! Il cherchait une distraction et voilà pourquoi il avait pensé à elle. Mensonge!

N'avait-il pas demandé «instamment» de le rappeler? Mais peut-être voulait-il seulement la mettre à l'épreuve à son tour...

— Moi aussi, figure-toi, mon cher, je m'ennuyais à périr et j'étais absolument désœuvrée après avoir mis ce matin les dernières touches à la seconde toile de mon tryptique, travail tout de concentration durant lequel j'avais demandé à la patronne de ne me laisser déranger sous aucun prétexte... J'ai du reste reçu un autre appel, mais trop important celui-là pour que j'y donne suite immédiatement. Le travail créateur ne prédispose pas aux grandes confrontations, tandis qu'avec toi... mes vingt ans se sentent plus à l'aise. À propos, excuse-moi pour l'autre jour, je me suis imaginée que tu ne viendrais pas à notre rendez-vous, alors j'en ai fait autant.

— Tant mieux, tu as bien fait, j'ai complètement oublié en effet.

Un ange passa, en équilibre sur le fil téléphonique.

— Oh! comme je t'en veux, toi, proféra Marie en serrant les dents.

— Mais puisque tu n'y étais pas? dit la voix étonnée d'Emmanuel.

— Je suis jeune et je n'ai pas de temps à perdre. Évidemment on ne t'a jamais dit à toi qu'il faut savoir profiter de sa jeunesse.

— Est-ce qu'on cesse jamais d'être jeune? fit Emmanuel enjoué. Moi dans vingt ans d'ici, je serai encore plus jeune qu'aujourd'hui puisque j'aurai vingt ans de moins.

Après une pause qui ne se voulait pas dramatique mais qui l'était :

— Moi, dans vingt ans, je serai morte, laissa tomber Marie avec beaucoup de naturel, de simplicité et de détachement. Morte depuis longtemps sans doute. Raison de plus pour en profiter, non?

Il se fit un profond silence, qu'Emmanuel finit par rompre subitement, sur un ton d'urgence :

— Peux-tu me rencontrer dans… mettons une heure au Petit Cluny?

— Pourquoi pas dans une demi-heure tant qu'à être ensemble? Mais en camarades, veux-tu, Emmanuel?

— J'allais justement te le demander, repartit Emmanuel avec un peu trop d'empressement dans la voix.

Sans rien ajouter de plus, l'étudiant avala deux fois sa salive et raccrocha. Marie se sentit égorgée de tristesse. Même Emmanuel pouvait la décevoir : il acceptait, sans protester ni discuter, de la voir en simple camarade… et d'ailleurs uniquement pour tuer le temps, parce qu'il s'ennuyait, soi-disant. Vrai ou faux, elle aurait mieux fait de l'envoyer promener, au lieu de quoi elle avançait le rendez-vous comme si elle était en peine d'elle-même. Mais aujourd'hui, pas question de lui faire faux bond car son absence pouvait porter le coup de grâce à ses ultimes illusions d'amour et de félicité. Après cet échange téléphonique le plus idiot, le plus artificiel, qu'elle eût jamais eu avec quiconque, elle se demandait en effet de quelle chimère elle avait été le jouet pour croire qu'elle avait rencontré l'homme de sa vie, de sa vie de malheur. Elle se prépara brièvement, cerna ses paupières au rimmel, rosit ses lèvres trop pâles, se brossa les cheveux à la hâte. Elle se devait d'être là-bas dans la demi-heure pour devancer Emmanuel et jouir amèrement de sa propre déconfiture lorsqu'il ne se présenterait pas…

Elle arriva la première en effet, et bien qu'elle eût quand même dix minutes de retard, pas d'Emmanuel à l'horizon. Encore qu'elle l'eût prévu et que son cœur n'espérât rien après les derniers mots d'Emmanuel, elle s'en trouva blessée dans son âme enflée d'orgueil. Partir? La tentation fut grande mais c'eût été faiblesse. Elle n'avait d'autre choix que d'attendre pour rien, le temps de parachever son désillusionnement. Toujours faire *comme si* — devoir de fierté — comme si, par exemple, tout se passait toujours entre gens de parole et Marie de songer, confuse, à sa propre défection de la dernière fois…

Donc elle se plaça près de la porte, sur une banquette flanquant un grand panneau vitré, demanda un café et attendit. Les coudes sur la table et les mains enveloppant les joues, son regard se perdait dans le vague, ce vague qui pour l'artiste, ou le mystique, ne se confond pas avec le vide mais avec l'Infini. Elle y plongeait, s'y enfonçait, sans parvenir à s'y dissoudre tout entière. La même qui s'était crue capable de faire sa vie toute seule et sans rien demander à personne, la Marie Duchesneau à qui l'avenir promettait monts et merveilles, voilà qu'elle en était rendue à s'accrocher à des inconnus dragués dans la rue, des inconnus qui pouvaient bien lui raconter des histoires à dormir debout, comme de quitter la Grande Chartreuse pour échouer au Quartier latin en s'interrogeant sur leur vocation. Ici pourtant, elle-même faisait-elle mieux que cela, rescapée qu'elle était du naufrage de sa carrière artistique et tentant de retenir l'image enfantine d'un avenir qu'elle ne verrait jamais, quoi qu'elle fît?... Machinalement Marie ouvrit son sac et alluma une cigarette, laissant paquet et briquet traîner sur la table à côté d'un café qu'elle n'avait même pas vu arriver et qu'elle laissait refroidir sans y toucher tant il n'était là que pour justifier sa présence impassible parmi le va-et-vient du petit établissement. Et puis, tout d'un coup, Emmanuel fut là. Parmi le flou qui noyait encore son regard, Marie le distingua debout et s'efforçant de sourire, puis prenant place en face d'elle, sur la chaise vacante, sans mot dire. Alors tout lui revint des heures intenses passées ensemble. Une faible expression de gratitude se peignit sur ses lèvres lasses et il lui vint en même temps comme une envie de pleurer. Non, en présence d'Emmanuel, elle ne jouait pas, elle ne savait plus jouer la comédie de Paris qui était son grand plaisir des jours nonchalants. Car elle le voyait, lui seul, bien que fragile et désorienté, *à sa hauteur*. Avec son intelligence masculine, il savait même des choses qu'elle ne faisait que sentir, comme sa sensibilité de femme et d'artiste en percevait qu'il ne faisait que deviner.

132

Ce mystique, cet être des clartés profondes était le seul égal au monde qu'elle daignât se reconnaître, mais il ne fallait surtout pas le laisser paraître tout de suite, sans quoi il prendrait peur peut-être — les hommes sont si timorés — ; et ce n'est pas parce qu'ils avaient fait l'amour dans le feu premier d'une passion réciproque... Il fallait donc redevenir, devenir plutôt, distante, attentive et admirative camarade. Non pas parce que, sa licence obtenue avant d'entrer chez les chartreux, Emmanuel préparait maintenant, tout en suivant la scolarité imposée, un mémoire de maîtrise ès lettres sur la pensée religieuse de Pierre Bayle, cet esprit «critique» de la fin du XVIIe siècle qui fraye la voie aux Lumières, non pas donc parce que tant de science lui en imposait réellement, mais parce qu'il eût été hasardeux, après son entretien avec l'abbé Geneuil, de jeter de l'huile sur le feu d'une attirance aussi mystérieuse qu'éthérée, Emmanuel étant né, comme elle, pour respirer l'air raréfié des cimes, quitte à se brûler les poumons au jeu. Emmanuel Daumont était alors âgé de vingt-quatre ans.

— Je t'ai fait attendre, Marie, pardonne-moi. Tu sais que je demeure deux fois plus loin que toi de ce bistrot...

Ensuite tout se brouilla; sans doute échangèrent-ils tous les propos que des amants de hasard se tiennent à la deuxième rencontre, tellement plus difficile à réussir que la première où l'on a fait le tour de son personnage, livré en vrac le gros de son histoire officielle. D'abord il sembla qu'ils n'eussent plus rien à se dire parce que, ayant ainsi «liquidé» la première fois une adolescence déjà ancienne qu'on peut toujours rapporter avec une feinte distance, un faux détachement, ils hésitaient tous les deux à mettre en scène leur présent, c'est-à-dire parler de soi non plus comme d'un tiers absent, mais jeter témérairement à la face de l'autre ses rêves les plus intimes et les plus inviolables... Emmanuel fut le premier à se ressaisir entraînant Marie qui s'appliquait désespérément à être, comme elle se l'était promis, «distante, attentive et admirative camarade». Il fut question de la thèse, de littérature, de philosophie et, par ce biais, de spiritualité, où Marie était mieux dans son élément. Malgré tout, elle ne se sentait pas vraiment en possession de ses moyens, il y avait trop de trous à sa théologie et son âme exaltée refusait d'être un objet qu'on exhibe, d'autant que le monologue d'Emmanuel lui parvenait au travers d'une brume qui ne se dissipait pas. Elle ne cessait de fixer la longue bouche dessinée comme au pinceau, observait avec curiosité ses plissements, ses contractions, ses étirements; elle scrutait sans tout à fait les reconnaître les expressions du jeune être qui l'avait subjuguée ici même un mois plus tôt, notait sa passion contenue à parler métaphysique comme s'il n'était pas concerné alors que tout criait sa foi dévorante, jusqu'à ses mains jointes et disjointes sans cesse. Et Marie de réagir à tout comme il convenait, c'est-à-dire non point comme elle sentait au fond d'elle-même mais en «esprit fort», intervenant de temps en temps avec une question perfide ou une objection délibérément naïve uniquement pour relancer le monologue de l'étudiant dont le déroulement savant lui rendait sa liberté de spectatrice. Emmanuel était certes plus «engagé» dans son discours qu'il n'eût souhaité le laisser paraître car il semblait voir en chaque silence de Marie une ombre de réprobation qu'il lui fallait tout de suite remplir de justifications intelligentes et profondes. Mais pour paraître frôler l'essentiel, devant une fille qui taisait la complicité d'une âme mêmement assoiffée d'absolu et se faisait à plaisir l'avocate du diable, ce n'était pas le même garçon direct, sans détour, que l'autre semaine où un champ magnétique avait en moins d'une heure rapproché leurs lèvres. Aujourd'hui il y avait une sorte de gêne entre eux, comme s'ils avaient abordé à froid des sujets trop personnels. Oui, la deuxième rencontre est la rencontre décisive, celle qui sera la dernière si on ne retrouve pas spontanément la joie d'être de nouveau *ensemble,* ou bien celle qui marquera un approfondissement de la douce blessure causée par le premier contact.

134

Assurément il n'était plus question de s'embrasser au vu et au su de tout le monde, encore moins de songer seulement à remonter dans la chambre de l'étudiant ou à l'Auberge du Vieux-Paris pour y faire les gestes de l'amour comme dans l'accord parfait du premier et superficiel emballement. Chacun, à sa manière, subissait une impression de recul à l'égard de l'autre, recul que Marie avait voulu, et lui aussi, pour des raisons qui leur échappaient, mais recul indispensable qui dévoilait des perspectives inconnues sur des abîmes sans fond. Car il était encore moins question de se séparer, d'aller chacun de son côté méditer sur la précarité des élans humains et l'irréductibilité des âmes.

— Changeons de boîte, veux-tu, dit Marie soudain sans bouger pourtant, je connais une terrasse boulevard Saint-Germain qui nous fera mieux profiter de ces rayons dont le soleil semble si avare à Paris en cette saison. Ah! si tu connaissais notre lumineux hiver québécois... Mais laisse-moi contempler ce firmament tout déchiré, tout disloqué. Il a son charme lui aussi, un charme nostalgique où je puiserai peut-être une inspiration pour ma prochaine toile, le troisième volet de mon tryptique. Si troisième volet il doit y avoir...

Emmanuel qui se mourait de voir les toiles de son amie se défendait toutefois de le lui demander, craignant d'être indiscret. C'est de l'artiste, et à son heure, que devait venir l'initiative. En même temps qu'ils se levaient tous les deux, Emmanuel fit signe au garçon de table mais Marie l'empêcha de payer les consommations :

— Aujourd'hui, c'est moi, dit-elle d'un ton sans réplique.

Grâce à ses confidences, elle savait la modestie des ressources de l'étudiant mais elle craignait de l'humilier en payant à tout coup. Que dire s'il s'était agi de l'emmener en voyage avec elle comme l'idée lui en était passée par la tête? Pourtant cela ne lui aurait rien coûté à elle, tellement elle était bardée de chèques de voyage et de ces traites bancaires que le Dr Duchesneau, bon père, ne manquait pas de lui faire tenir chaque mois et qui lui auraient permis n'importe quelle folie à deux. Or elle se rendait compte de plus en plus que sa veine de folie, ou son simple feu naturel, s'était comme épuisé depuis les mises en garde odieuses du petit vicaire de Saint-Sulpice, un homme de trente ans à peine. Elle commençait même à se demander depuis un instant si elle ne poursuivrait pas son voyage sur Nice sans attendre au printemps comme la chose avait été convenue avec l'agence qui lui avait déjà réservé tout avril et tout mai au Méridien, promenade des Anglais. À vrai dire, à cause de l'ardeur trop visible qu'Emmanuel avait mise à la convaincre de l'orthodoxie de la foi religieuse de Pierre Bayle dans sa défense des «droits de la Conscience errante», sujet de son mémoire, la jeune fille toujours si sûre d'elle même ne savait plus rien, surtout pas comment réagir à tant de conviction passionnée, elle qui avait toujours su quoi faire en toutes circonstances mais c'était dans une autre vie sans doute. Vis-à-vis d'Emmanuel elle se sentait mise à l'épreuve encore une fois, déchirée entre le désir de posséder le jeune homme — elle était de ces femmes dont on peut dire qu'elles «possèdent» celui qu'elles aiment — et une tentation misérable de se résigner sans lutter à ce que la place d'Emmanuel fût à la Chartreuse, de toute éternité.

Passant devant le *Mandarin,* l'étudiant ralentit le pas, se tournant vers Marie dont le visage semblait interroger le ciel :

— Tu es fatiguée, peut-être, ce ne serait pas mal ici…

Marie acquiesça comme si cela n'avait plus d'importance qu'on s'arrêtât ici ou plus loin. Et puis le trou de ciel bleu s'était de nouveau estompé derrière des nuées mouvantes, noirâtres, tourmentées, tumultueuses.

— Parle-moi encore de ta thèse, Emmanuel, dit Marie en s'asseyant à la première table, en s'y laissant tomber plutôt, parle-moi de la conscience errante. Qui sait si, par-delà mon assurance et mes certitudes, je n'en suis pas une moi aussi?

Alors Emmanuel, tel un poisson dans l'eau, se met à raconter ses recherches, ses méditations, à expliquer Pierre Bayle à qui revient l'honneur, ou l'indignité, d'introduire la critique rationaliste dans le bel édifice de certitudes du XVIIe fondé en grande partie sur la Tradition et l'Autorité, comment Bayle annonce le scepticisme et bientôt l'athéisme des Lumières, sans y tomber explicitement lui-même. À preuve, l'émouvante profession de foi qu'il fait sur son lit de mort. La question est de savoir jusqu'où va Bayle dans la mise en question de la foi classique à laquelle tous les grands esprits du grand siècle se sont soumis, de Corneille et de Descartes jusqu'à La Bruyère et Fénelon. L'argumentation de Pierre Bayle en faveur de la conscience «errante» et néanmoins de bonne foi repose sur l'inaptitude de l'homme à atteindre avec une certitude *rationnelle* la vérité religieuse. Emmanuel s'enflamme. Lui-même passionné de vérité absolue, il s'interroge et s'attarde sur ces premières lézardes dans la noble et dogmatique façade chrétienne du siècle de Louis XIV. Il évoque Fontenelle, le propre neveu de Corneille, autre esprit «critique», c'est-à-dire sceptique et relativiste, et tous ces autres esprits qui récusent les préjugés de l'opinion commune et de la superstition, qui veulent arracher la pensée aux chaînes forgées par la Tradition et l'Autorité précisément...

Emmanuel disserte, disserte, sans s'interrompre. De nouveau, Marie n'écoute plus que distraitement. Non point par manque d'intérêt mais parce qu'elle se sent hors jeu, parce que, par sa faute, Emmanuel n'en a que pour son sujet, que pour ses débats intérieurs, que pour lui-même. Et tout à coup elle souffre, elle est jalouse des tourments d'Emmanuel, jalouse du cours qu'il donnerait aussi bien pour cinquante anonymes. Car elle n'est plus l'unique, comme le jour de leur première rencontre où elle s'est donnée à lui dans un grand élan de tout son être. Mais le coup n'est pas bien cruel encore, on ne saurait vivre chaque seconde sur des sommets. Juste une étourderie de la part d'Emmanuel, une faiblesse. Bien pardonnable quand, après avoir été chartreux, on se destine à l'enseignement supérieur. L'amour ne pèse pas lourd face à la critique rationaliste... Mais l'étudiant la prive d'une joie, celle qu'elle se promettait de ce rendez-vous inespéré, inespérable, qu'il a lui-même provoqué — pour quelle raison? Si c'est pour l'entretenir de ses «recherches», une copine de faculté aurait fait tout aussi bien l'affaire. Il disserte, il disserte, elle n'entend plus ce qu'il raconte. Il s'en aperçoit, enfin, et se tait. Elle lui dit de disserter encore. Il le fait. Mais avec effort cette fois, un peu contraint, sentant bien qu'il déçoit Marie. Ce n'est pas sa science qui impressionne la jeune fille. Elle en a autant que lui, à sa manière intuitive et géniale. Elle s'oblige à écouter de nouveau, à suivre les méandres de son discours. C'est facile, elle devine tout ce qu'il va dire, au fur et à mesure, elle le précède mentalement dans des développements philosophiques et religieux qu'il croit inédits, originaux, de nature à frapper. Peut-être veut-il seulement se justifier devant la jeune fille d'avoir quitté la Chartreuse — pour mieux y revenir? Ah! ce n'est pas cela, quoi qu'en dise l'abbé Geneuil, que son amour attend d'Emmanuel, ce n'est pas cela qu'elle espère, mais au contraire de retarder l'inéluctable retour au bercail de l'enfant prodigue. Faudrait-il donc qu'elle se donne à nouveau? Mais une Marie Du Chesneau, si elle couche avec des inconnus de hasard, ne couche pas avec l'élu, le *fiancé,* et c'est cela qu'il figure désormais pour elle, qu'il le veuille ou non. Durant ces réflexions, Emmanuel se décourage du peu d'intérêt que Marie lui témoigne, il cesse de discourir, se tait pour de bon.

— Fais-moi boire, dit Marie simplement en repoussant son café. J'ai besoin de boire, ne serait-ce que cette bière amère que je déteste...

Ils firent venir des bouteilles et avalèrent une première bière. Sitôt bue la seconde, Marie avait retrouvé son entrain car un verre suffisait à lui tourner la tête. Facétieuse, elle

138

souriait, elle riait, elle raillait, passant à voix haute toutes sortes de commentaires saugrenus sur les clients attablés ou sur les passants. Embarrassé, Emmanuel lui faisait signe de baisser le ton, sans quoi on s'attirerait des ripostes acerbes et, à la différence de Marie qui y donnait sa mesure de vraie Parisienne, il répugnait aux éclats, quels qu'ils fussent. Marie ne se calma que lorsque le soleil, revenu à la faveur d'une éclaircie, mais déjà très bas, se mit à lui caresser la joue comme une main tiède sortie d'un lit de nuages. En même temps la reprit très fort le sentiment que c'était si bon, si doux, si loin surtout, de se trouver à Paris, même en plein hiver, en compagnie du plus adorable et du plus intelligent des garçons qu'elle pût devoir aux hasards de la drague, du plus romantique aussi quand il le voulait bien, à cause des plongées soudaines au royaume de l'Invisible. À côté, Marc Marceau lui-même ne lui apparaissait plus que comme un grand enfant tout empêtré dans les gaucheries de l'adolescence, Marc à qui elle devait ses premières vraies larmes d'amour contrarié, lorsqu'il lui avait écrit — car il était trop intimidé pour le lui confirmer *viva voce* — que c'était fini entre eux, qu'Agnès correspondait mieux à son idéal, etc. Et dire qu'à présent, tôt ou tard, il lui faudrait renoncer aussi à Emmanuel, comme on renonce à ce qui nous échappe de toute façon…

— À quoi penses-tu, Marie? dit l'étudiant qui n'avait cessé d'observer sa compagne enfoncée dans une rêverie où il n'avait pas accès.

Marie pencha le buste en avant, posa les deux mains sur les épaules d'Emmanuel et sourit bravement :

— Je pensais, mon Emmanuel, je pensais que tu me froisses, tu sais, en ne m'ayant pas encore dit que tu m'aimais. Il est vrai que tu ne m'as appelée que parce que tu n'avais rien de mieux à faire et que tu t'ennuyais. Est-ce qu'une autre que moi n'aurait pas fait tout aussi bien l'affaire?

— Mais c'est de *toi* que je m'ennuyais, Marie, dit Emmanuel, de ta présence fantasque, de tes baisers brûlants aussi, pourquoi le taire?

Marie ferma les yeux un instant comme sous l'effet d'une douleur poignante, puis les rouvrit en souriant :

— Il y a des filles pour cela, et même des jeunes filles...

Emmanuel prit les deux mains de Marie dans les siennes :

— Pour moi tu es l'unique. Et c'est pourquoi, bizarrement, j'ai accepté de te revoir en simple camarade. L'amour parle plus fort en moi que le désir, comme s'ils ne pouvaient s'accorder l'un avec l'autre... Et pourtant toi seule éveilles en moi ce désir. C'est à n'y rien comprendre.

Il abandonna les mains de Marie et se mit à jouer avec son verre vide. Soudain il ajouta :

— C'est difficile, tu sais, de recommencer sa vie, d'oublier tout ce à quoi on a cru dur comme fer.

— Écoute-moi, dit Marie avec une sorte de fièvre. Il se passe quelque chose d'étrange, je n'ose dire d'extraordinaire. Je t'écoute de toutes mes oreilles, je te vois, je te sens tout près de moi, en moi, et je me dis que ta destinée va prendre un tour absolument imprévisible. Et peut-être même y serai-je pour une part décisive. Ce que c'est, je l'ignore encore, mais tes paroles ont éveillé en moi ce qu'il y a de plus ancien, de plus intime, ont fait vibrer ce que j'appellerai mes cordes spirituelles qui non seulement font entendre des sons inouïs, mais des cordes qui nous lient tous les deux avec la force de liens vivants, c'est-à-dire de liens pour la vie.

— Comment? Qu'est-ce que tu dis là, Marie? Est-ce une façon de t'éloigner de moi, de me refuser ce même amour que tu me réclames?... Ou bien, sourit-il, serait-ce le mariage que tu me proposes?

Alors Marie se souvint d'une réponse qu'elle faisait déjà naguère à pareille supposition et la répéta sur le ton de l'emphase la plus ironique :

— Me marier, moi, faire des enfants? Tu veux rire. N'importe quelle vendeuse peut en faire autant. Moi, ce à quoi je vise, c'est à la gloire!

— La gloire? Ta gloire de peintre? C'est donc vrai qu'elle est entre nous deux?

— S'il n'y avait que cela... murmura Marie entre ses dents.

— Ton art est entre nous deux!

— Pas plus que la Chartreuse... murmura de nouveau Marie avant d'ajouter : Toi-même l'as dit : c'est difficile de recommencer sa vie, d'oublier tout ce à quoi on a cru dur comme fer. Écoute, la peinture c'est ma Chartreuse à moi, mais je n'ai pas su — au contraire de toi? — m'en affranchir à temps. Aussi je te comprends mieux que tu ne penses. D'autant que malgré mes airs mécréants j'ai prié pour toi chaque jour depuis... depuis que nous nous sommes aimés.

— Pourquoi parler de notre amour au passé? Je voudrais tant te faire partager le peu de foi que j'ai et qu'en retour tu m'éclaires dans cette sombre recherche où tous les obstacles sont intérieurs.

— Voilà le sens de ma prière, une prière d'intercession en faveur d'un corps et d'une âme qui ne font deux que dans l'esprit des vicaires à Saint-Sulpice. Tu es une totalité vouée à une autre totalité. À toi de lui donner son nom.

Elle le regardait dans les yeux, scrutait les tropismes de son visage si expressif.

— Rappelle-toi le Titien pris entre *l'Amour sacré et l'amour profane*.

— Tu m'effraies de lucidité, dit Emmanuel soudain angoissé. Cette allégorie mystérieuse...

— Moi aussi je m'effraie, figure-toi... Et pourtant s'il y a une chose dont je ne doute pas, c'est de t'aimer comme je n'ai aimé personne encore et je pense à ce Marc dont je t'ai parlé la dernière fois. Je t'aime d'avoir été chartreux, aux limites de la dépossession et donc de la plénitude de ton être. Car c'était bien cela, n'est-ce pas?

La main d'Emmanuel s'égara de son front à sa poitrine tant il était au dernier degré de l'agitation, puis saisit celle de Marie qui gisait sur la table et la serra de toutes ses forces.

— Mais pourquoi? D'où te vient cette intuition à mon sujet?

— De tes paroles dont chacune m'éclaire.

— Comment est-ce possible? repartit Emmanuel. Elles ne sont qu'obscurité à moi-même.

— On n'éclaire bien qu'avec ses ombres. C'est un paradoxe de peintre.

— Ombre aussi cette thèse que j'ai entreprise pour tenter d'y voir clair?

— *Les droits de la conscience errante selon Pierre Bayle?* Toute conscience digne de ce nom est errante jusqu'à ce qu'elle ait trouvé son port. Et le choix de ce sujet m'inspire que ta vie va prendre un grand tournant et que nous devons demeurer dans l'attente d'ici là. N'agir que dans le sens de l'amour. Je veux que tu sois ma plus belle œuvre quand j'aurai raté toutes les autres et que le socle de ma gloire terrestre s'effritera de jour en jour jusqu'à prendre un aspect de tombeau.

Marie reprit sa main et s'en couvrit aussitôt la bouche comme pour faire taire cette menteuse qui la trahissait; elle ne comprenait pas pourquoi elle parlait ainsi si ce n'est sous l'effet d'une invincible intuition. Dehors, par-delà la terrasse vitrée, la nuit s'était faite enfin. Une foule invisible s'écoulait, pressée de retrouver la lumière du foyer, dans un grand branle-bas de parapluies car, tremblantes et scintillantes, des gouttes de neige fondante ponctuaient l'obscurité comme autant de lucioles.

— Un aspect de tombeau, qu'est-ce que ça veut dire?

— Oh! rassure-toi, ce n'est pas pour demain matin! dit Marie avec un rire presque trop dégagé. Du moins je ne crois pas que ce soit pour demain matin, ajouta-t-elle pensive après une brève pause.

142

Emmanuel voulut faire diversion :

— Tu sais le vrai pourquoi de mon retard, tout à l'heure? Ma mère m'a téléphoné au moment où j'allais franchir le seuil de la pension. Est-ce que je pouvais laisser tomber ma mère qui me fait vivre et m'appelle de Rouen une fois par semaine? Je lui ai donné de mes nouvelles, je lui ai dit que tout allait bien, que j'étais heureux en somme... Oui, j'ai exagéré dans le sens du bonheur, mais c'était à la pensée que j'allais te voir dans un instant, c'est cela qui m'exaltait et que je ne pouvais pas lui dire, car elle espère toujours que je rentrerai bien sagement à la Chartreuse lorsque mon mémoire sera terminé.

— Tu as donc pour moi de l'affection, de la tendresse peut-être, pour me mettre en balance avec ton bonheur éternel?

— Je vais te faire un aveu. Dès le premier instant où j'ai ramassé pour te le rapporter le gant que tu avais laissé tomber par inadvertance, j'ai su que je *t'aimerais*. Et quand tu as accepté de venir chez moi parce que tu ne voulais pas que je voie des toiles que tu ne considérais pas comme vraiment achevées, c'est-à-dire comme vraiment dignes de toi, et peut-être aussi de moi, je n'en ai plus douté : tu avais à mes yeux l'âme d'une véritable artiste et tu méritais d'être aimée d'un amour aussi intransigeant que ta propre exigence envers toi-même.

— Vrai de vrai? Eh bien, sache que tes paroles me consolent de tout le reste, de Marc, d'Agnès, de mes parents, du fiasco de certaine exposition — je ne t'en dis pas plus —, des limites de ma peinture et même celle de la peinture tout court face à l'éternité. De tout sauf de vivre, même si la vie n'est qu'un mal provisoire.

Or disant cela, un frisson la parcourt, un blizzard, au point qu'elle lève des yeux de biche aux abois sur Emmanuel comme pour lui quêter un secours, un abri, elle qui n'en eut jamais besoin, mais sur le visage empreint de jeunesse et de franchise qu'il tourne vers elle, affleure aussi comme une fêlure secrète, celle-là même par où la foi avait d'abord pénétré puis le doute fait son chemin, minant la vocation, faisant d'Emmanuel — momentanément? — une «conscience errante». Et si c'était cela, cette conscience ballottée, qui l'émouvait en lui? Ce doute, cette inquiétude, plutôt que cette foi qui, sans faille, l'eût réduite, elle, Marie Duchesneau, à n'être qu'une entrave à son accomplissement en Dieu? Tant qu'il y aura cette fissure dans le bloc de granit, elle peut encore espérer régner sur cet esprit supérieur qui mérite d'entrer avec elle, devant elle, au royaume du pur amour, dont elle a eu de tout temps le pressentiment, même si elle ne saurait le définir et même s'il recouvre, comme tout univers, des réalités distinctes et même antinomiques. Se doute-t-il seulement de cela?

Mais Emmanuel, reployé sur lui-même à présent, regardant *ailleurs,* au loin, en-dedans, éprouve comme un vertige à la pensée que cette petite fille qu'il voit pour la seconde fois, cette petite fille si profonde en son ingénuité, cette petite fille qui règne sur son intelligence sinon sur son érudition, cette petite fille qui règne sur ses perplexités les plus intimes, ayant toutes les vraies réponses aux vraies questions, eh bien! il a le vertige à la pensée donc qu'il ne la reverra plus peut-être.

Et Emmanuel de la contempler de nouveau avec un bizarre sentiment de nostalgie, ne sachant laquelle croire des deux amantes qu'elle porte en elle et qui le déchirent entre l'Amour profane et l'Amour sacré — ô allégorie merveilleuse dont les spécialistes débattent encore le point de savoir laquelle des deux femmes, celle qui est nue ou bien celle qui est vêtue, représente tel ou tel Amour! — la Marie des étreintes brèves, intenses, fulgurantes, et puis la Marie d'aujourd'hui, aimante et sublime camarade uniquement soucieuse de le rendre à la solitude de la vie contemplative au cœur des Alpes enneigées — du moins est-ce ainsi qu'il interprète l'attitude ambiguë de Marie.

— À quoi pense mon fiancé? questionna celle-ci qui avait observé l'irrésolution d'Emmanuel avec un étrange détache-

144

ment car peu lui importait, à vrai dire, laquelle il croirait des deux Marie, aussi véridiques l'une que l'autre.

— Je pense que tu es plus éloignée de moi que tu ne t'en doutes.

— Que veux-tu dire? protesta Marie en élevant la voix avec une vague indignation. Je serais plus éloignée de toi parce que je te laisse libre de m'aimer selon ta conscience? Mais est-ce que je ne t'aime pas librement, moi?

Au même instant, elle sentit son frisson de glace lui traverser une nouvelle fois la poitrine et le corps tout entier, au point qu'elle se figea dans l'immobilité pour ne pas se trahir et laisser passer le mal.

— Oui, je suis libre, dit Emmanuel qui, tout à ses réflexions, ne remarquait rien. Je suis libre mais c'est encore trop tôt pour connaître le prix à payer pour cette liberté chérie.

— J'en sais quelque chose, Emmanuel. En ce moment même...

Emmanuel ne vit pas la grimace.

— Il me faut réfléchir encore. Et prier, si j'en suis capable.

Il lâcha un profond soupir tandis que Marie se redressait : elle avait retrouvé tout son aplomb.

— Oui, réfléchis, jeune homme, et prie. Mais dans ton oraison, tiens compte d'une certaine fille qui se damnerait pour toi si besoin était. Qu'il me suffise de te rappeler que je me nomme Marie Du Chesneau et que je n'ai pas encore quitté la scène de ton théâtre d'ombres, contrairement à ce que tu sembles croire; non, je n'ai pas encore renoncé à mes droits sur toi. Et pour te le prouver, je t'invite chez moi, tout de suite. Tu pourras vibrer tout ton saoul à la grandeur de mes œuvres, même s'il ne s'agit peut-être que du témoignage d'un temps bien révolu, celui de l'Art.

Là-dessus elle se leva, laissant cette fois à Emmanuel le soin de payer les consommations qui s'étaient multipliées par quatre : dans son esprit, c'était un honneur qu'elle faisait à son ami pauvre, au même titre que l'était son invitation elle-même.

— Eh bien? proféra-t-elle.

— Je préférerais que tu règles la note, dit Emmanuel calmement. Et puis, pour les tableaux, je voudrais les voir, les admirer de toutes mes forces, mais il m'est vraiment impossible de te suivre chez toi. Songe que je n'aurai pas travaillé à mon mémoire de toute la journée...

Marie raidit tout son orgueil et fit signe qu'elle comprenait, mais ses lèvres grimacèrent comme si elle allait pleurer. En effet, de ses paupières palpitantes frangées de longs cils noirs plantés droit, jaillit une larme qu'elle laissa glisser tout le long de sa joue jusqu'à la pointe du menton, tandis qu'elle fouillait dans son sac en quête d'un gros billet qu'elle déposa sur le coin de la table, un verre dessus.

Sur le trottoir, avant de se séparer, ils convinrent de se revoir mais en se promettant de ne plus tenter de pénétrer «au cœur des choses», c'est-à-dire au cœur de leurs saluts respectifs en ce monde et dans l'autre... Marie avait recouvré tout son aplomb.

9 mars 1981. *J'ai passé l'après-midi la plus énervante auprès d'Emmanuel, la plus éprouvante aussi, même si j'ai réussi à me dominer à peu près jusqu'à la fin, et ce malgré un grand frisson mystérieux qui m'a parcourue par deux fois de haut en bas. Au bout d'une heure passée au Petit Cluny, nous avons émigré au Mandarin où, à ma demande, il m'a entretenue longuement, trop longuement, de son mémoire de maîtrise. Je dis : trop longuement, jusqu'à ce que je m'aperçoive qu'en me parlant de la fameuse «conscience errante» et de ses «droits», il ne faisait que me révéler sa pauvre conscience déchirée, qu'en lui consacrant ses plus belles années, il ne*

faisait que chercher pour la sienne un peu d'apaisement. J'étais moi-même tiraillée, écartelée, entre le désir que m'inspire cet être supérieur qui m'était prédestiné de tout temps et les misérables exhortations de l'abbé Geneuil sur le respect que je dois à sa vocation, comme s'il n'avait pas déjà renoncé de lui-même à la Chartreuse en toute liberté d'âme. Soudain, au moment de se quitter, comme pour tout concilier dans le mystère de l'art, j'ai cru le moment venu de lui faire la faveur d'admirer mes toiles, que je lui tenais cachées surtout parce que je ne les considère pas encore comme parfaitement achevées. *Quelle humiliation! Il a commencé par refuser sous prétexte qu'il se devait d'abord à sa thèse! Je me suis efforcée de le prendre de haut, bien que j'aie eu peine à contenir mes larmes, et nous nous sommes séparés assez froidement. Comme je m'éloignais, il a dû se rendre compte de l'injure qu'il me faisait, car j'ai entendu des pas qui accouraient derrière moi. C'était lui, tout essoufflé.*

— Mon mémoire n'est pas si important après tout, m'a-t-il expliqué d'un air embarrassé. Il peut attendre une heure. J'aimerais mieux voir tes tableaux. Puisque tu les juges dignes d'être montrés, c'est qu'ils doivent avoir trouvé leur forme définitive. C'est un grand honneur que tu me fais.

J'étais trop émue pour dire quoi que ce soit, et nous nous sommes tus jusqu'à l'hôtel. Aussitôt poussée la porte de ma chambre, à la vue de mes cinq tableaux non encadrés soigneusement rangés par terre contre le mur, à la vue surtout de ma dernière toile à l'huile encore humide et trônant sur le chevalet, ses yeux se sont agrandis, sa bouche s'est entrouverte de saisissement au point qu'il n'a d'abord rien pu articuler. Puis:

— Tu permets? a-t-il dit en s'asseyant sur le bord de mon lit comme pour mieux s'imprégner d'un art que manifestement il n'avait jamais imaginé comme pouvant être le mien.

Ensuite, après un autre moment de très long silence, comme je me trouvais debout près de lui, il a pris ma main spontanément et l'a baisée avec une infinie douceur, avant d'ajouter d'une voix que la sincérité rendait frémissante :

— Tu es un grand poète, Marie. Pardonne-moi de ne pas l'avoir deviné tout de suite. Qui suis-je auprès de toi?

— On ne doit pas aimer les gens pour ce qu'ils font, mais pour ce qu'ils sont, ai-je répondu imprudemment, mais avec le sentiment d'être enfin comprise, et comprise par celui que mon cœur aime.

— Qui suis-je pour oser te faire la cour? a-t-il poursuivi comme si je n'avais rien dit.

— Tu es un grand esprit et une grande âme, Emmanuel. Cela suffit. Ton séjour chez les Chartreux, ton mémoire sur la conscience errante, le prouvent assez.

— Mais j'ai quitté la Chartreuse, et quant à mon mémoire, que sont toutes ces analyses, cette histoire intellectuelle d'un passé révolu, vivace pour ma seule conscience déchirée, que sont-elles face à une véritable quête existentielle, face à une authentique création personnelle? Cela seul vit, et non seulement aurai-je raté ma vocation, déserté le navire en marche, mais je n'aurai pas su comme toi faire entendre une voix irréductible dans le concert qui monte de la terre vers le royaume éternel comme d'un brasier poussant au ciel ses plus hautes flammes. Pourtant la création littéraire ne m'était pas étrangère; plus jeune, je composais des poèmes que je dédiais, en toute ingénuité au «Poète éternel» dont je n'étais qu'un «trop faible rayon»!... J'ai même un jour composé un «mystère» médiéval en onze tableaux avec plus de mille figurants!

— Renonce à ces illusions, Emmanuel, renonce à la poésie, au roman, au théâtre surtout puisqu'il est présent dans la vie de tous les jours — même entre nous deux, hélas — beaucoup mieux que sur une scène. Vois où j'en suis, moi qui m'accroche à la peinture comme à mon salut, bien que la peinture ne m'ait jamais apporté que du malheur et que j'y laisserai ma peau, tu verras.

Ce que je n'ai pas dit, c'est que, depuis qu'il est entré dans ma vie, l'obsession me poursuit de tout flanquer là de ce cruel fardeau de la création artistique que je porte en moi comme à mon corps défendant, si lourd est-il de déceptions et de défaites. Ah! comment ne pas vouloir arracher Emmanuel à la tentation monastique, pour peu qu'il réponde à la passion qui fait de lui le vrai geôlier de mon âme. Ou ne dois-je pas plutôt m'affranchir et l'abandonner à son petit bonheur tranquille de fonctionnaire de Dieu? Oh! que me voilà jalouse et donc méchante! Car la paix, la sainte paix d'Emmanuel m'apparaît chose si précieuse que je renoncerais sans lutter à mes chances de bonheur plutôt que de la troubler par mes angoisses et mes exigences. Oui, je m'effacerais si j'étais convaincue que sa voie est bien celle de l'ascèse monastique, je risquerais ma vie, je la perdrais, je perdrais même mon âme pour sauver la sienne tant elle m'est unique, mais je n'entrevois chez lui qu'hésitation sans fin, exaltation factice, conscience perpétuellement errante. N'importe : si la fascination du cloître exerce sur son esprit le même attrait que cette affreuse thèse qui me prive de lui ce soir (puisque mes chefs-d'œuvre n'ont pas su le retenir plus d'une heure malgré tout son «ravissement»), le cloître l'emportera et tous mes sacrifices seront bien superflus. Par devoir d'éprouver l'authenticité de sa vocation — sinon même de sa foi! —, il ne me reste donc qu'à jouer ma partie d'ambassadrice des Ténèbres, mon rôle de séductrice qui soumet toutes choses à la transcendance de son génie, bref qui ne considère que ce qui, à l'échelle humaine ou surnaturelle, lui apparaît devoir appartenir à son intérêt souverain. Si, par un hasard inimaginable, je n'étais aux yeux de mon bien-aimé que futilité ou imposture, il choisira la voie la plus exigeante, celle du dépassement, comme moi-même l'ai toujours choisie, la voie qui passe par la porte étroite de l'effort et du don de soi, et qui débouche sur les sommets, ceux de la sainteté ou de la gloire immortelle. Hélas! l'Art échappe au temps mais, après celui de la Beauté, le temps de l'Art est désormais accompli et la notion de postérité n'a plus de sens pour nos contemporains qui vivent au jour le jour comme des bêtes sans souci de l'éternité. Si j'osais — et pourquoi n'oserais-je pas? — je dirais que mon échec, le mépris où l'on me tient, marque la défaite de l'époque plus encore que la mienne propre, puisque les peintres modernes à commencer par Manet, s'ils nous ont, selon A. Malraux, «opérés de la cataracte», ont en même temps démystifié la peinture en mettant à nu impudiquement les rouages de son âme secrète. Or sans mystification, il n'est pas d'art concevable. Libre donc à ma cousine Agnès, libre à Marc Marceau, libre à tant d'autres peintres à succès de se laisser abuser par les encens que les béotiens brûlent en leur honneur et par les couronnes de laurier qu'ils leur tressent à l'envi. À l'ère postmoderne, la vérité est qu'on ne peint plus que pour quelques esprits rescapés du naufrage de la culture, quelques élus rarissimes donc, la gloire n'étant plus qu'une illusion anachronique que le «succès» a remplacé, une chimère à peine capable de tromper un instant la haute, l'âcre solitude d'un destin que la mort seule vient couronner. Or voici que, grâce à l'admiration d'Emmanuel, être d'élection s'il en fut, je sens poindre une éclaircie à l'horizon de mon art. Comme autrefois sur le mont Royal qui domine ma ville natale où j'allais de très bonne heure le matin exécuter des études de silence et d'immobilité, j'irai au Bois de Boulogne que j'ignore encore et j'y découvrirai des coins inexplorés, saisissants de solitude et de sauvagerie. Dédaignant les facilités de l'art brut comme celles de l'art pop, l'objectivité insensible du géométrisme comme la subjectivité intransmissible de l'abstraction dite lyrique, pour ne point parler de l'insignifiance de l'automatisme, du minimalisme et du tachisme, méprisant de même, à l'autre bout du spectre, le morne trompe-l'œil de l'hyperréalisme, je tordrai les branches aux arbres comme les bras des damnés livrés au châtiment suprême, je

150

les distendrai au point de rupture, je forcerai les roches à s'exprimer, je délivrerai le ciel du poids d'angoisse qu'il fait peser sur nous. Et j'offrirai ces chefs-d'œuvre à Emmanuel qui pénétrera le fond de mon âme et la reconnaîtra. Or, à cet effet, il importe de maintenir ouverts et solides les ponts par lesquels passent nos espoirs. Ainsi je le reverrai mais ne lui accorderai pas davantage qu'un baiser sur la bouche pour qu'il ne se lasse pas de mon corps comme les hommes se lassent de ces filles aussitôt prises, aussitôt rejetées. Le printemps de ma vie est peut-être déjà condamné, mais pourquoi l'été qui m'attend ne remplirait-il pas les promesses grandioses de mon enfance? Même aux blessés, même aux mourants, il n'est pas interdit de rêver. Et qu'importe après tout si je n'aurai eu ni la jeunesse, ni l'amour, ni la gloire, dès lors que j'aurai été jusqu'au bout fidèle à mon étoile par-delà les nuées qui obscurcissent le firmament de mon âme éternellement angoissée... Pardon, Emmanuel, si je dis que je n'aurai pas eu l'amour! Douter de toi est un crime, de même qu'un bonheur sans toi est une vision de l'enfer. J'y renoncerais, j'encourrais plutôt le blâme douloureux de l'abbé Geneuil, mon seul ami pourtant, si je doutais un seul instant que tu consentes à venir habiter mes célestes demeures...

Ils se revirent donc, et maintes fois, mais jamais ni chez l'un ni chez l'autre, par un accord tacite. Toujours dans des cafés, au cinéma, au concert, au théâtre — celui des salles, car Marie ne jouait plus la comédie de la vie parisienne —, dans les musées surtout, rencontres qu'ils prolongeaient de conversations à n'en plus finir, comme il semble qu'entre amants on ne se soit jamais tout dit, on n'ait jamais épuisé ses réserves de confidences. Pourtant, à les voir, à les entendre parler, on eût dit une amitié purement fraternelle au lieu de cet amour fou qui les consumait l'un et l'autre, au point que

Marie sacrifia spontanément son séjour du printemps à Nice afin de n'être pas séparée d'Emmanuel, lequel, de son côté, ne se pressait plus du tout de mettre un point final à son mémoire de maîtrise. Il achoppait, disait-il, sur la conclusion et en effet, songeait Marie, dans la mesure même où il s'identifiait à la conscience errante, il ne pouvait conclure avant d'être fixé sur son propre cheminement. Il en résultait un cercle vicieux dont l'étudiant crut s'extraire en faisant lire et commenter son travail par Marie; celle-ci se fit tirer l'oreille, craignant pour une fois de n'être pas *à la hauteur,* et surtout tremblant d'avoir à prendre parti dans un débat intérieur où elle était trop concernée pour être si peu que ce soit objective. Néanmoins son intelligence était si prompte, son sens du mystère si naturel, que ses observations et commentaires provoquèrent l'ébahissement d'Emmanuel... et ne firent que l'éloigner un peu plus de la vocation religieuse en faveur de l'enseignement des lettres qui ne l'aurait pas coupé à jamais de celle qu'il ne pouvait s'empêcher de *vénérer*. Finalement Marie lui dit que la conscience errante, puisqu'il s'agissait d'elle, ne trouverait de repos que dans une confiance d'enfant qui la soumettrait tout entière au vouloir du Tout-Puissant...

À l'automne 1981 la jeune fille avait atteint l'âge de vingt et un ans. Elle s'était remise à peindre avec cette intensité qui caractérisait tout ce qu'elle faisait, et son optimisme, revenue avec son inspiration, lui permettait d'envisager une exposition à Paris dans une galerie amie de la rue Jacob dont la patronne et son mari, M. et Mme Féraud, n'avaient pas manqué de rester baba devant les deux séries de quatre et de trois toiles qu'elle avait apportées à la galerie pour les faire voir. Ce fut le coup de foudre, un coup de foudre auquel n'était pas étrangère l'extraordinaire personnalité de l'artiste qui parlait d'elle-même à la troisième personne et vantait la facture géniale des œuvres sans la moindre fausse modestie. Cette franchise de langage plaisait aux Féraud amusés qui, ayant demandé à conserver les tableaux en montre à la galerie, parlaient à tout venant de la «petite Québécoise de Montréal» avec un mélange d'indulgence, d'affection et d'étonnement ravi qui faisait beaucoup pour une réputation qui commençait à poindre et même à se répandre. En conséquence de quoi le moral de Marie était au beau fixe et sa production, sans être abondante, se faisait régulière et sereine. La perspective d'une exposition à Paris pour l'année suivante, qui serait l'an de grâce 1982, l'exaltait sans laisser de lui paraître normale, fondée en toute justice. Ce furent les mois bénis d'un répit troublé seulement par un signal qu'elle connaissait bien maintenant et qui la rappelait à son étrange destinée. Or c'est en présence d'Emmanuel presque toujours qu'elle était secouée de frissons, ou plutôt de cet unique et long frisson qui l'avait saisie une première fois le jour où ils avaient convenu — pour quelle obscure raison? — du *modus vivendi* ascétique qui régirait désormais leurs rapports amoureux, ce frisson qui, partant du cerveau, la traversait avec la fulgurance d'une flamme de glace, avant d'aller se perdre dans l'extrémité des membres. En même temps, sa main se crispait convulsivement sur l'avant-bras d'Emmanuel et ses paupières se serraient comme sous l'effet d'une angoisse inexorable, en attendant que «ça passe». Inexorable car, en l'absence du Dr Duchesneau, elle se serait fait marcher sur le corps plutôt que de consulter un médecin.

— C'est l'hiver de Paris qui ne me va pas, se leurrait-elle devant Emmanuel bouleversé, parle-moi des grands froids ensoleillés du Canada! Et puis ne t'en fais pas, c'est un signe que je vis toujours, que je ne suis pas tout à fait morte encore!

Et de rire de cet humour noir qui était chez elle le correctif obligé de ses trop solennelles volontés de grandeur et les faisait passer.

Et puis un soir où ils s'étaient attardés encore plus gaiement que de coutume dans un café de Montparnasse — c'est Marie qui défrayait toutes les dépenses communes désormais

—, elle annonça à Emmanuel son intention de partir pour la côte méditerranéenne. Non, ce n'était pas sa santé — dont elle «se foutait» — c'était la lumière, la lumière du Midi que tous les grands peintres du siècle avaient chantée, célébrée, avant de s'y éteindre en pleine gloire. Son avenir exigeait ce départ, c'était une décision longuement mûrie. Mais elle comptait bien que l'étudiant — son «fiancé» disait-elle — viendrait la rejoindre lorsque la thèse serait enfin bouclée.

— Ton avenir l'exige? Tu y as bien réfléchi? Et si je te demandais, Marie, de réfléchir à mon avenir à moi? Aller là-bas te rejoindre, c'est faire, je le sens, un pas décisif, un choix irrévocable. Rien ne m'empêcherait du reste de partir en même temps que toi : mon mémoire est à toutes fins utiles achevé, c'est-à-dire approuvé par Favier, mon maître de thèse; il ne me reste plus qu'à le faire lire par deux bonshommes de la Faculté, ce qui n'est qu'une formalité… Mais ce mémoire que tu as lu avant tout le monde, toi seule sais ce qu'il signifie pour moi en profondeur. Plus qu'à Favier je m'en remets à toi, je te fais juge de mon effort d'élucidation d'une conscience troublée. Autrement dit, je t'accorde les pleins pouvoirs, non pas sur mon amour bien sûr qui durera aussi longtemps que je vivrai, mais sur mon devenir ici-bas, quant à savoir s'il est au milieu des hommes ou bien plutôt dans la vie ascétique des moines cartusiens.

Cependant Marie se taisait, effarée par la responsabilité qui lui était remise.

— Que veux-tu dire, chéri? dit-elle enfin en le prenant à la légère. Tu voudrais que je me mette à ta place alors qu'il m'est déjà si difficile d'être à la mienne!

Emmanuel sembla ne pas entendre :

— Ton amour dictera ta réponse. C'est pourquoi je peux sans risque m'engager d'avance à me conformer à ton jugement, à ton sentiment si tu aimes mieux.

154

Sentant le piège se refermer sur elle, Marie ouvrit une bouche douloureuse mais ne sut que répéter la question en bégayant :

— Que veux-tu dire, chéri? Explique-toi. Que veux-tu dire?

Emmanuel baissa la tête et ne dit rien. Il était inutile de préciser ce que Marie n'entendait que trop bien avec sa respiration précipitée et un malaise trop visible où le reproche le disputait à la tendresse pour un fiancé moins humble que cruel.

— De m'interroger sur *ton* avenir montre bien où ton cœur penche et ce qu'il attend de moi, souffla Marie dans sa détresse. Que je te délie de tout devoir envers moi! Le renoncement! Eh bien, tu l'emportes. Oui, tu gagnes, tu gagnes je te dis et je perds, comme c'était écrit : la conscience errante ne trouvera de repos qu'en Dieu seul. Va donc, retourne à la Chartreuse où tu as laissé ton cœur. Là est ta vraie place.

— Je gagne? dit Emmanuel en levant des yeux étonnés sur Marie. Je perds tout au contraire puisque je te perds, mais je ne reviendrai pas sur ma parole, je t'obéirai puisque je l'ai promis. Inspirée par l'amour, ton intuition ne peut qu'être la bonne… Oh! j'ignore si l'on voudra encore du postulant repenti comme novice, à plus forte raison comme religieux dans cinq ou six ans d'ici, mais enfin je vais demander ma réadmission chez les moines cartusiens. Grâce à toi je retrouve, pour de bon j'espère, le chemin que j'avais tant de fois perdu et tant de fois retrouvé. Grâce à toi, grâce à ton amour, tout s'éclaire dans ma conscience et dans mon cœur. Oui, c'est ton amour qui a tout fait, moi rien. Je veux dire que c'est ton amour qui a mené à son terme le travail souterrain que la préparation de mon mémoire avait commencé en moi, Marie.

Atterrée de voir, d'entendre Emmanuel se ranger sans plus de déchirement à son premier et cruel avis, Marie mesure sa folie. Avait-elle cru que l'amour d'Emmanuel serait le plus fort et se révolterait contre un aussi absurde sacrifice? Elle voudrait se rétracter, protester de toute la force de son âme que c'est Emmanuel lui-même qui lui impose cette double immolation... Et puis soudain, à cette seconde même, le mauvais frisson la traverse de la tête aux pieds, triomphant, assuré de sa victoire ultime sur ces vains ergotages. En même temps, une atroce envie de vomir la saisit, physique ou morale elle ne sait, qu'elle ne réprime qu'en serrant les dents à se broyer les maxillaires. Tout à ses pensées, tout à lui-même, Emmanuel ne s'aperçoit de rien et poursuit sa méditation à haute voix, comme s'il ne voyait pas la mort inscrite sur la petite figure crispée qui lui fait face.

— Serais-je seulement capable, cette fois, de persévérer dans l'austérité de cette vie monastique la plus rigoureuse qui soit? Voilà pourquoi j'ai besoin instamment de tes prières, ces mêmes prières que tu m'as dit avoir formulées au lendemain de notre première rencontre, ce jour rappelle-toi, où nos bras s'étaient refermés l'un sur l'autre. Oserais-je dire que c'est dans l'amour le plus physique que tout a commencé de mon nouveau cheminement spirituel alors que je n'étais plus qu'une conscience déboussolée, «errante» en vérité?

Sa crise surmontée, Marie avait rouvert les yeux, mais se taisait toujours, souriant presque cyniquement maintenant. Prier pour lui? Prier pour qu'il la quitte irrévocablement? Elle aurait plutôt adjuré les puissances d'en-haut d'envoyer un ange pulvériser une authentique vocation dont Emmanuel lui avait donné mille preuves depuis six mois déjà, y compris ce renon-cement héroïque à toute forme de sexualité. Et dire qu'elle avait tenu dans sa main la destinée du jeune homme, dire qu'elle aurait pu à son gré l'avoir à ses genoux le temps qu'il lui restait à vivre, car tout lui était mesuré à elle qui avait vécu l'équivalent de dix existences depuis son enfance tant elle y mettait d'intensité sauvage et douloureuse. Mais à quoi rimaient toutes ces souffrances, tous ces S.O.S. lancés à travers la nuit de la terre, souvent à de parfaits inconnus, appels qui ne s'at-

156

tiraient en somme que des fins de non-recevoir? Cette souffrance d'être à la fois si hautaine, si orgueilleuse et en même
temps si tributaire d'autrui, en resterait-il seulement de quoi
nourrir une œuvre à laquelle il était plus que temps de renoncer :
à dix mètres devant elle, c'étaient déjà les ombres de la mort,
sinon même les ténèbres du néant! Car le moment de l'Histoire
où Emmanuel se jetait en Dieu à son instigation de fiancée
défaite d'avance marquait aussi bien le moment où ce Dieu
n'était plus pour les hommes qu'une coque vide, vibrante encore
des derniers cris d'une angoisse immémoriale dont Marie se
faisait l'écho aujourd'hui, quitte à ruiner ses ultimes chances
de bonheur humain. Qu'encore une fois sa *grandeur* la perdait,
elle ne le savait que trop. Passions exigeantes, démesurées que
les siennes pour lui inspirer des sacrifices exemplaires; passions
ordinaires, banales, que celles de ce futur chartreux qui s'en
remettait à sa conscience à elle de son sort sur cette terre et
se révélait incapable d'un sursaut de révolte au prononcé d'une
sentence de réclusion à vie. Un homme de résignation, voilà
tout ce qu'il était, dont la passion pour Dieu s'avérerait sans
plus d'épaisseur que cet amour qu'il prétendait lui vouer, si
promptement jeté par-dessus bord au premier signal, tandis
que chez elle tout était immense, disproportionné, à la limite
du délire, tout avait des dimensions absolues, même ce qui
coexistait d'incompatible en elle et la déchirait tour à tour ou
simultanément : Dieu, l'Art, Emmanuel… Oh! certes non, ce
n'étaient pas là des concepts avec lesquels jongler, ils avaient
leur poids de réalité dans sa conscience et, hors d'elle, dans
l'infinitude de l'univers…

Cependant la clarté de la nuit empoussiérait êtres et choses
dans ce coin de café à l'ombre d'une épaisse colonne où ils
s'étaient isolés pour être davantage présents l'un à l'autre.

S'apercevant enfin de l'accablement de Marie :

— Souviens-toi, Marie, que je t'ai proposé… le mariage,
risqua Emmanuel, et qu'as-tu répondu?

Un rire hystérique secoua brusquement la jeune fille qui s'imita elle-même en hoquetant :

— Me marier, faire des enfants! Mais chaque vendeuse, chaque sténo-dactylo peut en faire autant! Moi, ce que je veux, c'est la gloire!... Et pourquoi pas la gloire en effet? Après l'humiliation du cloître, c'est ce qui se fait de mieux pour endormir le mal de vivre, non?

Là-dessus elle vida d'un trait son troisième diabolo-menthe, avant de tendre toutes les cordes de sa volonté :

— C'est bien, reprit-elle, obéissez-moi, faites selon *ma* conscience, jeune homme, et laissez votre belle âme s'embellir encore en s'installant dès ici-bas dans quelque hypothétique éternité, histoire de se valoriser superbement auprès de l'Auteur de la nature. Bâtie comme je suis, comment ne comprendrais-je pas tant d'orgueil puéril? Mais orgueilleux, vous l'êtes encore plus que moi, Monsieur, avec vos abaissements aussi sublimes que factices. La Grande Chartreuse!... Pauvre garçon... Mais tu n'as donc pas deviné que tu avais un rôle bien plus vital à jouer auprès de moi — un *rôle*, hélas, car tout est comédie ici-bas? Tu n'as donc pas compris que ton amour a ranimé la noyée que j'étais, m'a fait l'effet d'un bouche-à-bouche, mais d'un trop chaste bouche-à-bouche qui ne faisait que trahir ta duplicité? Pauvre petit garçon! Mets-toi bien à l'abri! Assure ton salut! Devant Dieu même, gâche tes dons, enterre ton intelligence, mortifie cette sensibilité d'artiste qui t'a fait me reconnaître, moi, parmi tous les faiseurs qui souillent le monde de leurs gribouillis! Jette aux orties le privilège que tu as eu d'être distingué par une Marie Du Chesneau de tous les comédiens qui l'auront vue passer sans qu'elle fasse seulement mine de leur accorder un regard! Adieu, Emmanuel! C'est ton cœur qu'il fallait écouter tout à l'heure et non pas *mes* scrupules. Je dis : ton cœur, mais est-ce que tu m'aimais seulement?

Frémissante, au bord des larmes, Marie saisit son sac et ses cigarettes, se leva brusquement et, sans un mot de plus, plantant là l'apprenti curé abasourdi, qui n'avait fait que suivre la voie qu'elle lui avait tracée, elle s'éloigna à la hâte, sans retour possible. Traversant au pas de course tout le VIe arrondissement en longeant un moment les grilles du Luxembourg endormi, c'est le cœur battant à tout rompre qu'elle regagna son hôtel de la rue Gît-le-Cœur, ralentissant peu à peu jusqu'à ce que, ayant grimpé ses cinq étages, une grande fatigue, une immense lassitude l'eût saisie en pénétrant dans sa petite chambre tout encombrée de peintures en chantier, du chevalet en métal, des tubes de couleur éparpillés et des quatre grandes toiles vierges montées sur autant de châssis en bois qu'elle avait achetées le matin même sous le coup d'un grand enthousiasme créateur. Et tant de lassitude devint un vertige qui la précipita au lavabo, masqué par un simple paravent, où elle put s'éclaircir le visage avec une serviette imbibée d'eau fraîche. Levant les yeux, elle rencontra sa figure dans la glace, une figure d'une pâleur à faire peur, étonnamment maigrie aussi. Seules les prunelles gardaient leur feu — pour combien de temps? Puis sa nausée la reprit, cette envie de vomir qu'elle avait jugulée au café, mais cette fois elle rendit sur-le-champ tous les alcools qu'elle avait ingurgités depuis le petit dîner aux chandelles auquel elle avait prié Emmanuel, rue Vavin. Soulagée, elle se redressa, faible encore, tourna la tête en haletant bruyamment, contempla son lit avec la nostalgie d'un tombeau, mais une force la jeta, la cloua à sa table à écrire, étroite planche coincée entre le lit — où elle eût mieux fait d'attirer son «fiancé» quand il était temps encore — et la paroi d'en face où rayonnnaient des fleurs peintes, de délicats chrysanthèmes stylisés, alternativement jaunes et pourpres, qui auraient idéalement orné une chambre mortuaire, puisqu'on en fleurit bien les tombes en novembre. Secouée, rompue, avant même qu'elle eût décapuchonné son stylo à bille, ses larmes trempaient déjà le cahier où elle notait les états de son âme parmi les menus faits de sa vie quotidienne. Alors elle se mit à écrire avec fébrilité, sans se soucier de rejeter les longues mèches de cheveux foncés qui faisaient écran entre son regard embué d'eau amère et son papier réglé.

[sans date] *Il faut que je me confie et à qui désormais me confier sinon à ce papier muet? Ce soir, me voici au tréfonds de la douleur solitaire. Est-ce donc une loi inexorable de mon destin que tout se retourne contre moi? Mon pur fiancé n'est plus. Celui grâce à qui j'avais surmonté tous mes désenchantements, celui qui m'avait consolé de tous mes deuils, me quitte à son tour. À moi qui ne voulais peut-être qu'éprouver son amour, persuadée qu'il triompherait aisément des sortilèges de la Chartreuse, je l'entends encore qui me dit : «C'est décidé, je t'obéirai, je l'ai promis… Je vais demander ma réadmission chez les Chartreux…» Et tout cela proféré presque froidement, d'une voix à peine assourdie, sans protestation ni révolte, comme si l'aimant qui nous aspire en Dieu devait nous fermer aux êtres qui nous ont le plus chéris et que, peut-être, nous avons le plus chéris. Car c'est bien le même qui, hier encore, la voix tremblante d'émotion, m'affirmait que ma compagnie était son unique et grande joie sur cette terre… Est-ce possible! Victime de l'abbé Geneuil, voilà ce que je suis pour avoir convaincu mon Emmanuel de retourner s'emmurer tout vif à la Grande Chartreuse! Il est vrai que depuis un an, au lieu de le conforter dans sa foi fragile, j'aurais mieux fait de mettre toute mon ingéniosité de femme amoureuse à le détourner de la tentation du cloître. Quelle idée de m'être prêtée à un angélisme qui n'est que fantasme enfantin! Et pour comble il demande que je prie pour lui! Eh bien, non et non! Prier pour un homme qui me laisse tomber comme une vieille pantoufle crevée, cela j'en suis incapable. Je prierais plutôt* contre *lui, contre sa prétendue vocation, contre son bonheur égoïste recherché aux dépens de notre plus haute communion. Car*

160

c'est bien au bonheur qu'il aspire dans cette histoire de Chartreuse, un bonheur où je ne serai pas! À qui fera-t-il croire qu'il s'immole à l'Être parfait, qu'il Lui sacrifie quoi que ce soit de vraiment précieux? Il ne m'aime plus, s'il m'a jamais aimée. Tout lui est facile à lui. Il regagne son port d'attache sous une tiède brise, le port qu'il n'avait quitté que le temps de bouleverser une autre vie. Il rumine son salut sans égard au mien. Et même, dans l'existence aride qui l'attend, il trouve déjà matière à se grandir à ses propres yeux. Je sais trop les pièges du sacrifice. Moi-même, ici, dans cette chambre de bonne, que fais-je de mieux que me complaire en cette comédie perpétuelle dont on est jamais que le premier spectateur? En m'accordant moins que la vie ne m'offre, je trouve mon plaisir dans le rôle de l'artiste famélique, frappé de malédiction, alors que mon porte-monnaie déborde de billets de banque. Telle est la tentation des âmes d'élite : le renoncement. De même ce refus puéril des tendresses de l'amour physique, et même — pourquoi pas? — ce dédain trop affiché du mariage en faveur d'une improbable gloire — comédie que tout cela! Certes j'ai prié pour Emmanuel, mais c'est qu'en vérité je priais pour moi-même, convaincue que j'étais que nos voies coïncidaient. Oh! que le cœur a des ressources pour se duper lui-même! Hélas, pourquoi ce besoin chez certains êtres d'exception, chez certains êtres marqués, ce fatal besoin d'aspirer à se perdre? à se désister d'un réel bien tangible au profit d'un salut rêvé, inaccessible, illusoire probablement? Orgueil! Ruses de l'orgueil! Du moins mon art veut-il élever l'humanité, l'orienter sur la voie du Beau, sur celle du Vrai. Que dire de l'orgueilleux qui ne prétend que s'humilier, humilier sa valeur d'homme et, tel Emmanuel, fouler aux pieds des études avancées de lettres pour s'exalter dans les travaux abêtissants du cloître? Que dire de l'orgueilleux qui affecte de prendre le néant pour mesure de son ambition? Est-ce là bien entendre la parabole des talents à faire fructifier? Ah! Dieu me garde

161

*de tomber si bas! La détestable infidélité d'Emmanuel doit
sonner mon réveil et ma révolte. Ayant tout perdu une nouvelle
fois, je dois m'employer à tout reconquérir — et l'amour et
la gloire! Je n'ai plus l'âge ni le temps de me résigner comme
aux beaux jours de Marc Marceau. Hélas, comment ne pas
me sentir prise à la gorge, étouffée par ce mal qui me brûle
et l'âme et le corps, étouffée par cette vie dont l'oxygène se
raréfie de jour en jour? Si peu de temps, hélas, si peu de
temps...*

D'un coup, ce soir-là, Marie s'enfonça dans un sommeil
vide de rêves. Elle dormit trois heures comme une masse écra-
sée sous son propre poids. Puis un cauchemar survint sous la
forme d'un être hybride qui tenait d'un diable cornu et... de
l'abbé Geneuil, monstre bicéphale à la poursuite duquel elle
ne put échapper qu'en s'imposant, au prix d'un effort de volonté
prodigieux, d'ouvrir grand les yeux en plein rêve, ses pauvres
yeux tout collés de larmes amères. Immobile, encore commo-
tionnée, ignorant qui elle était, elle maintenait le regard fixé
sur un plafond sans étoiles en s'étonnant de se trouver là sans
savoir où. Bribe par bribe, son histoire lui revint depuis son
départ de Montréal et comment elle avait échoué dans ce qui
lui apparaissait à cette heure comme un étroit réduit bien peu
conforme à son goût des splendeurs. Se redressant lentement
sur son séant, elle reconnut le décor familier de sa chambre
«de bonne» convertie en atelier avec la silhouette dérisoire de
son chevalet se profilant sur la fenêtre pâle. Là-dessus se greffa
le visage d'Emmanuel se détournant avec mépris de la chaste,
trop chaste contemplation de ses chefs-d'œuvre, dont la
«poésie» avait pourtant séduit le garçon, en faveur de la
contemplation des saints mystères auprès desquels nulle œuvre
d'art ne pouvait faire le poids. Douleur d'amour qui se doublait
d'un sentiment de dépit voisin en intensité de la grande décon-

162

venue artistique de sa vie où elle s'était sentie abandonnée de tous. De même Emmanuel, tout ce qu'elle avait de génie n'aurait pas su le retenir. Et le peintre en elle, à cet instant du moins, par quelque mystère qui tient sans doute à ce que la passion créatrice chez l'artiste authentique passe avant toute autre affection de l'âme, ce peintre en elle était frappé, atteint au cœur, plus encore que l'amoureuse ne pâtissait de se voir délaissée au profit de l'Éternel en personne.

Sans bien s'en rendre compte, Marie s'était levée à demi, avait fait de la lumière et, depuis son lit, laissait son regard vaguer sur les sept toiles de ses deux polyptiques parisiens, sagement alignées par terre contre la paroi fleurie de cette chambre anonyme. Elle les avait reprises aux Féraud chez qui elles étaient en montre, sous prétexte de les retoucher et de les parachever. Et en effet lui sauta aux yeux leur *imperfection* essentielle que nul n'avait paru remarquer. Leur imperfection, c'est-à-dire leur inachèvement. Comment avait-elle osé montrer *cela* à Emmanuel qui ne connaissait rien d'autre d'elle, rien d'autre de l'artiste-peintre qu'elle avait été et se voulait encore avant tout? Mais aussi bien, se prit-elle à réfléchir, ces toiles inabouties, ces toiles tellement défectueuses, ou du moins qu'elle voyait telles par comparaison avec les moins mauvais des tableaux qui avaient tant révulsé le public montréalais, pourquoi ne le resteraient-elles pas? Emmanuel n'avait pas douté de leur achèvement pour en demeurer bouche bée d'émerveillement, non plus que les Féraud, des connaisseurs pourtant, pour lui proposer sur-le-champ une exposition solo dès qu'elle en aurait la matière. Preuve qu'elle ne savait que tout gâcher par une volonté de perfection dérisoire. Toute œuvre humaine — et divine plus encore — est imparfaite, c'est à cette condition qu'elle est vivante, au rebours d'une figure géométriquement morte. Baudelaire, le premier, n'avait-il pas vu qu'une œuvre peut être *finie* sans être *faite* comme elle peut être *faite* sans être *finie?* Et les esquisses les plus négligées d'Agnès Debloy, jadis, n'avaient-elles pas plus de vibrations — plus de vie en somme — que ses œuvres travaillées, fût-ce dans le sens d'une évocation plus suggestive du monde sensible? Plutôt que de revenir dessus jusqu'à s'en dégoûter, il fallait tourner cette page, cette page de sa vie accordée à ses deux premières années parisiennes, la reprendre en faisant autrement. Aller, puisque son monde amoureux s'écroulait encore une fois, aller du côté d'une intériorité inspirée d'Odilon Redon où s'exprimaient les tensions fondamentales de toute conscience humaine, sous l'aspect de démons borgnes et de beaux visages d'anges inconsolables... Et Marie de se remémorer, attendrie, les efforts de sa cousine en ce sens, efforts qu'elle avait encouragés et sanctionnés sans bien se douter que l'œuvre de Redon proposait un dialogue entre les pulsions contraires de l'artiste, dans leur vérité nue, par-delà l'imitation d'apparences par trop limitatives, de réalités par trop mensongères. Mais prête à tout recommencer à cette étape d'une évolution créatrice qui paraissait déjà si longue à ses vingt et un ans, Marie ne concevait pas de renoncer à la figuration qui seule autorise le dialogue de l'artiste avec le monde, horreur et splendeur mêlées.

Finie donc la théâtralité, l'affectation, le divertissement, les jeux de surface des premiers temps à Paris. Il lui fallait s'employer à reconquérir Emmanuel, fût-ce pour mieux s'en détacher ensuite, mais de son propre chef. À cette double fin, peindre et peindre encore, jusqu'à épuisement, histoire de se refaire bien moins un nom, une réputation (malgré la bonne volonté des Féraud, le temps lui manquerait toujours pour cela...) qu'une image d'elle-même digne à son propre jugement — et au jugement du seul Emmanuel — de témoigner en sa faveur devant le grand Artiste qui règne sur les mondes visible et invisible. Il lui restait en somme à voler au-devant d'une gloire dont elle-même se couronnerait au terme d'une longue contention créatrice. Car au-delà des approbations et des blâmes, par essence aléatoires et que le vent d'un moment emporte, l'artiste, à ses souffrances comme à ses joies éphémères, reste le seul juge de ce qu'il peut et doit faire. Elle se remit donc au travail et plutôt que de polir, de lécher, de fignoler ce qu'elle considérait comme des ébauches, elle les fit encadrer somptueusement. Ainsi seulement conserverait-elle, comme en un écrin définitif, la fraîcheur de ses neuves impressions au contact de la grande cité et le peintre en elle, considérant comme accomplie cette époque de son âme, serait-il libre d'entrer dans des compositions susceptibles d'évoquer le monde du dedans où Marie entendait désormais se mouvoir. Arrachant ses masques, mettant au rancart son arsenal d'armes publicitaires, ce sens de la réclame qui lui avait si mal réussi, l'actrice qu'elle ne cessait pas d'être — mais n'est-ce pas le lot secret de tout artiste? — se présenterait à visage découvert, misant tout sur sa sublime individualité en sorte que ne se pose plus la question de son authenticité — au Canada du moins où elle expédierait ses œuvres sans se soucier de l'effet produit sur l'éventuelle cohorte de ses thuriféraires ou de ses détracteurs.

Le plus difficile serait de s'habituer à ne plus revoir Emmanuel pour mieux l'amener à revenir à elle. Car il était hors de question qu'elle fît un pas vers lui. Et pour mieux s'empêcher de succomber à l'omniprésente tentation de lui adresser une lettre violente de reproches, l'idée lui revint, qu'elle n'avait jamais tout à fait écartée mais que la situation maintenant autorisait, de revoir Robert Maurin, dont elle ne pouvait douter de l'intérêt qu'il lui portait. L'auteur des *Portes de l'Enfer* n'avait-il pas entrepris naguère de lui faire une cour en règle? Elle se rappelait avec un mélange de trouble et de dérision leur dernier tête-à-tête lorsqu'il l'avait entraînée chez lui le soir du damné vernissage... Et ici même, à Paris, ne lui avait-il pas téléphoné dans l'espoir de renouer? Plutôt que de rendre le coup de téléphone, elle rédigea à l'intention du

165

romancier dont elle voyait souvent le nom cité dans la presse culturelle, une longue épître décousue mais pleines de saillies où elle évoquait le passé en termes mi-ironiques mi-nostalgiques et s'inventait un destin à sa mesure, c'est-à-dire royal, dans le cercle restreint des *vrais* connaisseurs de la peinture contemporaine. Elle évoquait encore une cascade d'amours plus ou moins éphémères, plus ou moins décevantes et, pour finir, une grande passion avortée. Elle concluait le tout par un appel enflammé, mais vague, au «grand maître du roman moderne»! Craignant que Maurin n'eût changé d'adresse depuis le temps, Marie adressa sa missive aux bons soins de la NRF et, les jours passant, en vint à l'oublier, captive qu'elle était de son travail de peintre.

Chaque soir elle notait dans son cahier intime les progrès accomplis dans la réalisation de sa nouvelle entreprise esthétique. Non certes, elle ne «léchait» plus, elle allait d'emblée à l'essentiel sans se soucier du «fini», mais sans renier non plus la représentation par quoi l'artiste interprète la vie à travers le prisme de sa sensibilité particulière, ce qui est le but même de l'art. Mais elle prenait avec les composantes du réel des libertés associatives que Bonnard, son ancienne idole post-impressionniste, eût condamnées sans doute, mais non pas Chagall qui avait à sa manière exploré les voies du surréel. Dans une volonté de schématisation des éléments mis en œuvre sur sa toile, elle exprimait son *moi* actuel à la lumière de ses contradictions — toujours les démons cornus et l'abbé Geneuil... — jusqu'à ce qu'il en devînt insolite et méconnaissable. Ou bien encore c'était son moi éternel, fou d'absolu, qu'elle construisait à partir d'une vision intensément subjective et quasi onirique d'un univers incorporant des réalités surnaturelles, transcendantes, à la manière d'Odilon Redon certes, mais plus encore de Paul Gauguin, quoique dans un climat beaucoup plus rude. S'inspirant du peintre qui avait légendé une de ses scènes tahitiennes de ces mots énigmatiques : *Qui*

166

sommes-nous? D'où venons-nous? Où allons-nous?, Marie entreprit, entre autres, une vaste toile où, sous un ciel immense et vert surplombant une mer violette, houleuse, se détachaient au premier plan trois hommes nus ceints d'un pagne et dressant les bras comme s'ils se jetaient au-devant de la complémentaire infinitude du ciel et de la mer, après avoir résisté victorieusement à une bande de cannibales dont les corps, également nus, se devinaient gisant dans le sable à leurs pieds. C'était un tableau simple, dépouillé, réduit à quelques traits où les taches claires des trois dos humains vus de trois quarts soulignaient un mystérieux crépuscule ou une mystérieuse aurore. En réalité, son tableau, Marie le lançait à la face des hommes tel un défi à la mort — cette mort même qu'elle sentait sourdre en elle — défi qui est celui de toute œuvre d'art authentique, peu importe sa place dans l'échelle des valeurs du siècle.

Pour être mieux en mesure de réaliser ce morceau grand format, ainsi que d'autres relevant du même esprit, Marie avait exigé et obtenu une nouvelle chambre à l'hôtel, la plus spacieuse, la mieux éclairée, celle qui lui permettrait d'étaler trois ou quatre peintures en processus de création simultanée. En même temps elle priait la réception de l'hôtel qu'on ne la dérangeât sous aucun prétexte et qu'on se bornât à lui communiquer les noms et numéros de ceux qui, le cas échéant, demanderaient à lui parler au téléphone. Ceci n'avait qu'un but : se rendre inaccessible à Emmanuel pour mieux attiser sa passion le jour où il chercherait à la joindre. Car elle ne doutait pas qu'il finît par vouloir s'expliquer, se justifier devant elle des raisons qui l'avaient fait s'en remettre à son bon plaisir à elle de sa vocation à lui! Placée devant un tel dilemme, qu'avait-elle pu faire d'autre que de sacrifier leur amour particulier? Mais n'avait-il pas reconnu, un jour, que même une vocation irrésistible serait incapable de contrebalancer le bonheur qu'il avait de se trouver avec elle? De là qu'ils avaient si souvent mis Dieu au cœur de leurs plus passionnés dialogues comme aliment pour leurs exaltations mystiques partagées et grand moyen de tout concilier dans le feu du saint Amour.

18 décembre. *Ô Emmanuel, pardon! Je nous fais injure, je cherche en vain à me donner le change, je te rabaisse au niveau des âmes communes, des âmes molles, en te prêtant une vocation de commande, toi si lucide, si humble, si ardent que tu ne crains pas de te renoncer, de me renoncer, n'importent les raisons claires. Ta sincérité n'est pas en cause, car ta passion extrême, quoique retournée, éclate dans la confiance que tu m'as montrée. C'était déjà l'évidence dès le jour où tu as accepté sans protester que nous ne dormions plus ensemble, passé l'ineffable moment où je me suis donnée à toi une fois pour la vie entière. C'est le signe merveilleux et cruel de la noblesse de ton cœur. On couche avec les étrangers, les indifférents, on se réserve avec les vrais objets d'amour et c'est pourquoi tu n'oses plus maintenant me rencontrer seul à seule. Eh bien! je m'imposerai à toi, à tes scrupules. Tu es de ces hommes à qui il faut, Dieu aidant, forcer la main. De mille façons tu te crois indigne de moi, de mon génie, voire de mon argent. Tu es pauvre, presque sans famille, tu vis chichement et tu le caches comme une plaie honteuse. Parce que tu n'as pas les moyens de m'emmener danser, tu te jettes en Dieu. Mais ton regard m'est plus précieux que des pièces d'or dont je n'ai que faire, les pas de danse que tu me refuses ne valent pas ta main dans ma main et toute la musique du monde ne couvre pas la musique de ton verbe et le chant de ton magnanime esprit... Viens à moi, écris-moi, quand même ce serait pour me confirmer ta résolution, et je te répondrai de toute la force de mon cœur embrasé, oui je te répondrai que Satan se plaît souvent à s'affubler des habits les plus sacrés pour mieux nous perdre, feint d'épouser les intérêts les plus élevés pour nous faire chuter de plus haut! Ainsi ai-je été induite en*

tentation d'orgueil en te proposant la voie la plus cruelle pour moi, et pour toi la plus périlleuse, la plus risquée parce que la plus irrévocable...

Or coup sur coup, le même jour — comme l'année précédente à pareille date — le sort frappa deux fois. D'abord, le matin, il fit entendre — enfin! — la voix d'Emmanuel sous la forme d'un court message demandant de le rappeler et promptement remis à Marie par la réception de l'hôtel. Puis, presque aussitôt, ce fut Robert Maurin qui se manifesta par le truchement d'une grande carte gravée à son nom sur laquelle il avait griffonné des deux côtés d'une grande écriture hâtive :

Est-il possible? Est-ce bien vous, Marie? Je croyais que votre silence de l'autre mois avait sonné le glas de nos amours... Figurez-vous qu'hier soir seulement je rêvais à cette demi-année que j'ai passée à Montréal. Eh bien! de tout ce que j'y ai vécu d'agréable et aussi de... contrariant, ne surnageait plus que votre visage de madone indifférente. C'est le destin qui vous envoie alors que je viens tout juste de mettre la dernière main à mon présent manuscrit. Venez, je vous attends, c'est merveilleux que nous nous connaissions si peu puisque cela nous laisse tant d'explorations à faire... R.M.

P.S. J'attends de vos nouvelles aujourd'hui même!

Suivait le numéro à composer.

Mystère du cœur féminin, Marie n'hésita pas : tout de suite, instinctivement, elle donna la préséance à ce Robert Maurin, qui ne lui était rien, sur celui dont elle attendait désespérément des nouvelles depuis des semaines, sinon des mois, et qui surgissait tout à coup, fantôme repentant peut-être. Ainsi donc le seul appel qu'elle retourna ce jour-là fut celui du romancier à succès, et ce pour accéder à son invitation.

Quand, le lendemain, Marie se trouva en présence du personnage dans un assez vaste appartement du VIIe arrondissement, elle éprouva l'étrange impression que l'homme qui était là, aimable, souriant, déférent, et l'aidant à se défaire de son léger manteau, n'était pas exactement celui-là qu'elle avait rencontré à Montréal trois ans auparavant ni même celui du billet cursif et galant qu'elle avait reçu la veille et qui s'adressait à l'artificielle Marie de sa période mondaine. Tant pis — ou tant mieux! Sans doute son mûrissement de jeune fille faisait-il plus pour lui attirer le respect de Maurin que l'air de gamine effrontée qu'elle cultivait naguère. De toute manière, Marie n'était pas femme à se laisser déconcerter pour si peu qu'une impression. Au contraire, c'était en pareilles occasions qu'elle affirmait le mieux cet aplomb admirable qui lui avait valu tant de célébrité puis tant de déboires lorsque, comme pour se venger d'un «phénix» qui le narguait, l'univers jaloux s'était d'un seul élan retourné contre elle pour l'anéantir...

Tout en échangeant brillamment avec Maurin des paroles convenues, son regard d'artiste visuelle examinait à la dérobée l'appartement de son hôte — le sien propre cette fois et non plus celui d'un ami — dont on aime à dire que toujours il reflète à la perfection la personnalité de celui qui l'a, jour après jour, façonné à son image. Or là où elle se serait attendu à quelque salon bohème comme les poètes savent en composer avec la complexité désordonnée de leur âme, elle ne trouvait qu'un bric-à-brac bourgeois, complexe en effet, mais dénué de la moindre harmonie, du moindre «style», fût-ce celui de la bohème justement. Des objets d'art nombreux, coûteux à n'en pas douter, mais hétéroclites au possible; des meubles d'un modernisme à la fois banal et recherché; des abat-jour jaune citron bordés de noir, horribles; des murs tendus d'un papier-tenture aux motifs géométriques trop serrés qui se mariait au plus mal avec de vagues et informes tableaux, sans goût ni classe, genre avant-garde d'hier ou «expressionniste allemand» à la Van Dongen — voilà ce que Marie apercevait autour d'elle. Et dire que c'était cet homme-là qui, seul contre tous, avait défendu sa peinture le soir du mémorable vernissage, c'était ce parvenu qui s'était fait son champion devant Marc Marceau et les autres, c'était lui! Et tandis qu'elle continuait à bavarder comme si de rien n'était, en y mettant même plus d'enjouement et d'entrain que si elle avait été réellement présente à la conversation, son regard aigu ne cessait d'aller d'une toile à l'autre, à la recherche d'un soupçon de ce que son art à elle avait bien pu représenter aux yeux de son inconditionnel admirateur. Et telle une obsession, Marie revenait infailliblement, comme fascinée, sur ce groupe de deux personnages de music-hall en tenue de gala, un homme et une femme d'une vulgarité à faire frémir, aux épaules larges et pointues tous les deux, coiffés d'un haut-de-forme identiquement incliné, dansant côte à côte et face au public, la jambe mêmement croisée, les mains mêmement gantées et accrochées à un long sceptre qu'elles balançaient en cadence et dont la dorure rutilante tranchait odieusement sur l'indigo opaque de l'ensemble. Ajoutez à cela deux figures sans grâce, laides et blêmes, sur quoi ressortait comme une tache de confiture le pourpre agressif des lèvres de la femme ainsi que deux touffes de cheveux blondasses émergeant de chaque côté du haut-de-forme, et vous aurez quelque chose comme un maquereau et sa pute se donnant en spectacle dans un cabaret de quatrième ordre. Une horreur qu'aurait désavouée Marlène Dietrich elle-même en Ange bleu! Et plus le temps passait, plus Marie ressentait comme un effondrement intérieur à cette manifestation imprévue de tout ce qui lui soulevait le cœur dans l'art comme dans la vie. Mais en même temps son verbe de fillette savante et désinvolte se trouvait comme aiguillonné par ce temple du mauvais goût où lui donnait la réplique l'auteur d'un livre non moins agressivement déplaisant dont elle s'était spirituellement moquée, *les Portes de l'Enfer*. Et il semblait en effet que les portes de l'enfer se fussent comme entrouvertes sur ce fatras d'objets prétentieux et réunis de bric et de broc auxquels on aurait cherché en vain quelque chose qui pût ressembler à une âme — une âme commune en tout cas.

Mais bientôt l'ennui fit son œuvre et la verve de Marie commença de vaciller.

— Je constate, à suivre votre sémillant regard, que le peintre que vous êtes a un faible pour mes danseurs, dit le romancier sur un ton avantageux mais où perçait néanmoins comme une muette interrogation.

Pour toute réponse, les paupières de Marie cillèrent trois fois, à défaut de pouvoir se clore sans manquer à la courtoisie. Cependant Maurin insistait pour connaître l'avis de la spécialiste. Non, c'était trop lui demander que de feindre la comédie de l'admiration devant ces deux pantins grotesques tracés d'un pinceau que tout son goût d'artiste-née ne pouvait trouver que gluant. Après un instant de silence, elle dit d'une voix dégagée, le plus naturellement du monde :

— Justement, cher ami, je suis tellement fascinée par vos danseurs que je ne saurais avoir l'esprit tout entier présent à vous, permettez donc que nous changions de place tous les deux afin que je tourne le dos à votre trop éblouissant chef-d'œuvre.

— Mais pourquoi ne nous assiérions-nous pas l'un et l'autre sur le canapé? suggéra Maurin, tout plein d'arrière-pensées. Nous serions mieux pour causer plus intimement et vous n'auriez pas la distraction que vous provoque cet assez

172

curieux tableau en effet, signé Van Dongen et enlevé de haute lutte au cours d'une vente aux enchères d'expressionnistes allemands et de Fauves parisiens, tous peintres pour lesquels je ne me cache pas d'un goût prononcé. Un peu de musique vous plairait?

Marie sauta sur l'occasion. De la musique, oui, et qui la dispenserait de parler et d'écouter... Amèrement déçue par ce tête-à-tête dont elle avait attendu, qui sait, un moyen d'échapper à l'emprise affective d'Emmanuel, elle considérait vaguement, d'un œil absent, le romancier qui allait et venait, choisissant avec soin une cassette de musique qu'il insérait dans le magnétophone d'une étincelante chaîne hi-fi aux éléments superposés, lorsque la tira brutalement de sa rêverie l'affreux cri de clarinette qu'on égorge par quoi débute la *Rhapsody in Blue* de Gershwin... Cette fois c'est d'une envie de pleurer que Marie fut prise. Du doigt elle essuya une larme en pensant à la pureté, à l'innocence d'Emmanuel et à l'interminable conversation qu'ils avaient eue à la sortie d'un concert spirituel consacré à *l'Enfance du Christ* de Berlioz et donné en l'église Saint-Louis-des-Invalides, concert dont ils épluchaient ensemble et naïvement, car ni l'un ni l'autre n'étaient connaisseurs, les mérites et les insuffisances. Je te demande pardon, Emmanuel, s'entendit-elle murmurer tout bas mais assez fort pour que l'autre aussi l'entende.

— À qui demandez-vous pardon? Mais vous pleurez, ma petite? Allons, qu'est-ce qui ne va pas? C'est cette musique, pour sûr. Vous savez ce que sont les *blues*, n'est-ce pas? De la musique pour faire pleurer justement. Ah! vous êtes trop sensible. Je ne vous aurais pas crue si sensible.

Et Robert Maurin se rapprocha doucement de Marie sur le canapé jusqu'à entourer les graciles épaules de son bras vigoureux où vint s'appuyer la tête de la jeune fille. De sa main libre, il essuya la pommette luisante avec le bout de sa cravate. Puis la même main se posa sur la taille, remonta jusqu'aux petits seins palpitants qu'elle palpa un moment avant de pénétrer sous le corsage. D'habitude si prompte à réagir à pareilles hardiesses, Marie se laissait tripoter en silence comme paralysée dans sa volonté de résistance. Maurin dut comprendre que la partie était gagnée car, allongeant le bras, il éteignit la lampe qui flanquait le canapé, laissant à l'autre bout de la pièce la lueur du grand abat-jour jaune bordé de noir, tel les dessous d'une catin, répandre son ombre de clarté sur la misère d'un salon enfin démasqué. Marie ferma les yeux et renversa mollement la tête sur le bras protecteur. Ses joues avaient la pâleur du marbre. Elle renonçait à se défendre, avec l'espoir qu'en buvant jusqu'à la lie la coupe de fiel que lui tendait Maurin, elle dresserait une barrière infranchissable entre Emmanuel et le désir infini autant que stérile qu'elle avait de lui depuis qu'il acceptait de se rayer du nombre des vivants pour passer tout de suite dans l'antichambre de l'éternité.

— Vous ne m'avez rien offert à boire, dit-elle d'une voix mate et monocorde. Vous avez bien fait car je n'ai pas soif.

Un faible soupir s'exhala de sa poitrine tandis que Maurin serrait plus fort son épaule avant de ramener l'avant-bras autour du cou gracieux et de caresser du bout des doigts la frange brune qui ombrait son front. On eût dit qu'une incommensurable lassitude la ferait consentir à toutes les volontés, à tous les caprices de Robert. Celui-ci ne s'y trompa point qui commença de dévêtir délicatement la jeune fille dont le corps tenait un peu du garçon manqué. Lorsqu'elle se trouva complètement dénudée, le romancier des *Portes de l'Enfer* s'agenouilla à ses pieds, posa la tête sur ses genoux en enlaçant facilement de ses deux bras l'étroit bassin. Les paupières toujours closes, Marie s'abandonnait sans réserve, menue, frêle, avec ses petits seins pointus qu'arrondissait la lumière tamisée, tandis que la fine ossature se dessinait en plus clair dans la pénombre sous une chair anémiée, diaphane.

— À votre tour de vous déshabiller, fit-elle sans ouvrir les yeux, mais faites vite avant que je change d'idée, ou que

174

je prenne froid. Le froid, je l'ai déjà au cœur... le froid de la mort.

Le romancier crut à une plaisanterie macabre et ne se fit pas répéter la consigne. En un instant il fut flambant nu, inquiet et furieux malgré tout de jouer un rôle si peu conforme à son personnage de don Juan habitué à mener une charge préparée de longue main...

— Dépêchez-vous, je vous dis, avant que je vous prie d'aller vous rhabiller.

— Chérie, ne plaisantez pas mes sentiments, balbutia Maurin en rougissant dans l'ombre sous le regard maintenant attentif de Marie.

— Vous avez les sentiments bien placés, repartit la belle, mais ils ne me paraissent guère passionnés...

— Chérie...

— Allons, pas de phrases, Robert, l'heure est au plaisir! Entendez-vous? Au plaisir! Il n'y a que le plaisir de vrai en ce monde, comme la souffrance physique est la seule, la seule dont il vaille la peine de se garantir, — si du moins j'ai bien lu le naïf et décidément peu expérimenté romancier que vous êtes.

Elle parvint à peine à terminer. Maurin qui s'était penché vers elle lui ferma la bouche de ses lèvres entrouvertes...

....

Plus tard dans la soirée, Marie sentit son grand frisson de glace la parcourir.

— Rhabillez-moi, je vous en prie, Robert, rhabillez-moi, j'ai froid!

— C'est pourtant bien chauffé chez moi, observa l'autre ennuyé.

— Oui, la raison en est ailleurs, certainement ailleurs, murmura Marie pour elle-même d'une voix qu'on eût dit absente. C'est affaire d'âme sans doute.

— Je n'aurai donc pas réussi à vous communiquer un peu de mon feu intérieur, soupira l'amant vexé.

— Je vous assure que j'ai froid, aidez-moi à me rhabiller. Tout de suite, s'il vous plaît.

L'illustre auteur des *Portes de l'Enfer* s'exécuta d'assez mauvaise grâce. Un sentiment d'humiliation lui gâchait toute cette soirée qui aurait pu être triomphale.

Quand elle eut enfilé sa robe, Marie dit :

— Passez-moi mon manteau, voulez-vous, et ne vous dérangez pas pour moi, je trouverai un taxi dans la rue.

— Comme vous voudrez, chère amie. Mais... n'allez pas prendre froid pour de vrai : vous m'en tiendriez responsable.

Il ouvrit la porte et Marie, dédaignant l'ascenseur, disparut dans l'escalier.

Dès qu'elle fut chez elle, Marie se mit au lit. Les oreilles lui bourdonnaient au point qu'elle se crut ce soir-là atteinte pour de bon. Mais, à défaut de pouvoir se confier aux soins du Dr Duchesneau, son père, elle écartait toujours l'idée de voir un médecin, imaginant que son mal était d'un ordre transcendantal — comme tout ce qui pouvait lui arriver. La seule concession qu'elle fit à sa santé fut d'envisager de quitter définitivement Paris et son hiver en faveur d'un climat meilleur, celui de Nice par exemple comme elle y avait songé l'année précédente, puis de nouveau en novembre de cette année. Emmanuel seul, qui refusait de l'y suivre, aurait su encore la retenir ici, mais fallait-il réveiller le passé en répondant au signe trop désiré qu'elle avait reçu de lui la veille de ce même jour? À la vérité, Marie avait beau se révolter dans les pages de son journal intime, la décision d'Emmanuel de reprendre l'humble route de la Chartreuse après s'en être éloigné durant plus de deux ans, n'était pas sans l'ébranler dans ses profondeurs. Renonçant à toute visée de réussite selon le monde, il se conformait à une image — inversée! — de grandeur qui l'élevait d'un coup au-dessus de tous les ambitieux médiocres et le rendait réellement digne d'elle, s'il se peut qu'à son échelle des valeurs — échelle dressée quand elle était toute petite encore — la sainteté l'emportât même sur le génie! Avec toute sa science littéraire et philosophique, avec toute la profondeur et l'acuité de sa pensée, Emmanuel Daumont voyait dans l'abaissement souverain auquel il se soumettrait là-bas, dans la solitude des Alpes, une libération de son esprit en faveur de l'unique Esprit qui puisse, en toute légitimité, prétendre régir l'âme humaine. Dans ses brusques réveils au son de la cloche nocturne du monastère, il irait, la tête toute pleine de sommeil, ânonner des matines qui lui vaudraient une supériorité infinie sur les romanciers et les peintres à succès qui se figurent ne devoir qu'à eux-mêmes toutes leurs raisons de vivre. Candide illusion!

Aussi bien, dès le lendemain matin, répondant à quelque mystérieux appel, ou mue peut-être par quelque mystérieuse détresse, Marie retourna à Saint-Sulpice où elle demanda à voir le vicaire. On lui répondit que l'abbé Geneuil s'apprêtait justement à aller confesser dans la cage de verre. Deux personnes, un vieux monsieur et une jeune fille, attendaient la venue du saint homme, agenouillés au bord de l'allée latérale sur deux prie-dieu en paille tressée. Docile, Marie se mit à son rang, occupant le troisième prie-dieu, et s'enfonça aussitôt dans une prière qui tenait plutôt de la divagation, sinon du délire, au point qu'elle ne vit pas le vicaire, tête inclinée, passer devant elle et pénétrer dans la cage. Était-ce le mental, le physique, jamais elle ne s'était sentie pareillement désemparée. C'est le mal d'amour, pensa-t-elle, en rapprochant intérieurement son assez triste aventure de la veille au soir chez Maurin avec les joies de toute nature qu'elle devait à Emmanuel, joie physique du premier soir, alors qu'elle s'était donnée à lui dans un élan de tout son être, joies intellectuelles, spirituelles et affectives de chacune de leurs rencontres subséquentes, uniquement troublées par le frisson douloureux qui la saisissait par intervalles, intervalles qui se rapprochaient depuis le jour où, l'ayant faite juge de son avenir, l'étudiant, emporté par le vent de folie qui soufflait sur eux, avait accepté, presque joyeux, de reprendre l'habit religieux, convaincu qu'elle lui indiquait la vraie, la seule route digne de leur amour. Rien que d'y penser aujourd'hui, ses frissons se multipliaient dans la vaste nef où régnait une atmosphère tout imprégnée d'humide hiver. Lorsque son tour approcha et que personne ne la sépara plus de «l'aquarium» (elle sourit frileusement au souvenir de cette image), elle s'assit, attendant que le vieux monsieur qui la précédait, au fardeau bien léger, se disait-elle, comparativement à son épreuve à elle, eût cédé la place. Recroquevillée au bord de sa chaise, on l'eût prise de dos pour une petite vieille frissonnante si son masque de princesse n'avait encore rappelé vaguement la Marie Du Chesneau des grands jours, lorsqu'à Montréal, avant la fatale exposition, elle faisait la loi dans les salons où l'on s'empressait autour d'elle comme autour d'un oracle. Mais ce masque d'infante d'Espagne en vint à se défaire lui aussi, ne laissant plus que la trace d'un pauvre rictus effarouché sur un petit visage malingre. Enfin ce fut son tour. Elle trouva la force de s'arracher à sa chaise et de pénétrer dans la cage de verre. Là, bien à l'abri des courants d'air, protégée par le regard affectueux, compatissant, de l'abbé Geneuil, elle retrouva un peu de son exaltation naturelle pour raconter au digne prêtre tout ce qu'elle avait vécu depuis sa dernière visite, sans y aller par quatre chemins.

— Je l'aime, entendez-vous, s'écria-t-elle enfin, j'ai dit et j'ai fait tout ce qu'il fallait pour le tenir éloigné de moi jusqu'à sacrifier mon amour à sa vocation, jusqu'à ne pas répondre avant-hier à son appel pressant et me donner plutôt à un homme de lettres très célèbre et très grotesque qui, après les avoir signées et publiées, m'a ouvert les «Portes de l'Enfer», un enfer luxueusement meublé d'un bric-à-brac moderniste et tape-à-l'œil à souhait. Il faut maintenant que je détourne

Emmanuel du projet insensé qu'il a conçu uniquement pour me plaire. Car il m'aime, j'en suis sûre. Sinon pourquoi me poursuivrait-il au téléphone?

— C'est l'évidence, ma chère fille, qu'il vous aime puisqu'il a refusé le rapprochement des corps dès votre seconde rencontre, après avoir fait les premiers pas en direction d'une passion banale. Et sa véritable passion éclate dans son saint mensonge.

— Saint mensonge, son retour dans l'ordre des Chartreux? Vous en convenez donc?

— Qui sait, hors Celui qui sait tout? dit l'abbé en regardant au loin par-dessus la tête de Marie comme s'il fouillait l'au-delà des apparences en quête d'une réponse à sa propre angoisse.

— Vous êtes donc d'accord avec moi? Vous l'êtes, oui ou non?

L'abbé Geneuil leva une main évasive qui pouvait tout signifier.

— Peu importe ce que je crois, moi qui ne suis rien. Laissez Emmanuel trouver lui-même son chemin. Si, comme il se peut, c'est vous qui avez raison, il vous reviendra de lui-même car l'amour est plus fort que tout, que ce soit celui du Seigneur ou celui des créatures. Pourquoi cela? Parce que l'amour est affaire immatérielle bien avant d'être affaire de rapprochement physique. N'oubliez pas que dans le mot *aimer* il y a les lettres du mot âme. Ainsi l'amour vainc toujours, et si l'amour de Dieu anime vraiment Emmanuel, Dieu vaincra, quoi que vous fassiez.

— Mais je ne fais rien du tout, au contraire! s'exclama Marie. Je n'ai fait aucun geste vers lui. C'est lui qui veut me voir et moi — le croirez-vous? — je ne *veux* pas, je ne *peux* pas, sans quoi serais-je ici? Vous qui aimez les jeux de mots, dans le verbe *aimer* il y a aussi le mot *amer*, voyez-vous, et moi je ne veux plus souffrir...

— Il faudrait pourtant que vous lui rendiez son appel, voilà qui serait plus chrétien. Oui, il le faudrait, dit le prêtre avec une douceur insistante.

Marie le regarda avec dans les yeux une expression de défi :

— Vous croyez-vous encore à l'époque où les prêtres dictaient leur conduite à leurs pénitentes bourgeoises? Je ne le verrai pas, vous dis-je! Qu'ai-je à faire de l'entendre m'exposer les états de sa belle âme?

— Vous lui épargnerez peut-être une erreur. Il n'y a pas de vraie vocation sans mise à l'épreuve.

— À l'épreuve de la femme, ce piège permanent de l'homme! explosa Marie. Ah! vous êtes bon, vous.

L'abbé Geneuil la contempla douloureusement :

— Non, je ne suis pas bon, hélas. «Dieu seul est bon», a dit le Christ à qui l'appelait : Bon maître. C'était avant d'avoir révélé sa condition divine.

— Et Emmanuel alors, il ne serait pas bon, lui non plus? railla Marie dont le ton mordant masquait mal une anxiété profonde.

Le prêtre hocha la tête de gauche à droite, lentement, longuement, avant de soupirer :

— Je pense que vous pouvez, et même que vous devez l'entendre, entendre ce qu'il a à vous confier, mais sans chercher à infléchir sa volonté, dans un sens ou dans l'autre. Il vit en ce moment une crise qui doit lui être très cuisante. Ne lui rendez pas plus difficile la tâche de se trouver. Quand vous l'aurez revu, pourquoi ne partiriez-vous pas en voyage puisque vous en avez les moyens? Le temps est le grand maître des passions.

Bref silence.

— Oui, mon père, murmura Marie humblement, c'est mon intention de partir. Je n'attendrai pas. Il faut que de lui-même et sans arrière-pensée il me regrette assez pour me reve-

180

nir. Toute faiblesse de ma part le ferait courir à sa perte. Merci, mon père. Et permettez que je ne vous demande pas l'absolution.

— Ce n'est pas nécessaire. Vous l'avez déjà, ma fille.

Rentrée à l'hôtel, Marie se trouva confrontée à ce qu'elle estima être la plus grave décision de sa vie. De nouveau Emmanuel avait téléphoné et suppliait qu'on le rappelle. La tête encore toute pleine des exhortations de l'abbé Geneuil qui se faisait le paradoxal interprète du jeune homme auprès d'elle, il lui apparut au-dessus de toutes ses forces de se dérober. Ils se revirent donc, au Petit Cluny, comme la première fois; et parce que chacun se consumait de tendresse inexprimée, ce fut le plus triste revoir qu'ils eussent pu imaginer. Emmanuel commença par se défendre, défendre la loyauté de son amour, s'expliquer sur son long silence durant lequel il avait fait retraite — tout cela comme s'il avait besoin de se disculper d'une faute grave alors que tout son effort n'était qu'une quête de «justice» au sens néo-testamentaire, c'est-à-dire de sainteté — tandis que Marie de son côté mit son point d'honneur à marquer une froideur que démentaient les battements furieux de son cœur. À la fin seulement laissèrent-ils percevoir un peu du combat qui se livrait en eux-mêmes bien plus qu'entre eux. Car leur amour avait même intensité et seule la folie des êtres jeunes en quête de défis inexorables y mettait une entrave d'autant plus impérieuse qu'elle était sacrée. Soutenue par son propre personnage, Marie planait en outre dans ce qui était son élément naturel : l'air raréfié des cimes, elle jouait là son meilleur rôle dans ce qu'on pourrait appeler le théâtre du sublime.

— Qu'est-ce que tout cela qui n'est pas éternel? répétait-elle, serrant les dents pour prononcer ce qu'elle croyait être la meilleure réplique de son meilleur rôle.

Cependant ils ne parvenaient pas à se séparer. Et tout en protestant de leur volonté de respecter l'indépendance de l'autre, ils s'accrochaient à cette ultime rencontre au sommet — au sommet de l'âme, de la jeunesse, de l'idéal — comme si au-delà il n'y avait plus que tristesse inconsolable.

— Un mot, un seul mot de toi, disait Emmanuel, et je cesse de prétendre m'enterrer vif dans ce tombeau béant des montagnes où me jettent de pauvres scrupules.

— Ce mot, je ne le prononcerai pas. Car je te veux libre, et libre avant tout de moi. Et puis qui sait si mon amour ne s'adresse pas au mystique en toi?

Emmanuel baissait les yeux et ne répondait rien. Alors Marie, enfonçant le couteau plus profond comme pour mieux se (con)vaincre elle-même :

— N'est-ce pas seulement en rentrant dans ta solitude, en renonçant à moi que tu me posséderas pour jamais? Car ne va surtout pas douter de ma fidélité à ton souvenir, ne me crois pas de ces poupées qui papillonnent autour des messieurs et se plaisent à leurs hommages menteurs. C'est parce que tu me quittes que je crois en ton amour! Et puis, indépendante et peintre, n'ai-je pas une vocation moi aussi, une vocation qui m'absorbe tout entière? C'est pourquoi je te dis : oublie-moi, je n'existe plus.

Mais tout son visage criait : Ne me crois pas, c'est faux! Je dois seulement te mettre à l'épreuve, et cette épreuve est plus cruelle dans son mensonge que toutes celles que mon génie aurait pu inventer pour me punir. Ah! si tu pouvais ne pas la surmonter! Ne pas ajouter foi à des paroles insensées!

— Eh bien! tu ne dis rien? Oublie-moi, je te répète, je n'existe plus. Et pour tout t'avouer : je ne t'aime plus, tiens! Te voilà libre enfin...

Ayant prononcé ces paroles qu'elle était la première à refuser de croire définitives, car toute sa sensibilité lui criait le contraire et que son amour n'avait pas décru mais plutôt augmenté depuis le merveilleux dessein d'Emmanuel d'obéir à l'exigence qu'elle avait formulée dans un moment d'exaspération, Marie Duchesneau se leva, tendit une main ferme à son fiancé devenu son «immortel amant» — car c'est ainsi qu'au fond d'elle-même elle désignerait désormais cet étranger qu'elle abandonnait au saint appel d'un Dieu dont elle se faisait la complice héroïque, rien de moins.

— D'ailleurs, ajouta-t-elle sur le ton d'un détail sans importance, j'ai un nouvel amant, un amant d'occasion si tu veux, mais cet homme célèbre et charmant est tout de même la preuve que tu n'es pas absolument tout pour moi.

Adieu la fidélité promise au souvenir! Il y allait de la paix d'Emmanuel qui ne devait pas regarder en arrière à l'instant de mettre le cap sur l'éternité. Mais le garçon de rétorquer aussitôt :

— Et quand bien même tu aurais cinquante amants, crois-tu que je t'aimerais cinquante fois moins? Non, la vérité est que ton art est ta réelle raison de vivre et que tout le reste, l'amour humain, Dieu même, ne sont pour toi qu'un luxe superflu.

Tremblant d'être débusquée, démasquée à ses propres yeux, Marie scruta les traits d'Emmanuel et son angoisse lui inspira d'être véridique :

— Comment serait-ce possible, Emmanuel? De mon art, je n'attends plus rien, ma peinture est une faillite monumentale, car je ne t'ai pas tout raconté sur moi, comment j'ai été traînée dans la boue à Montréal et pourquoi je suis ici à Paris. Après avoir été mise au pinacle par les augures et considérée comme l'espoir d'une génération, j'ai subi l'humiliation suprême : celle de lire à mon sujet dans le journal qu'on n'avait jamais rien vu d'aussi «ridicule» que ma peinture sur les cimaises de la rue Sherbrooke.

Un temps. Puis Emmanuel :

— Mais tu n'as pas cessé pour autant de peindre et rien ne t'empêche de croire à une revanche devant la postérité. Qui d'autre que l'artiste en ce monde se suffit ainsi à soi-même?

Le religieux, si solitaire et si marginal dans la société nouvelle, est tout entier suspendu, pour sa survie, à un Être sublime et jaloux dont il attend qu'Il irrigue chaque jour sa conscience. Et il n'y a de gloire qu'au Ciel pour l'ermite ou l'humble cénobite.

Oui, Marie Duchesneau avait peint pour sa gloire terrestre — quel artiste n'en a pas subi la tentation et pour ainsi dire la nécessité? Pas de chance : un jour à Montréal tout s'était écroulé de l'ambition qu'elle avait si avidement caressée et dont elle devait se désister. Il lui restait la peinture toute nue, passion toujours renaissante en elle, mais aujourd'hui dépouillée de ses prestiges, car comment imaginer qu'elle percerait et s'illustrerait jamais à Paris à l'heure où le courant de l'art moderne auquel elle se rattachait était partout battu en brèche par le postmodernisme triomphant? Ainsi ne subsisterait même pas sa récente allégorie de «la Mort défiée et vaincue», cette mort même qu'elle sentait croître en elle comme un grand arbre dont l'ombre l'étoufferait tôt ou tard, quoi qu'elle pût se raconter. Lui revint présent à l'esprit, avec la précision d'une vision, son grand tableau dans sa simplicité, son dépouillement et... son opulence : le ciel vert émeraude, immense, infini, dominant une mince bande de mer violette avec, au premier plan, les trois hommes tendant les bras vers quelque obsédant et insaisissable au-delà; étendus sanglants dans le sable jaune à leurs pieds, le corps des cannibales enfin, symbolisant l'envie et la destruction anéanties, l'artiste vengé. C'était un tableau qui parlait de terres étrangères, d'un soleil inconnu et d'une jeune fille qui voyait le monde en des couleurs à la fois si tendres et si tragiques que le peintre lui-même ne pouvait contempler cette image sans qu'une sensation douloureuse ne lui serre le cœur. Alors Marie laissa tomber une tête trop lourde, et son visage aux lignes presque dures à force de pureté — le visage d'une Vierge dessinée par Botticelli — disparut au regard de l'étudiant qui s'était mis debout pour mieux la torturer moralement en lui reprochant son art comme sa véritable raison de vivre, cet art auquel il imputait son indifférence, ce que le jeune Marc Marceau lui-même, qui n'était pas un saint, n'avait pas osé faire en la quittant pour Agnès. Mais cette fois, c'est bien elle qui s'éloignait, rien de plus certain. De son plein gré elle donnait son congé à Emmanuel, elle assurait le salut du juste par un sacrifice inexplicable, sans exemple dans l'histoire du monde. Elle parvint à endiguer un afflux de larmes mais ne put rien contre son grand frisson mystérieux qui soudain la pétrifia.

— Adieu, jeta-t-elle d'une voix haletante dès qu'elle eut retrouvé son souffle et, sans se retourner, elle quitta le petit café où elle avait connu les heures les plus exquises, bercée par la voix tranquille et omnisciente d'un ingrat qui aujourd'hui s'arrogeait tous les droits, même celui de jouer les amants plaqués — ce qui était faux, oh combien! malgré les apparences. C'est lui qui la plaquait en réalité, sans qu'elle fût admise à faire valoir ses droits dès lors qu'il lui fermait la bouche en ayant mis Dieu dans son jeu, concurrence déloyale s'il en fut.

En approchant de l'Auberge du Vieux-Paris, comme elle traversait la place Saint-André-des-Arts, elle pensa que l'important dans la vie était d'avoir un *destin*, fût-il triomphant ou maudit, que le sien était trop désespérant, trop pathétique, pour être banalement malchanceux, mais elle se dit aussi que ce n'était pas dans sa nature d'être triste ou découragée et que le printemps étant de retour, les grands nuages ivres qui titubaient contre le ciel lui dictaient de partir.

TROISIÈME PARTIE

Nice

Marie Duchesneau prit l'avion à Orly avec tous ses bagages, moins son matériel de peintre qui lui parviendrait tout emballé dans les jours suivants, dès qu'elle aurait fourni une adresse. Elle se posa à Nice, libre comme l'azur. Ici, elle ne connaissait personne et s'en consolait facilement tant Emmanuel occupait encore son esprit et son cœur. Depuis l'aérogare elle retint par téléphone, presque au hasard, une chambre assez simple mais grande, dans le premier hôtel dont elle aperçut le nom sur une liste que lui remit le bureau des renseignements. Il s'agissait du Nouvel Hôtel, dont elle se trouva fort bien, car il était situé au cœur de la ville, à l'angle du boulevard Victor-Hugo et de la rue Maccarani. Tout de suite elle ne voulut plus parler que de la rue *macaroni* d'autant que ladite rue conduisait aux trattorias et aux pizzerias qui abondaient par là. Par là, c'était l'animation sans objet d'une ville trop heureuse et trop facile qui lui sembla d'emblée *irréelle,* comme Paris trois ans plus tôt lui avait paru faite pour le spectacle et le théâtre de la rue. Irréelle, Nice, avec son style rococo, ses palmiers poudreux, ses eucalyptus aux feuilles odorantes,

avec sa promenade des Anglais bordée de citronniers et d'orangers en fleur au cœur même de l'hiver — que dire du mois
de mai? — irréelles la place Masséna et la rue du même nom,
piétonne, où Marie remarqua dès le deuxième jour un grand
restaurant à deux étages portant le nom, irréel lui aussi, de
Québec Grill et dont elle se fit dès lors un repaire. Non tant
à cause de ce rappel incongru du souvenir de ses origines nord-
américaines — elle avait rejeté le Québec pour de bon et sans
regrets bien cuisants — que parce qu'une clientèle un peu
bohème, un peu «sportive», très dans le vent, s'y pressait et
qu'il ne désemplissait pas. Au rebours du temps jadis où elle
n'aimait rien tant que polariser tous les regards, Marie se plaisait maintenant à dissoudre sa trop voyante individualité dans
la foule indistincte. Et puis on y mangeait décemment, au
Québec Grill, à des prix presque décents eux aussi. Bien qu'elle
usât largement et sans complexe excessif de celui de ses parents,
Marie affectait de mépriser le vil argent — mal aussi répandu
que pardonnable à Nice — comme de plus en plus elle affectait
de mépriser tout ce qui la distinguait du commun des mortels,
sa précocité tant soit peu exténuée, sa superbe tant soit peu
rabattue, son génie tant soit peu éventé. Touriste et rien de
plus, elle se voulait désormais absolument «moyenne», réso-
lument quelconque, voire insignifiante, elle qui ne l'était rien
moins et qui avait depuis tant d'années cultivé sa «différence»,
laissant, avec des fortunes diverses, s'enfler son ego au point
d'éclatement.

Nice au naturel était un charme quotidien et Marie, au fil
des mois, eut bientôt fait de s'en faire une amie, une complice
plutôt, calme ou trépidante suivant les quartiers, les heures,
les saisons. Par malheur cette ville irréelle où Marie avait la
vive sensation de flotter dans un air d'une légèreté évanescente,
féerique, devait devenir, l'hiver venu, le théâtre du fameux
Carnaval qui attirait chaque février une masse de visiteurs et
de fêtards anonymes, et dont le thème était cette année-là la

«publicité» — pardon : la «Pub», motif déjà gros du pire. Le spectacle du déchaînement dont cet événement fut l'occasion devait détruire en peu de jours la joie délicate de ses impressions des premières semaines où Marie avait aimé errer par les ruelles fraîches et ombreuses de la vieille ville, doublement irréelle, blottie au pied de la colline d'un château qui n'existe plus, à tourner autour des marchands de *socca* dont la farine de pois chiches lui brûlait la bouche et lui coupait la faim, à flâner, surtout en plein janvier, aux abords du marché aux fleurs où sa curiosité n'était jamais satisfaite, bien qu'on lui eût dit que le marché actuel n'avait plus rien du pittoresque qu'il avait eu avant le transfert de tout le marché de gros à Saint-Augustin. Ce qu'il en restait suffisait toutefois à charmer, à captiver son œil de peintre, camélias rouges, gardénias blancs, pots d'azalées roses, glaïeuls en gerbes oranges et bleues, caisses de primevères, œillets multicolores coupés en bottes, boules jaunes de mimosas, pots d'hortensias roses, blancs, bleus, et puis, à côté des immortelles des Alpes et des reines du Cap dressées au bout de leurs longues tiges, les exotiques orangers, citronniers, mandariniers, kumquats, tout un monde de couleurs dont Marie s'enivrait longuement, sans éprouver pour autant le désir d'en parfumer sa chambre d'hôtel sinon, une fois, un simple bouquet de fraîches violettes qu'elle mit dans un verre et conserva plusieurs jours en observant avec une passion morbide leur flétrissement inéluctable.

Par contraste donc, ce fut le Carnaval et toute cette douceur immatérielle s'abîma du jour au lendemain dans l'affreux, le clinquant, le bruyant, le vulgaire. Pauvre Marie! Des jours durant il lui fallut subir le passage quotidien des chars, non pas de fleurs dans cette ville des fleurs, mais d'allégories publicitaires en carton-pâte, aux couleurs criardes, allégories composées de groupes de personnages loufoques, à commencer par Sa Majesté le Roi Carnaval, paradant hilares sur leurs plates-formes mobiles, celles-ci entrecoupées de masques

ambulants, peinturlurés, clownesques, gros bonshommes à tête
énorme, grotesques, bouffons puérils censés faire rire, figures
de guignol, poupées grimaçantes, ricanantes, pantins lour-
dauds affublés de carton bariolé et portés sur d'invisibles
jambes, s'avançant à la queue leu leu en saluant à droite et à
gauche, le tout souligné de vociférations, de musiques discor-
dantes, de pétards pétaradant sans discontinuer parmi une foule
hurlante, braillante, gueulante, grappes humaines grisées de
plaisir s'arrosant de jets de matière plastique, cordons colorés,
sans substance, qu'on vous souffle au visage sous les averses
de confettis; et toutes ces hordes, cette jeunesse désœuvrée,
ces troupes compactes, indisciplinées et grégaires, ondulaient,
déferlaient, refluaient sans trêve ni répit, dans un grouillement
incessant qui se presse et se pousse et vous entraîne, cortèges
burlesques flanquant les risibles défilés dans une bousculade
sans fin, car cela durera des jours, des semaines, avec des
temps forts : l'élection de la Reine du Carnaval, l'autodafé de
S.M. Carnaval, la grande bataille de fleurs du Mardi gras...
Pauvres petites fleurs tant chéries la veille au marché, aujour-
d'hui prises en otages par des barbares à dégoûter Marie de
ses semblables, si l'on peut parler de semblables à propos de
cette foultitude ivre de tristesse sous sa gaieté factice que notre
aristocrate effarée n'a de cesse de fuir — fuir cette marée
humaine à qui S.M. Carnaval ordonne : soyez joyeux, soyez
heureux, amusez-vous, et qui obéit dûment, au doigt et à l'œil,
fuir ces bandes de jeunes sauvages pour qui tout est permis en
ces jours débridés, comme de tripoter les fesses et la poitrine
d'inconnues, jeunes et autres, qui ne demandent que ça, mais
comment fuir ce qui envahit les trottoirs en folie, les rues en
délire, ce qui afflue, grossit, se répand dans l'hystérie collective, bacchanale évoquant une résurgence des fêtes païennes
telles que Marie n'aurait jamais pu en imaginer, encore moins
y participer avec son invétéré, son forcené individualisme —
car elle n'échappait pas à sa nature essentielle d'infante d'Es-

pagne malgré ses récentes velléités unanimistes et sa chimère d'être enfin «comme tout le monde», pour ne rien dire de son goût d'artiste pour le Beau, le Calme, l'harmonieuse diversité du monde intérieur, l'agencement souverain des mondes supérieurs, étoilés, le silence des mers profondes, pour le Vrai enfin. Grand spectacle frisant l'horrible que cet hommage à la «Pub» d'où toute âme est absente, tout art exclu, où l'irruption du profane contamine, dégrade et avilit jusqu'au sacré qui gît — même s'il dort — au cœur de tout homme. Marie souffrait dans sa chair de cette prostitution collective, souffrait d'être par hasard le témoin anonyme de cet abandon à soi-même d'une jeunesse déboussolée dont elle s'éprouvait solidaire malgré tout, bref elle s'étonnait naïvement de l'Homme — hélas! Accourue en France comme au foyer de toute civilisation, dans un mouvement de révolte contre la barbarie d'une société où les valeurs spirituelles ne comptent pour rien, où les victoires sportives culminent en rites de saccage, était-ce la peine, se demandait-elle angoissée, d'avoir laissé derrière soi la brutale Amérique pour la retrouver sous son jour le plus hideux dans cette ambiance de foire, cette farce hirsute où la cohue la plus désorientée se cherche en vain des raisons d'exister jusque tard dans la nuit quand les vagues humaines commencent à refluer sous les bougies électriques dans une cacophonie redoublée, un brouhaha, un tohu-bohu, un charivari, qui gagnent les quartiers jusque-là épargnés et qu'elles abandonnent à leur tour à des débris de papier, de verre, de métal, de bonbons écrasés, de rubans souillés, de monceaux de saletés qu'une nuit de balayage et de nettoyage à grande eau par les arroseurs municipaux aura diligemment effacés pour que soient accueillies dignement les nouvelles vagues de foules du lendemain, aussi épaisses, aussi creuses, aussi robotisées que celles de la veille et que celles qui ne cesseront de déferler encore.

«France, mère des arts, des armes et des lois!» s'écrie le poète exilé qui, rentrant de son exil, se demande si sa patrie n'est pas une fabulation de son esprit malade. Car il constate que tout est permis en ces jours effrénés, même de s'abandonner au vertige d'un vide intérieur qu'il faut absolument combler de musiques démentes, d'éclats sauvages et de rires aussi faux que forcés, dont il ne restera le soir venu que des échos vides à faire frissonner l'âme candide. Et le poète au désespoir d'assister à l'entrée en ville de S.M. Carnaval à dix jours du Mardi gras qui verra brûler en effigie ce prince bonasse, les deux week-ends intermédiaires étant le théâtre de toute la gamme des «réjouissances» portées à leur paroxysme : cortèges, grêles de confettis, feux d'artifice, bals masqués... Et de tout cela ne subsisteront que cendres amères.

Au lendemain donc du grand *show* du Mardi gras qui vit défiler dans les rues illuminées les chars de fleurs et le sourire indestructible de la reine du Carnaval devant les tribunes, les notables, les estrades bondées et beuglantes, les rassemblements de badauds venus de partout attirés par les fanfares, les enfants hissés sur les épaules des retardataires, eux-mêmes refoulés derrière les barrières des exclus de la fête, au lendemain donc de ce jour où Marie, la tête enfouie sous l'oreiller, ne quitta pas sa chambre d'hôtel où la traquaient encore les clameurs énormes des batailles de fleurs, le carême fut pour la jeune fille un temps de ressaisissement, sinon de recueillement. Ainsi, sous le coup d'une inspiration apparemment fortuite, entreprit-elle de peindre un autoportrait grand format où elle irait à la limite de ses forces créatrices. Tout de suite elle trouva son titre au portrait encore en gestation : ce serait *l'Étrangère;* après les scènes du Carnaval ce ne pouvait être que *l'Étrangère,* et elle se mit à l'œuvre, vaguement consciente que ce serait là l'effort décisif, l'ultime tentative pour faire sa marque personnelle dans l'aventure de l'Art, car elle ne doutait d'elle-même que pour mieux se projeter dans un avenir qui lui rendrait justice. Chaque matin, dès lors, elle *entrait* dans son tableau comme on entre dans un temple, prêtresse tendue vers

194

quelque révélation bouleversante. Elle qui n'hésitait guère, elle allait reprenant sans fin sa première et confuse ébauche comme si elle jouait son va-tout de peintre mais aussi comme si l'achèvement du portrait marquerait en même temps sa propre fin et qu'elle avait tout à perdre à vouloir brûler les étapes. Puis, après avoir peiné trois ou quatre heures sur sa toile où n'affleuraient encore que de vagues linéaments, elle sortait se promener tant toute une part de sa vraie nature la tournait vers le monde extérieur, dont elle ne se lassait pas d'étudier les mille modes d'être et de paraître, avec une fascination — qui pouvait tourner à l'horreur! — pour l'humain, trop humain. Aussi n'avait-elle pas renoncé à fréquenter les terrasses où elle ne désespérait toujours pas d'apercevoir, distrait ou bien plongé dans quelque livre savant, un visage inspirateur selon son cœur, c'est-à-dire capable d'établir avec elle un dialogue privilégié au plan de l'esprit. Rien de plus assurément, car Emmanuel Daumont était dès lors, et pour le temps que les dieux lui accorderaient encore, trop vivant en elle, trop brûlant était le souffle de son âme, pour qu'elle songeât seulement à des sentiments qui n'auraient servi qu'à l'impossible : figer en elle le torrent de sa mémoire. Au demeurant, le trésor de son amour ne lui appartenait plus : il était, de par sa volonté, enfoui comme un secret au fond d'un tombeau alpestre... Ainsi c'est en toute ingénuité et sans la moindre arrière-pensée que Marie se laissait comme autrefois aborder par des inconnus, quand elle-même ne les abordait pas :

— Pardon, Monsieur, je suis à la table voisine, je suis étrangère au pays. Me tiendriez-vous compagnie durant quelques moments, si vous n'êtes pas trop pressé? Vos renseignements m'éclaireraient beaucoup, et m'aideraient.

Et bizarrement, proie apparemment facile après pareille entrée en matière, il était rare qu'elle dût se déprendre d'entreprises amoureuses qu'elle ne souhaitait pas, comme si tant de crânerie avait inspiré le respect, ou tant de désinvolture.

Son intérêt, sa curiosité «descendaient» jusqu'aux mendiants, souvent des jeunes gens fort bien mis, qui acceptaient, sourire goguenard aux lèvres, de venir trinquer avec elle, boire en sa société l'aumône qu'elle leur faisait. Ici nul «dialogue privilégié au plan de l'esprit» à coup sûr, une simple présence humaine, une matière à observation et à questions indiscrètes. Or les mendiants étaient nombreux et divers, comme il se doit dans une cité aussi opulente dont, figurants soumis et inévitables, témoins d'un bonheur qui les excluaient, ils soulignaient l'irréalité plus que leur indigence ne la détruisait.

C'est ainsi que Marie allait au hasard de rues inconnues, se consumant à chercher «le lieu et la formule» (Rimbaud) là où elle risquait peut-être le moins de les trouver : les cafés, les gares, les bibliothèques publiques, les salles de lecture, la FNAC, les musées, à l'Acropolis où se tenaient les spectacles et les concerts, et même au grand Casino où elle s'adonnait à la roulette des heures durant, en songeant au bonheur qu'aurait trouvé là son défunt oncle Raymond, courtier à cette roulette géante qu'est la Bourse, jusqu'à ce que, ayant épuisé toutes les martingales, toutes les combinaisons infaillibles qu'elle calculait et inscrivait sur un petit carton quadrillé fourni à cet effet, elle eût dilapidé jusqu'au dernier franc qu'elle avait apporté.

Puis, déçue par la ville et ses inventions, déçue même par le musée Marc-Chagall sur la colline de Cimiez, et un autre dédié à Matisse, le désir la prit de connaître la région immédiate. Mettant à profit le climat de Nice, sec et lumineux, et délaissant pour quelques heures l'exécution de son auto-portrait, cette *Étrangère* qui ne la quittait guère même lors-qu'elle s'y arrachait, elle partait le matin en autocar pour de brèves excursions d'une seule journée qui la conduisaient aux gorges pittoresques qui parsemaient l'abrupte contrée. Et la nature, si grandiose fût-elle, au Verdon par exemple, la touchait moins que ces petits bourgs inaccessibles, ces «nids d'aigle» perchés depuis des siècles au bord des précipices, avec leur humanité pure encore, dans l'imagination de Marie, de toute la corruption moderne. Et il lui semblait de plus en plus qu'elle n'avait jamais cessé depuis sa toute enfance de chercher «le lieu et la formule» et que son mysticisme à éclipses n'avait pas d'autre sens. De là provenait en tout cas l'extraordinaire *présomption* qui l'habitait en permanence et que d'aucuns ne lui pardonnaient pas, trop heureux de la taxer de mégalomanie. Or sa curiosité inlassable pour les êtres et les choses n'était que le moteur de sa recherche, ou plutôt de sa quête passionnée. Gourdon, Lucéram, Tourrettes, Peille, Entrevaux, Eze, Saorge, elle voulut tout voir, tout savoir, tout connaître de l'arrière-pays niçois dont le splendide isolement de ses communes lui parlait bien davantage que l'encombrement des stations touristiques et balnéaires de la côte «tropézienne», si splendide fût-elle. Que de fois l'envie lui vint de répéter le mot de Flaubert : «Il y a des endroits de la terre si beaux qu'on a envie de la serrer contre son cœur!» À Saint-Paul-de-Vence, le choc fut si violent devant la perfection de ce petit village voué tout entier au culte de l'art que dès son retour, le soir même, sans songer à avaler un morceau, elle sauta sur ses pinceaux et recommença son autoportrait avec une exigence décuplée qui la fit trimer jusqu'à quatre heures du matin sans qu'elle ressentît la moindre fatigue. Dans une intuition surprenante, il lui était apparu subitement qu'il lui fallait à tout prix quitter l'idéal de la couleur, laquelle avait toujours été souveraine chez elle, en faveur sinon d'une primauté, du moins de l'autonomie impérieuse du dessin, du contour, bref de la ligne — ce en quoi elle rejoignait, par son propre cheminement, la voie tracée par Picasso et quelques autres où elle n'avait voulu trouver jusque-là que le terme d'un déclin glorieux, l'épuisement d'un art commencé avec la Renaissance et les Vénitiens, mais qui, à la vérité, marquait un recommencement d'où tout devenait possible — à celle-là surtout qui se voyait par vocation l'unique héritière de l'art de son siècle, serait-ce pour le chambarder en imposant, par exemple, la coloration des contours comme dans un effort de l'intellect pour dicter sa loi à l'instinctif... Aussi bien, par delà l'impasse postmoderniste, c'est bien à elle, Marie Duchesneau, l'obscure, la méconnue, la maudite, qu'il appartenait de dévoiler un art capable de combler le manque de substance révélé par plus d'un demi-siècle d'art «moderniste». Ce qu'en effet Marie avait toujours reproché aux maîtres du modernisme, c'était leur manque d'*épaisseur,* de *profondeur* tant plastique que spirituelle, autant dire dans son langage à elle : leur manque d'âme. Eh bien! de l'âme, elle en insufflerait avec une profuse intensité à ce chef-d'œuvre ultime où elle léguait sa propre image à la postérité pour que celle-ci se souvînt d'elle lorsqu'elle ne serait plus là pour se défendre contre les sarcasmes qui ne lui auraient pas été épargnés de son vivant mais qui, loin de la réduire au silence, n'auraient servi qu'à fouetter son imagination créatrice.

Et puis peu à peu, au fil des jours, un équilibre s'établit sur sa toile entre la couleur et le dessin, dans une fusion qui ne permettait pas plus de les distinguer que le fond ne se distingue de la forme. Parvenue à ce degré de pénétration, de maturité, quant à son travail de peintre, elle se tourna vers son journal et la réflexion prit le relais dans un accès de lucidité perçante.

Nice, le 26 juillet 1983. *Ô bonheur! Ô joie! Serait-ce la peine d'avoir été suprêmement intelligente, originale, douée, avec un tempérament de fer, pour achopper devant une difficulté qui est de pur verbalisme? Il est de la nature de la réalité d'être double, de la nature du monde entier de présenter deux faces : pour moi, celle du Carnaval d'une part et celle d'Emmanuel Daumont d'autre part, et ce contraste forme une complémentarité aussi soudée que l'avers et le revers d'une médaille figurant une Vierge et un démon, comme le laid est la preuve du beau, la nuit la condition du jour. Tout coexiste et, à la limite, tout se confond dans une douleur et une joie illimitées que l'artiste a pour mission de simultanément révéler. On m'a dite remplie de moi-même, imbue de ma personne, et comment le dernier des créateurs ne le serait-il pas dès lors que son art prétend à une conquête, promet une victoire?* L'Étrangère *invitera chaque être à renaître de ses échecs, à secouer les cendres d'une vie médiocre, à affronter le désespoir, à surmonter le mur d'une mort toujours prochaine... Frêle visage arraché au temps et qui ne s'attache à rien, j'abaisserai tes paupières afin que ton regard clos crève éternellement les apparences, l'irréalité de Nice et celle du monde entier, énigmatique Étrangère, je livrerai ton mystère sous des voiles à soulever sans cesse, te conservant ton secret le plus intime, celui de l'ambiguïté essentielle de toutes choses humaines, afin de ne jamais lasser ton admirateur ni le laisser en repos. La tâche encore me restera de donner la vie à ce sublime visage, le même que je poursuis follement à travers la ville sèche et lumineuse, tiède et embaumée. Ô divin Esprit qui me regardez en cet instant du haut de votre bleu firmament, ne me refusez pas cette grâce immensément méritée pour toutes les souffrances d'art et d'amour que j'ai endurées du fait des hommes et du fait de cette nature que vous m'avez donnée après l'avoir façonnée de vos mains absolues. Et surtout n'oubliez pas la cruauté inouïe de l'arrachement que je me suis imposé pour votre plus grande gloire. Car en vous cédant librement mes droits sur Emmanuel Daumont, en me rendant, la mort dans l'âme, au vœu exprimé par votre saint prêtre, M. l'abbé Geneuil, vicaire à Saint-Sulpice, il me revient en toute justice l'honneur de pénétrer à présent au cœur de ce qui fut pour moi, dès l'enfance, l'amour magique des coloris et des formes, et d'y trouver devant vous, le seul vrai Glorieux, un peu de ma pauvre gloire à moi, celle que les hommes m'ont si férocement déniée. À cet effet, en vue de cette ultime victoire, le hasard — mais y a-t-il un hasard pour celui qui croit en Vous? — le hasard veut que je sois venue, à l'exemple des plus grands pinceaux de ce siècle déclinant, achever la course de ma destinée terrestre parmi les vibrants jeux de lumière de la Côte azurée. Soyez donc mon appui, divin Esprit, et permettez que je tienne bon car je vois depuis longtemps déjà la Mort qui me fait des signes d'intelligence et je sens la Vie splendide se retirer peu à peu de mon être, je sens ma lumière intérieure, qui fut naguère mille fois plus éclatante que celle de votre firmament même, commencer de diminuer en moi, et si la lumière en moi vient à décroître, à manquer, comment saurais-je en inonder ma toile? Car vraiment je n'ai plus d'autre raison d'être en ce monde, qu'à ma façon j'ai tant aimé et qui lui ne m'a pas aimée, que d'achever cette* Étrangère *qui est moi sans être moi, c'est-à-dire qui est infiniment plus que moi, comme le veut toute authentique création, et qui seule me justifiera d'avoir vécu sans laisser ne serait-ce qu'un écho de ma tristesse et de ma tendresse dans la mémoire brève des générations... Le talent est chose assez banale en somme mais en revanche peu d'artistes ont l'âme de leurs dons. Quand cela arrive, on parle de génie. Voilà pourquoi j'ai cru en mon étoile et pourquoi je brûle d'en fournir une fois au moins le témoignage irréfutable. C'est pourquoi, dès demain, à pied d'œuvre devant l'*Étrangère, *vous me verrez, Esprit divin, régler mieux l'harmonie des teintes appelées par les formes, laisser la lumière affaiblie qui m'inspire encore non pas s'intensifier en surface, éblouir l'œil de chair, mais s'approfondir sous le signe enchanté du vert et du violet réconciliés, vous me verrez mieux intégrer les lignes qui tracent les contours en en faisant l'armature même du tableau. Bannissant toute stylisation et rompant néanmoins avec tout réalisme, me souvenant de la leçon d'Odilon Redon sans m'en faire l'esclave à la façon*

200

d'Agnès Debloy, ma cousine — paix à son souvenir! —, c'est ainsi que j'accomplirai mon sublime dessein qui est aussi un sublime dessin : rendre son épaisseur, sa profondeur, sa densité, à l'art de ce siècle enfermé dans les deux dimensions de la surface et si chiche d'âme. N'est-ce pas André Malraux, l'homme de l'Intemporel, qui a écrit que sur la terre entière ce qu'on appelait l'âme est en train de mourir? Au terme de mon printemps, hélas condamné par un décret sans remède, c'est moi à qui il appartenait d'en ressusciter un atome — il convient d'être modeste quand on a si souvent échoué! Tel est du moins l'obscur idéal d'une obscure artiste en proie à un sentiment d'étrangeté au monde — «solitude» est trop faible vraiment — étrangeté vainement combattue par deux passions avortées et tant de rencontres inabouties avec des semblables de hasard.

Cet échec, est-ce à moi d'en porter la faute? Ai-je trop attendu de mes frères humains? Ai-je trop désiré les élever à mon niveau de spiritualité, moi qui ai voulu explorer le temporel avec une égale passion? On a jadis flétri mon ambition démesurée. Ambitieuse, moi? Impatiente plutôt de toutes les formes de la vie, de tous les savoirs, de toutes les sensations, de toutes les expériences de ma sensibilité. Et cette impatience aussi de me survivre par la singularité de mes amours, par l'intensité de mon art, par la véhémence de ce Journal que je tiens depuis dix années et dont chaque page, chaque ligne, fera que non, je ne serai jamais tout à fait morte, que tous ces mots lourds de sang, d'amertume, d'espoir, de folie, à l'instar des formes tourmentées de ma peinture, ne m'appartiennent déjà plus mais qu'ils sont adressés à tous ceux qui viendront dans la suite des âges, témoins dérisoires d'un destin terrassé.

Et tout à coup il me revient que Frédéric Nietzsche, le surhomme d'une volonté de puissance qui n'est peut-être que suprême surpassement de soi, vécut presque heureux ici même

à Nice où il hiverna cinq années de suite entre 1883 et 1888,
toujours une fenêtre grande ouverte sur le port ou sur la mer
ou sur le rêve. J'ai vu sa plaque, rue Ségurane, je crois. Et
aujourd'hui encore le vieux Nice ne cesse d'entourer l'âme
esseulée d'ombres et de lumières, les mêmes que celles, éthé-
rées, que le poète-philosophe évoque lorsqu'il célèbre «ces
nuances tamisées d'une grisaille lumineuse, couleurs de l'es-
prit où plus rien ne reste de la brutalité des couleurs fonda-
mentales». Et comme je me sens nietszchéenne lorsque je lis
encore ceci qu'il écrit au retour d'une de ses vastes errances
solitaires : «Oui, les couleurs comme passées au travers d'un
tamis d'argent dans la perfection constante des hivers, confè-
rent au paysage ce ton immatériel et spiritualisé qui fait de
ce coin de terre qu'est la Riviera française une chose unique
au monde.»

   Ô Nice, tu seras mon linceul, et l'Étrangère sera ma
dernière et plus authentique incarnation!

   Si acharnée qu'elle fût à triturer son tableau pour en faire
son œuvre maîtresse, le chef-d'œuvre des chefs-d'œuvre, et
sans doute à cause de cela même, l'effort de Marie pour donner
vie à son *Étrangère* ne se trouva pas tout de suite récompensé.
Un jour d'abattement — c'était en décembre — où les pinceaux
lui glissaient des doigts de lassitude, où à la main gauche sa
palette se faisait lourde comme du plomb, un remords lui inspira
qu'il était plus que temps qu'elle se rendît «en visite officielle»
au musée des Beaux-Arts de la ville de Nice, un musée d'assez
médiocre réputation à l'autre bout de la ville et dont l'une ou
l'autre de ses rencontres de hasard lui avait laissé entendre que
«ça ne valait pas le détour»… Consacré à la mémoire de son
fondateur, Jules Chéret, dont nombre de pastels, d'aquarelles
et de cartons de tapisserie encombraient les murs du hall d'entrée, le musée ne fut pas sans lui causer au premier abord une

impression désagréable, sinon horripilée. Pires que les œuvres de Chéret, de chaque côté du monumental escalier, des dames de la haute bourgeoisie en grande toilette illustraient l'art fin de siècle dans le plus pur style pompier. Par bonheur, une épreuve en plâtre grandeur nature du célèbre *Baiser* de Rodin vint lui rappeler fort à propos combien la sculpture agit davantage sur la sensibilité — mais ne serait-ce pas la sensualité? — que l'abstraite peinture, épure du réel. Et quel ravissement que cette collection de merveilleux bustes de Carpeaux qui, dans la grande galerie, présentaient leurs adorables et juvéniles sourires à la mélancolie de Marie comme pour lui faire ressouvenir d'une prime jeunesse déjà ancienne où tout lui souriait, hélas, lui rappeler que nos bonheurs d'autrefois font nos chagrins d'aujourd'hui. Puis elle se souvint que Jean-Baptiste Carpeaux était aussi l'auteur du groupe intitulé *la Danse,* égayant la triste façade de l'Opéra, à Paris. Avec quel enthousiasme n'avait-elle pas contemplé cette pièce d'une complexité aérienne qui démentait tout ce qu'on croit du stupide et lourd XIXe siècle. Et plus que jamais «étrangère» à tout ce qu'on admire en ce monde postmoderne où elle était condamnée à vivre, Marie rompit d'un âcre soupir le silence du musée, à la pensée de tout ce qu'elle avait aimé avec fureur et passion et dont le souvenir lui glissait des doigts plus vite que ses chers pinceaux.

Passant rapidement devant d'assez ternes Renoir, Sisley, Monet et autres impressionnistes dont son adolescence s'était saoulée jusqu'à ce qu'Agnès l'eût refroidie et presque humiliée en lui citant le mot cinglant d'Odilon Redon : «J'ai refusé de m'embarquer dans le bateau impressionniste parce que je le trouvais trop bas de plafond», Marie, ayant quitté la grande galerie, crut soudain, sans avertissement, se trouver en enfer : une pleine salle de Van Dongen! Elle en compta quatorze, tous plus immenses et plus détestables les uns que les autres, des nus mâles et des nues femelles dont l'exhibitionnisme agressif alternait aux murs avec la solennité de personnages officiels aux costumes chamarrés : ainsi, guindé, empesé, incommodément planté sur son fauteuil, S.M. Léopold III, roi des Belges, dialoguait d'une paroi de la salle à l'autre avec le pompeux ambassadeur noir de la république d'Haïti, engoncé raide dans son uniforme d'opérette. Cet étalage expressionniste, exaspéré par un mauvais goût où la maladresse technique le disputait à l'académisme moderne le plus ampoulé, ne tarda pas à lui remettre en mémoire les deux danseurs de music-hall faisant leur numéro sordide au bénéfice de Robert Maurin et de ses malheureux hôtes... Et l'auteur des *Portes de l'Enfer,* absent de sa pensée depuis Paris, de surgir à sa conscience comme un fantôme, un fantoche plutôt, échappé d'une scène galante où elle avait joué sa partie l'espace d'une soirée qui lui semblait aujourd'hui tenir d'un rêve farfelu, sinon farcesque. Esseulement? Indolence? Cynisme? Envie de faire payer à Emmanuel son trop long silence? Révolte au pressentiment de l'inévitable rupture? Rien n'expliquait vraiment qu'elle fût allée au-devant des avances du triste sire en question, sinon le plaisir de barbouiller, de profaner pour ainsi dire, le chef-d'œuvre d'amour patiemment élaboré par deux cœurs merveilleusement accordés. Mais se pouvait-il que le seul besoin de tourner en dérision un amour menacé d'anéantissement l'eût conduite, elle si avare de son corps, à pareille clownerie? N'importe. Il n'est pas de sacrifice qui n'ait sa part de folie.

Fuyant cette salle comme la peste, non sans s'y être complue un bon moment, comme fascinée par sa bassesse même, Marie passa dans la salle suivante avec l'idée d'en ressortir aussitôt et de se retrouver dehors loin des miasmes d'un art délétère, lorsque tout de suite, parmi des médiocrités, une petite toile accrocha son attention. Il s'agissait du portrait d'une jeune fille peinte de face, un peu à la manière de Manet, avec son jabot de dentelle exécuté à coups de brosse très libres, un portrait de jeune fille singulièrement vivant et expressif.

204

S'approchant, Marie se pencha de tout près pour lire la légende : *Marie Bashkirtseff, autoportrait à la palette, 1883*. Quoi! cent ans auparavant exactement, une jeune inconnue prénommée Marie traçait donc pour la postérité sa propre image ainsi qu'elle-même, Marie Duchesneau, reproduisait ses propres traits dans *l'Étrangère?* Mais qui était cette apparition? Qu'étaient ses autres œuvres, où elle aurait souhaité trouver une facture plus libre encore? Après un moment d'examen attentif, revenant dans la longue galerie déserte, Marie avisa le gardien de l'étage perché tristement sur un haut tabouret qui paraissait somnoler parmi ce passé évoquant la paix d'un cimetière.

— Marie Bashkirtseff est bien l'auteur de l'autoportrait à la palette, Monsieur?

— Bien sûr, Madame, puisque c'est indiqué, dit l'homme en se mettant debout.

— Mais ce tableau est très réussi et dénote un réel talent. Vous n'avez rien d'autre de la même artiste?

— Suivez-moi plutôt, Madame, s'il vous plaît.

Ils entrèrent dans un passage bas de plafond menant à une étroite salle communiquant avec la première grâce à une embrasure assez large que Marie n'avait pas remarquée.

— Voyez par ici, dit le gardien. Vous avez quatre ou cinq petits tableaux qui sont aussi de sa main. Et puis il y a cet autre portrait d'elle, exécuté par une de ses compagnes, je crois, Anna Nordgren.

Sur ce portrait en profil, Marie Bashkirtseff était beaucoup moins intéressante et surtout moins flattée : le visage était mou, le nez sans grâce, un peu lourd, le menton s'affaissait déjà. Quant aux autres peintures de Marie Bashkirtseff, notre Marie n'y jeta qu'un coup d'œil expéditif. Leur réalisme offrait peu d'intérêt, sauf peut-être un autre profil de femme, bien accusé celui-ci, mais resté à l'état d'ébauche : seule la peau du visage était à peu près coloriée, le cou et les épaules n'étant qu'esquissés au crayon. Mais tel quel, l'ensemble avait de la force, et sa vitalité, sinon sa modernité, tenait précisément, au gré de Marie, à ce que l'œuvre était restée dans un état d'inachèvement. Et elle se rappela le mot de Baudelaire : un ouvrage peut être fini sans être *fait,* comme il peut être fait sans être *fini.*

— Vous ne savez rien de cette curieuse artiste, Monsieur?

— Si Madame veut bien m'attendre un instant, je reviens de suite.

Le gardien s'éloigna jusqu'au petit passage sombre, tira la porte d'une armoire dissimulée dans la paroi et en extirpa ce qui sembla à Marie une mince brochure.

— Madame trouvera là-dedans une notice qu'elle pourra lire sur place et qui a paru voici deux ans à l'occasion d'une exposition que notre conservateur a fait tenir à la Malmaison de Cannes et qui portait sur «La Côte d'Azur et ses peintres». J'en ai conservé le catalogue pour mon propre usage, histoire de renseigner au besoin les visiteurs sur nos peintres, je veux dire les peintres du musée Jules-Chéret.

Ayant repéré la notice, Marie lut à haute voix le texte suivant :

> *MARIE CONSTANTINOWA BASHKIRTSEFF, née à Gwronzi, près de Poltava, Ukraine, en 1860 — morte à Paris en 1884. Issue d'une famille d'aristocrates russes, Marie parcourt l'Europe en compagnie de son grand-père dès sa petite enfance. À partir de 1870 elle se fixe à Nice, puis à Paris, où elle étudie la peinture, le chant et les langues anciennes. Élève du célèbre Bastien Lepage, elle obtint un grand succès au Salon de 1883 et pouvait viser à la gloire la plus authentique si la mort ne l'avait emportée, l'année suivante, à l'âge de vingt-quatre ans. C'est à Nice, à la villa Aqua-Viva, sur la promenade des*

Anglais, que Marie Bashkirtseff, alors âgée de douze ans, commença à rédiger le Journal *qui, plus que sa peinture, devait lui valoir l'étonnante réputation dont elle a joui jusqu'à ce jour.*

Marie Duchesneau leva les yeux au loin, pensive. Son destin était écrit là, noir sur blanc. Inutile de larmoyer : sa gloire de peintre était pour une autre existence, moins abrégée celle-là par un excès de promesses. N'était-elle pas née en 1960, juste un siècle après l'autre Marie, et n'avait-elle pas pressenti de tout temps qu'elle ne survivrait pas à son printemps?

— Marie, Marie Bashkirtseff, ma petite sœur, murmura-t-elle dans un souffle, voilà donc pourquoi il fallait que je vienne à Nice, cette ville qui d'irréelle bascule dans ma réalité... Voilà donc pourquoi il fallait que je vienne ici : pour te connaître, Marie, et me reconnaître en toi — et reconnaître mon Journal dans le tien, veux-tu?

De nouveau les yeux de Marie s'emplirent de songe, tandis que le gardien commençait à s'agiter :

— Vous permettez que je reprenne mon catalogue, Madame? C'est le seul exemplaire dont je dispose, mais en plus du fameux *Journal* il existe des biographies de la personne qui vous intéresse. Puis-je vous y renvoyer? En particulier je vous recommande celle, toute récente, parue pour le centenaire, d'une dame Colette Cosnier, qui est venue ici justement...

Marie n'écoutait guère. D'un geste machinal elle rendit le catalogue que le gardien saisit comme son bien le plus précieux, mais sans quitter du regard la figure aux traits soudain plus que tirés — *douloureux,* de la jeune visiteuse. C'est à ce moment précis, en effet, que le mortel frisson qu'elle n'avait pas ressenti depuis son arrivée à Nice, traversa Marie comme un signal, distordant son beau visage enfantin, son masque d'Infante impassible.

— Ce qu'il fait froid ici tout à coup! s'exclama-t-elle en réprimant sa grimace, et même en étouffant un sanglot, car tout son orgueil lui interdisait de se trahir. Un vrai frigidaire!

— Impossible, Madame, l'air du musée est réglé à température constante. Pour la préservation de nos chefs-d'œuvre, la variation ne peut excéder un degré dans un sens ou dans l'autre. C'est l'humidité surtout qui est à redouter, l'humidité qui monte de la mer, et sans le réglage thermo-statique il y aurait fort à craindre...

Mais comme Marie s'éloignait, perdue dans d'implacables pensées :

— Oh! Madame, ne partez pas sans avoir admiré le superbe Bonnard dans la première salle à droite! On vient de Paris exprès pour l'examiner à loisir. Vous savez que Bonnard a vécu ses dernières années sur la Côte méditerranéenne?

Marie serra très fort les paupières. Ah! non, elle ne voulait surtout pas revoir Bonnard à qui elle devait une trop grande part de ses ambitions trompées. D'ailleurs à quoi bon? Déjà tout lui échappait avant même que s'abolisse en elle, autour d'elle, tout ce qui avait fait de sa vie une fête de l'esprit. Car son existence allait expirer, c'était inéluctable, puisqu'elle avait atteint ce point critique où trépassent les jeunes filles qui, sur les plages brûlantes de leurs désirs matinaux, ont poursuivi le rêve ardent que tout l'univers retentisse du bruit de leurs ouvrages. Une autre immortalité l'attendait, celle que Dieu réserve à ses élus, aux âmes qui auront été à la limite d'elles-mêmes, mais peut-être aussi, comme par surcroît, cette immor-talité qu'à l'instar de Marie Bashkirtseff lui vaudrait son Jour-nal, interrompu à Nice, là où l'autre avait commencé le sien, pour le jeter au monde, au monde à venir, avec le même feu, la même impérieuse passion...

À l'hôtel, une lettre l'attendait, timbrée non point du Canada comme celles qu'elle recevait encore périodiquement de ses parents, mais de France. Essoufflée d'avoir couru et impuissante à respirer à fond sans ressentir à la poitrine la pointe de l'épée qui n'avait cessé de la percer, elle s'arrêta un instant, le cœur battant, tandis que l'ascenseur se faisait attendre, tournant et retournant la lettre dans tous les sens : aucun nom ni adresse de retour ne figurait sur l'enveloppe, rien n'indiquait son origine sinon qu'elle était passée par l'Auberge du Vieux-Paris avant d'être réexpédiée à Nice. Soudain elle crut à un pli de Robert Maurin, le romancier, et le bras lui retomba le long du corps.

Parvenue à sa chambre, elle s'assit sur le bord de son lit, laissant flotter son regard du côté de la fenêtre qui donnait sur une cour intérieure, ou plutôt sur un large puits de lumière qui lui permettait d'entrevoir de son lit un rectangle de ciel bleu d'une pureté, d'une profondeur incroyables, presque opaque à force de densité, presque tragique. Après une minute, revenant au présent, Marie allongea le bras jusqu'à la table de chevet et, rencontrant des ciseaux dans le tiroir entrouvert, elle en décacheta la lettre sans se hâter, c'est-à-dire sans espérance.

Le Désert, 22 décembre 1983

Marie,

Ce mot te parviendra-t-il jamais et comment? Du fond de ma cellule et tout en sachant que je commets une faute très grave, énorme, je m'interroge sur le moyen de te faire savoir combien ma décision de rester ici se doit d'être irrévocable. Après cinq mois de «postulat» (je n'avais pas, la première fois, dépassé ce grade puéril de postulant — pardonne-moi de t'avoir menti sur mon état), j'ai donc été admis à prendre l'habit

209

blanc de l'Ordre et à prononcer mes premiers vœux. Me voici donc novice *chez les Pères cartusiens de la Grande Chartreuse, au cœur des forêts alpestres du Dauphinée, dans un lieu solitaire et sauvage que la tradition appelle* le Désert. *D'ici deux ans, si je persiste sans me décourager (et avec l'appui du Seigneur comment pourrais-je me décourager?), je ferai ma profession temporaire avant de prononcer, au bout de cinq ans, mes vœux solennels et définitifs. À côté des exercices proprement spirituels — oraisons et méditations, individuelles ou communautaires —, plutôt qu'à l'étude (il y a ici une riche bibliothèque, car les Chartreux de tout temps ont aimé les livres, «aliment perpétuel pour nos âmes», disent les premiers Statuts de l'Ordre), je m'applique avec conscience à ce travail manuel pour lequel j'ai une aversion naturelle, mais ma voie passe par cette double et sainte humiliation de mal accomplir ce qui pourrait m'apparaître (à tort) comme une tâche «inférieure» et d'enterrer, pour l'instant, les aptitudes intellectuelles dont m'avait favorisé la nature (je ne suis pas du tout sûr que la Providence y soit pour grand-chose, mais plutôt les chromosomes…) et qui fondaient ma naïve fierté. Car dans l'ordre de la foi, toutes les valeurs sont inversées bien sûr : les premiers seront les derniers, celui qui perd sa vie à cause de moi la sauvera, etc. Au prix d'un extrême effort j'apprends donc peu à peu à me détacher de moi-même (qu'importe ce qui n'importe qu'à moi? demande Malraux, agnostique…) et à ne rien attendre du monde, et moins que tout sa reconnaissance pour le bien qu'on a pu lui faire, ne serait-ce que par*

210

ses prières et ses sacrifices… C'est pourquoi, tout en travaillant, je médite la vie des saints. Il s'agit de me convaincre que je suis venu au «Désert» non pas pour me macérer la chair par une vie austère, anachorétique, qui n'aurait d'intérêt que pour moi, mais pour contribuer (très modestement) au sauvetage des hommes de toutes les nations et de tous les temps en intercédant et, si possible, en témoignant par la perfection de ma vie («Soyez parfaits comme votre Père céleste est parfait») en faveur de la race humaine et contre ses manquements — et trop souvent ses crimes, hélas. Il ne s'agit pas là d'un objectif trop ambitieux pour moi, je pense, d'autant plus que je prie surtout pour ces hommes et ces femmes dont le regard ne se lève jamais vers le Ciel immense, pour toutes ces «consciences errantes» que la société de plaisir abandonne à une indifférence religieuse pire que la révolte déclarée, laquelle marque du moins une reconnaissance du fait spirituel. Je sais combien tout ceci, à commencer par la vie contemplative elle-même, est absurdité aux esprits pragmatiques et raisonnables qui ne croient qu'au «rendement», à la «rentabilité» mais je sais aussi que toi, Marie Duchesneau, tu n'es ni pragmatique ni raisonnable, Dieu merci, et que c'est pour cela que je t'ai aimée et que je t'aime encore… comme j'aime les cimes enneigées qui, de ma fenêtre, me surplombent, me bénissent et me protègent… Mais comme cela est encore trop peu dire, hélas!

Nous habitons de petits pavillons soudés les uns aux autres par une galerie et néanmoins à demi séparés par des jardinets dont chaque reli-

gieux doit assurer l'entretien. Dans notre solitude érémitique sagement tempérée par la vie communautaire, nous sommes réduits au silence plus que nous n'y sommes condamnés par notre règle et recevons toute notre maigre nourriture au travers d'un judas, ou plutôt d'un guichet percé à côté de la porte, qui ne s'ouvre que pour cela et pour permettre la communication par écrit. Chacun dispose d'une cave où il scie les bûches dont il a besoin pour se chauffer. Car il fait si froid dans ce pays en cette saison! Je dois sans cesse descendre au sous-sol de ma cellule fendre mes bûches et allumer mon petit poêle en fonte, sans quoi je gèlerais tout vif. Déjà que je tousse beaucoup. Le plus dur est d'être réveillé au cœur de la nuit par la cloche qui nous convie à l'office de matines pour prier en commun deux ou même trois heures d'affilée à la chapelle, laquelle à vrai dire est une véritable église, immense et glacée. C'est le moment le plus cruel et le plus intense, où l'on ne peut s'empêcher de s'interroger sur le sens d'une vie dont chaque homme n'a qu'une seule à vivre sur terre. Vouer la sienne tout entière à un Maître invisible et mystérieux garde quelque chose d'effrayant même pour le croyant que je suis et j'ai claire conscience de ce terrifiant pari spirituel qui me prive, à vie, de ta présence, et peut-être éternellement de ton existence même, si par malheur l'au-delà n'était qu'un rêve fou. Aussi, toi qui naguère daignais prier pour moi, tu dois continuer à le faire, je t'en supplie, afin que je n'abandonne pas : rien n'est jamais gagné, surtout en matière de foi où chaque matin marque un nouveau choix, un nouveau et lucide départ :

212

jusqu'à la fin j'espère rester de ceux qui sont libres *et qui usent de leur liberté au meilleur de leur conscience.*

Si l'envie t'en prenait par hasard, inutile de tenter de venir me voir. Les femmes ne sont pas admises à la Chartreuse même. Uniquement les parents masculins et cela deux fois par année. Il est question que le règlement soit amendé l'année qui vient. Comme je n'ai plus de famille masculine, je vais glisser cette missive secrète dans ma prochaine lettre pour ma mère qui se chargera de te la réexpédier à l'Auberge du Vieux-Paris, avec l'espoir que tu n'auras pas quitté la bien nommée rue Gît-le-Cœur. D'ici cette occasion, je te dirais bien que je cache ces feuillets sous mon oreiller, mais je n'ai pas d'oreiller, et une simple paillasse me sert de matelas. Je t'embrasse fraternellement, ma bien-aimée... Quelque jour (sans doute!) nous serons réunis, et peut-être plus promptement que nous croyons, car ma santé n'est pas bonne vraiment. Écoute-moi : j'ai même été secoué à deux ou trois reprises depuis que me voilà novice par un frisson étrange, brutal, dont l'aveu que je t'en fais me gêne plus que le frisson lui-même ne m'inquiète. Je sais que c'est un péché grave que de ne pas vouloir guérir et, dans mon cas, de cacher mon mal au frère infirmier. Ce pourrait bien être une congestion pulmonaire qui point à l'horizon. Mais qu'importe après tout, la mort n'est jamais qu'une question de patience, n'est-ce pas? Adieu donc, ma bien-aimée, âme géniale et sans ombre, intraitable et sublime. Puisque Dieu est l'Amour même, je suis assuré qu'il ne s'offensera ni ne prendra ombrage de la place que tu ne cesseras jamais d'occuper dans mon pauvre cœur déserté.

Emmanuel.

P.S. Cette lettre sera ma dernière et je n'attends pas de réponse, quoi qu'il m'en coûte d'écrire ceci.

Des doigts de Marie, comme ce matin ses pinceaux, la pathétique lettre glissa par terre sans que la jeune fille fît le moindre effort pour la retenir, pour la ramasser. À la vérité, elle hésitait à se reconnaître dans la personne à qui elle était adressée. Emmanuel, qui la traitait «d'âme sans ombre, intraitable et sublime», ne se doutait pas de ce qu'elle était profondément, de ce que sa nature comportait non seulement d'égocentrique mais de faux, de morbide, de violent. Elle gagna sa table, ou plutôt s'y traîna; et ce furent les dernières lignes de son Journal.

[sans date] *Pas d'amour, pas de gloire, pas même de jeunesse! Rien, il n'y aura rien eu dans ma vie qu'un printemps condamné dès l'origine. Oui, par ma faute, tout m'aura été refusé, même l'amour, celui qui est donné à la moindre marchande de fleurs, au moindre Chartreux candide, qui, à la faveur d'un mal peut-être fatal, réunit toutes ses amours, les temporelles et les éternelles, dans une gerbe sacrée. Et quant à la gloire que donnent les hommes, qu'on ne me parle plus de cette sottise... Le vrai génie grandit à rester méconnu, gratuit, dispersé aux quatre vents car, à moins d'une force surhumaine, le succès public ne peut que pourrir l'âme. Ô mon Dieu! Dieu d'Emmanuel! prenez pitié de votre pauvre folle! Élevez-moi s'il se peut dans vos bras et avec force serrez contre vous la petite fille, l'enfant*

214

prodigue que, pour mon infortune, je n'ai jamais cessé d'être.
Oui, Dieu mien, prenez pitié de votre pauvre folle!...

Tournant la tête à demi, Marie aperçut par hasard l'œuvre en train d'éclore sur son chevalet d'amateur en métal gris. C'était toujours *l'Étrangère,* son premier autoportrait, la réincarnation de l'autre Marie, Marie Bashkirtseff, emportée à vingt-quatre ans, il y avait juste cent ans, une «étrangère» elle aussi certainement et qui n'eût pas renié ce titre trop parfaitement choisi pour désigner ces altérées d'éternité qui tirent leur révérence de bonne heure et quittent la vie sur la pointe des pieds... Au prix d'un effort qui l'étonna elle-même, Marie se mit debout et, s'agrippant aux meubles, parvint à saisir entre ses bras déployés la grande toile montée sur son châssis, l'étreignant d'abord, puis l'éloignant le plus possible de sa face blême pour mieux l'embrasser du regard dans tout son ensemble.

— Le portrait est terminé, souffla-t-elle. Comme moi, ce n'était qu'une ébauche...

En février néanmoins, constatant avec effroi sa maigreur nouvelle dans la glace de la haute armoire, elle retoucha sérieusement son portrait demeuré en plan, accentuant l'ossature des épaules, étirant le cou, et même, au travers de la chair mince, faisant ressortir les os des maxillaires, l'arête du nez et le crâne aux cheveux tirés en arrière, lignes noires et rouges qu'en Picasso féminin elle traçait sans hésitation, d'une main tout ensemble assurée et frémissante, tandis que les clameurs de la marée populaire mêlées à des vagues de musique stridente montaient de là-bas jusqu'ici au passage des chars du Carnaval et que la tempête des confettis et des serpentins s'abattait sur l'armée des combattants de l'ultime et grande bataille de fleurs. Et c'est le soir de ce même Mardi gras, tandis qu'on faisait flamber S.M. Carnaval aux hurlements d'un peuple en délire, que Marie Duchesneau, toute seule dans sa chambre anonyme et sans l'aveu des médecins, exhalait son dernier souffle à l'âge de vingt-quatre ans, ayant dépouillé son air hautain d'Infante inexorable en faveur de son visage de fièvre aux lèvres ravagées de désirs, aux prunelles dévorées de nuit, d'éclairs et de constellations.

TABLE

déjà parus

Robert Baillie, *Les Voyants*
François Barcelo, *Aaa, Aâh, Ha ou les amours malaisées*
France Boisvert, *Les Samourailles*
Réjean Bonenfant, Louis Jacob, *Les Trains d'exils*
Nicole Brossard, *Le Désert mauve*
Guy Cloutier, *La Cavée*
Andrée Ferretti, *Renaissance en Paganie*
Marcel Godin, *Maude et les fantômes*
Marcel Godin, *Après l'Éden*
Pierre Gravel, *La Fin de l'Histoire*
Luc Lecompte, *Le Dentier d'Énée*
Réjean Legault, *Lapocalypse*
Francine Lemay, *La Falaise*
Jacques Marchand, *Le Premier Mouvement*
Joëlle Morosoli, *Le Ressac des ombres*
Simone Piuze, *Les Noces de Sarah*
Pierre Vallières, *Noces obscures*
Paul Zumthor, *La Fête des fous*

COLLECTION DE POCHE TYPO

Déjà parus

1. Gilles Hénault, *Signaux pour les voyants,* poésie, préface de Jacques Brault (l'Hexagone)
2. Yolande Villemaire, *La vie en prose,* roman (Les Herbes Rouges)
3. Paul Chamberland, *Terre Québec* suivi de *L'afficheur hurle,* de *L'inavouable* et d'*Autres poèmes,* poésie, préface d'André Brochu (l'Hexagone)
4. Jean-Guy Pilon, *Comme eau retenue,* poésie, préface de Roger Chamberland (l'Hexagone)
5. Marcel Godin, *La cruauté des faibles,* nouvelles (Les Herbes Rouges)
6. Claude Jasmin, *Pleure pas, Germaine,* roman, préface de Gérald Godin (l'Hexagone)
7. Laurent Mailhot, Pierre Nepveu, *La poésie québécoise,* anthologie (l'Hexagone)
8. André-G. Bourassa, *Surréalisme et littérature québécoise,* essai (Les Herbes Rouges)
9. Marcel Rioux, *La question du Québec,* essai (l'Hexagone)
10. Yolande Villemaire, *Meurtres à blanc,* roman (Les Herbes Rouges)
11. Madeleine Ouellette-Michalska, *Le plat de lentilles,* roman, préface de Gérald Gaudet (l'Hexagone)
12. Roland Giguère, *La main au feu,* poésie, préface de Gilles Marcotte (l'Hexagone)